Cuir & Dentelle

Trident Sécurité, tome 1

Samantha Cole

Traduction par
Laure Valentin

Cuir & Dentelle

Copyright © 2015 Samantha A. Cole
Tous droits réservés.
Suspenseful Seduction, Inc.
Cuir & Dentelle est une œuvre de fiction. Les noms, les personnages, les sociétés, les organismes, les lieux, les événements et les incidents décrits sont le produit de l'imagination de l'auteur ou employés de manière fictive. Toute ressemblance avec des personnes, existant ou ayant existé, des événements ou des lieux serait une coïncidence.

Correction de la version anglaise par Eve Arroyo—www.evearroyo.com

Translated by Laure Valentin

Aucune partie de ce livre ne peut être reproduite, scannée ou distribuée sous forme imprimée ou électronique sans permission. Merci de ne pas participer ni encourager au piratage des matériels sous copyright en violation avec les droits d'auteur. N'achetez que les éditions autorisées.

Chapitre Un

— Et merde !

Kristen Anders ferma son ordinateur portable, enleva ses lunettes et passa les doigts dans ses longs cheveux bruns, exaspérée. Jetant un coup d'œil à l'heure affichée sur sa box du câble, elle fut étonnée de constater qu'il était une heure de l'après-midi. Trois heures de perdues. Si elle ne trouvait pas au plus vite un scénario valide, elle allait devenir folle. Maintenant que son déménagement à Tampa était terminé, que ses affaires étaient déballées dans le deux pièces qu'elle avait loué et que les cartons vides étaient à la poubelle, elle n'avait plus d'excuses pour ne pas se remettre à son dernier roman. Aucune excuse, à l'exception de ce foutu blocage de la page blanche.

Sur le bureau, son téléphone sonna et elle leva les yeux au ciel en voyant le nom sur l'écran. Il ne manquait plus que ça... Jillian Tang. Son éditrice lui avait donné trois semaines pour déménager et s'installer, après quoi elle exigeait de recevoir le plan de l'intrigue. Et d'après le calendrier *Playgirl* que son cousin lui avait offert en cadeau de divorce, ces trois semaines étaient écoulées depuis quatre jours, et pour l'instant, Kristen n'avait qu'un titre provisoire.

En décrochant, elle porta le téléphone à son oreille.

— Salut, Jillian.

— Pas de « salut Jillian » à moins que tu aies déjà quelque chose de plus qu'un titre provisoire.

Cuir et Dentelle serait la suite de sa première romance, *Satin et Vices*, dont les lecteurs étaient dingues.

— Pas encore, et avant de me crier dessus, demande-toi si tu veux quelque chose de vite fait ou de bien fait.

Le rire de Jillian retentit à l'autre bout de la ligne et Kristen ne put s'empêcher de sourire. Elles reprirent la parole en même temps, pour faire plus ou moins la même remarque :

— C'est un truc que mon ex-mari aurait pu dire.

Elles savaient toutes les deux ce que c'était que de divorcer d'un mari infidèle.

Lorsque son rire se fut éteint, Jillian revint sur le sujet initial.

— Tu sais que tes lecteurs meurent d'envie de mettre la main sur ton prochain roman BDSM. Je suis toujours étonnée que tu aies choisi cette voie après neuf romances « vanille », mais vu tes succès de vente, je ne me plains pas.

Les deux premiers livres de Kristen étaient des e-books auto-édités. Après qu'ils eurent été téléchargés en grand nombre et reçu des critiques élogieuses des lecteurs, Jillian l'avait contactée pour lui proposer de devenir auteure officielle chez Red Rose Books. Elle s'en était réjouie, car être sollicitée par cette grande maison d'édition, spécialisée dans la romance, était un honneur dont la plupart des auteurs auto-édités ne pouvaient que rêver. Le contrat profitait aux deux parties. Red Rose Books signait avec une nouvelle auteure populaire dont les nombreux fans attendaient son prochain livre avec impatience, et les ouvrages de Kristen seraient désormais disponibles en version imprimée ainsi qu'en ligne. Elle n'avait donc plus à s'occuper des corrections, du téléchargement, de la conception des couvertures de ses livres et du travail promotionnel.

— Je ne me plains pas non plus, mais je n'arrive même pas à décider quel personnage devrait devenir mon nouveau héros.

— Merde, je dois aller à une réunion.

Kristen entendit un bruissement de papiers chez Jillian.

— Écoute. Replie-toi dans ce monde imaginaire dans ta tête et visualise plein de beaux mecs. L'un d'eux va forcément se démarquer. Je t'appelle demain et tu as intérêt à avoir une réponse. Bises, au revoir.

Déposant son téléphone à côté de son ordinateur portable, Kristen soupira. Elle se leva et se dirigea vers la chambre principale, passant sa chemise par-dessus sa tête. Elle espérait qu'une douche chaude, suivie d'un changement de décor, l'aiderait à faire jaillir sa créativité. En plus, elle avait faim. Peut-être était-il temps d'aller jeter un œil à ce pub irlandais à quelques rues d'ici. Elle était passée devant *Chez Donovan* plusieurs fois au cours des dernières semaines et avait remarqué que c'était un endroit plutôt fréquenté. Pas trop à l'heure du déjeuner, mais bondé au moment de l'apéritif et jusque tard dans la nuit.

En traversant sa chambre, elle envisagea d'appeler Will pour qu'il aille manger un morceau avec elle, mais l'idée la quitta aussi vite qu'elle était venue. Même si elle aimait la compagnie de son cousin, parce qu'il pouvait toujours la faire rire et la détendre, Kristen savait qu'elle n'arriverait pas à travailler avec lui dans les parages. Peu de temps après son arrivée en Floride, Will avait pris l'initiative de lui faire visiter Tampa et de la présenter à tous ses amis, puisqu'il était la seule personne qu'elle connaissait dans la région. Malheureusement pour elle, la plupart de ses fréquentations étaient homosexuelles. Il n'y avait aucun mal à cela et elle était habituée à l'homosexualité de son cousin depuis longtemps, mais même si elle passait de bons moments avec la bande de Will, elle en avait assez de refuser les avances de ses amies lesbiennes. Kristen n'avait aucun intérêt sexuel pour les femmes, et aucun des hommes du cercle de son cousin ne s'intéressait à elle autrement que comme une amie. C'était un groupe formidable, mais depuis que son divorce avait été prononcé, elle avait envie de se remettre à sortir avec des hommes. Elle ne cherchait pas une relation stable, écœurée par l'échec de son mariage, mais peut-être qu'une relation d'amitié avec quelques avantages de nature sensuelle lui plairait. Cela dit, le côté sensuel risquait bien de lui poser problème.

Elle n'était pas très douée pour le sexe et, très franchement, cela l'ennuyait. Elle pouvait enfin se l'avouer, même si c'était l'excuse dont Tom, son ex-mari, s'était servi pour la tromper. Si elle pouvait atteindre l'orgasme en se masturbant, elle n'avait jamais été capable de jouir pendant l'acte. Au début de son mariage, Tom lui disait que c'était parce qu'elle ne se détendait pas suffisamment pour en profiter, ce que Kristen avait volontiers accepté. Elle était trop nerveuse, désireuse de lui faire plaisir sans savoir comment. Après plus de six mois de relations sexuelles décevantes, cependant, son mari avait commencé à lui reprocher d'être frigide et insensible. Peut-être était-ce vrai. Comme elle n'avait aucun point de comparaison, elle n'en savait rien. Elle était vierge à vingt-quatre ans lors de sa nuit de noces et Tom était le seul homme avec qui elle avait couché.

Elle s'arrêta devant sa commode pour en sortir la grande enveloppe contenant les papiers du divorce. C'était quelques semaines après leur premier anniversaire de mariage qu'elle avait découvert que Tom la trompait avec plusieurs femmes depuis longtemps. Elle l'avait mis à la porte le jour même, et pourtant, elle n'avait pu se résoudre à envisager de faire l'amour avec quelqu'un d'autre tant que l'encre ne serait pas sèche sur les papiers du divorce. Qu'importe que son ex soit coupable, elle prenait à cœur ses vœux de mariage et ne pourrait pas passer à autre chose tant que tout ne serait pas définitif. Bien que les papiers qu'elle tenait dans sa main aient été signés deux semaines avant son déménagement à Tampa, elle n'avait pas encore trouvé l'occasion d'ouvrir ses ailes – ou ses cuisses, comme Will l'avait si bien formulé.

Remettant l'enveloppe à sa place, elle s'assit au bord de son lit et serra l'un de ses oreillers décoratifs. En matière de sexe, Kristen n'était pas impatiente, mais ce qui lui manquait, en revanche, c'était l'intimité qui accompagnait les ébats. Elle serra l'oreiller plus fort en prenant conscience de ce qui lui manquait le plus. C'étaient les câlins et les conversations après l'amour. Elle pouvait très bien se passer de l'acte lui-même, mais cela faisait une éternité qu'elle ne s'était pas blottie contre un corps chaud, l'âme satisfaite.

Satisfaite. Pfff, quel adjectif ennuyeux.

Ses lecteurs seraient sidérés d'apprendre que l'auteure d'un best-seller BDSM n'était pas comblée dans sa vie sexuelle. Dommage que l'existence ne soit pas un roman d'amour torride, avec un héros sexy qui viendrait frapper à sa porte, prêt à la ravir, la jeter sur le lit, l'attacher et lui faire des choses follement érotiques. *Comme si ces choses-là existaient.* Enfin, c'était ce qui donnait de la belle fiction. Les fantasmes. Des fantasmes délicieusement dépravés.

Même si sa propre expérience en la matière laissait à désirer, Kristen avait lu de nombreux romans érotiques au fil des ans et elle avait décidé de pimenter son dernier livre en le mettant en scène dans un club libertin privé, exclusivement réservé aux personnalités riches et célèbres. À son grand étonnement et à sa plus grande joie, ce livre avait eu plus de succès que quatre de ses précédents romans de type « vanille » réunis, sur les neuf qu'elle avait écrits. Maintenant, elle était censée écrire la suite encore plus excitante que ses fans réclamaient à cor et à cri, et elle n'arrivait même pas à décider sur quel personnage du premier tome elle souhaitait axer son histoire.

Devrait-elle prendre comme nouveau héros Maître Zach, la star de cinéma sexy qui adorait fouetter ses soumises jusqu'à l'orgasme ? Ou Maître Wayne, le milliardaire blond qui préférait partager ses femmes avec son meilleur ami, Jonah ? À moins qu'elle n'opte pour Maître Xavier, propriétaire du club libertin *Tout en cuir*, que tous fréquentaient. Cet homme était du genre costaud et dangereux qui attirait toujours les femmes dans les romans d'amour.

Kristen jeta l'oreiller sur le lit et se leva pour enlever son pantalon de survêtement. Elle l'abandonna, ainsi que son chemisier, dans le panier à linge en entrant dans la salle de bain. Laissant couler l'eau de la douche le temps qu'elle chauffe, elle retira ses sous-vêtements. Puis elle entra dans la baignoire et l'eau chaude l'enveloppa pendant qu'elle pensait à Maître Xavier. Ce n'était pas le personnage principal de *Satin et Vices*, mais au cours de ses séances d'écriture, cet homme fictif s'était imposé à elle.

Dans sa tête, elle fit apparaître une image du puissant mâle alpha tel qu'elle l'avait décrit dans son livre, le même qui, sans qu'elle sache comment, avait été la vedette de quelques-uns de ses propres fantasmes. Un mètre quatre-vingt-deux, des cheveux d'un noir de jais, des yeux bleus saisissants, une mâchoire ciselée couverte d'une légère barbe de fin de journée, et un corps à faire tomber la culotte de n'importe quelle femme hétérosexuelle en un instant. Elle imagina sa voix chaleureuse de dom dans son esprit, qui lui demandait de se toucher pendant qu'il la regardait, debout devant elle. Attrapant le flacon de son gel douche préféré, elle en versa une petite quantité dans ses paumes avant de le reposer sur l'étagère de la baignoire. Puis elle ferma les yeux et promena ses mains sur sa peau brûlante avec de légers mouvements sensuels.

Touche-toi les seins, ordonnait-il. *Joue avec tes tétons. Pince-les et tire-les.*

Kristen fit ce que son fantasme de dom lui disait de faire, caressant ses deux seins lourds. Tandis qu'elle jouait avec les pointes sensibles entre ses pouces et ses index, des vagues de plaisir intense déferlaient directement vers son clitoris, le faisant palpiter. Elle voulait qu'on la touche à cet endroit précis.

Écarte plus largement les jambes, mon amour. Laisse-moi voir ton beau sexe nu. Il m'appartient et je veux admirer ce qui est à moi. Je veux te regarder pendant que tu te doigtes pour moi.

Sa respiration s'accéléra tandis qu'elle glissait une main sur son buste. Elle voulait aller plus vite, mais elle savait que Maître Xavier ne le permettrait jamais. Il la punirait si elle accélérait sans sa permission. Peut-être lui donnerait-il une fessée avec ses mains calleuses et vigoureuses, ou la conduirait au bord de l'orgasme sans relâche pour mieux lui refuser l'extase ultime.

C'est ça, mon amour, touche-toi entre les cuisses. Frotte ton clitoris nacré pour moi. Imagine que ce sont mes doigts qui te touchent, qui te vénèrent. Tout doucement et lentement. C'est bien, tu es très sage. Imagine ma langue entre tes jambes, qui lèche tes fluides de désir.

Kristen gémit tandis que ses doigts continuaient à obéir aux exigences de son maître, comme de leur propre initiative.

Tu aimes ça, n'est-ce pas, mon amour ?

Il ne demandait pas, mais il le déclarait comme un fait qu'elle ne pouvait pas nier. Elle en était incapable.

Tu me plais, mon amour. Tu me donnes envie de te pencher et de te baiser par-derrière, de prendre ton sexe moite. Lentement, au début. Très lentement, jusqu'à ce que tu me supplies d'aller plus vite. Plus fort. Supplie-moi, mon amour, supplie-moi.

— Je t'en supplie, murmura Kristen à voix haute, sentant la pression monter et menacer de la faire basculer dans un abîme sans fond.

Plus vite, mon amour. Plus vite. Jouis pour moi. Maintenant !

L'instant d'après, elle se disloquait. Avec un hurlement de plaisir, son corps se mit à trembler sous la force de l'orgasme qui la pourfendit alors qu'elle essayait, sans succès, de rester debout. Elle tomba à genoux dans la baignoire, heureusement sans se faire mal. Le souffle court comme si elle avait couru un kilomètre à toute vitesse, elle ralentit la main qui était toujours entre ses jambes alors que les derniers frissons qui ébranlaient son corps s'estompaient.

Putain de merde ! C'était l'orgasme le plus explosif de toute sa vie et c'était elle-même qui l'avait provoqué, alors qu'un homme imaginaire dont elle avait rêvé dictait ses gestes. C'était dingue... dingue, mais incroyable !

Revenant peu à peu à la réalité, elle remarqua que l'eau qui coulait encore dans son dos avait commencé à refroidir.

Se levant sur ses jambes flageolantes, elle saisit le shampooing et s'empressa de laver et rincer ses cheveux avant qu'il ne soit trop tard. Alors qu'elle refermait l'eau et prenait une serviette propre, Kristen sut qu'elle avait pris sa décision. Maître Xavier serait le héros de *Cuir et Dentelle*.

Chapitre Deux

Une demi-heure plus tard, munie de sa housse d'ordinateur portable, Kristen entra *Chez Donovan Bar & Grill* et, aussitôt, elle tomba follement amoureuse des lieux. La combinaison des tables hautes et des chaises en bois foncé, ainsi que des murs vert émeraude, donnait au pub une atmosphère confortable. Des photos de paysages et de décors typiquement irlandais étaient suspendues sur trois des quatre murs. Sur le quatrième, à sa droite, se trouvait un splendide bar en merisier renforcé de laiton. Il s'étendait sur toute la longueur de la pièce et pouvait accueillir au moins vingt-cinq convives, avec un espace supplémentaire entre le bar et les tables pour ceux qui préféraient rester debout. Derrière le barman et les rangées de bouteilles d'alcool, l'immense miroir était encadré du même bois que le bar. Avec ses sculptures celtiques, ce cadre était une véritable œuvre d'art et Kristen se demanda combien de temps il avait fallu pour fabriquer un chef-d'œuvre aussi majestueux. Audessus du miroir, plusieurs téléviseurs à écran plat étaient suspendus au plafond, programmés sur des chaînes de sport à l'exception d'un écran où se déroulait visiblement un bulletin d'actualités. Le son des télés était coupé, tandis que les haut-parleurs invisibles disposés dans la pièce diffusaient du rock classique, assez fort pour être entendu, mais suffisamment discret pour permettre aux clients de discuter sans avoir à élever la voix.

Après avoir pris connaissance des lieux, elle se mit à observer la clientèle. Quelques tables étaient occupées par des groupes de deux à quatre personnes, et deux vieux messieurs se chamaillaient gentiment à propos d'un événement sportif, confortablement assis à l'extrémité du bar comme s'ils y passaient tous leurs après-midi. Avançant d'un pas dans la salle, Kristen jeta un coup d'œil de l'autre côté du pub et manqua trébucher, presque certaine d'avoir marché sur sa propre langue. *Merde alors !* Six hommes, certains debout et d'autres assis de l'autre côté du bar, étaient en grande conversation avec le barman. Ils étaient presque aussi sublimes que le bar lui-même, un fantasme du calendrier *Playgirl* devenu réalité.

— Pas besoin de douze beaux mecs alors que ces six-là sont disponibles… murmura-t-elle à part elle.

Chacun pouvait occuper deux mois dans son calendrier, elle en serait plus qu'heureuse.

— Bonjour, je peux vous aider ?

Kristen tourna la tête pour découvrir la jolie jeune femme qui venait d'apparaître à côté d'elle. Elle portait un jean et un polo noir, avec l'insigne de *Chez Donovan Bar & Grill* brodée sur le côté gauche. Ses longs cheveux blond fraise étaient attachés en queue de cheval et son look était soigné tout en s'accordant à l'ambiance décontractée du pub.

— Oh, salut… Je veux dire, oui, balbutia Kristen avant de s'interrompre.

Elle avait momentanément oublié où elle était et pourquoi elle était là. *Allez, reprends le contrôle de tes parties féminines et de ta matière grise*, se dit-elle. Ce n'était tout de même pas la première fois qu'elle voyait un groupe de beaux spécimens, mais bon sang, la testostérone qui se dégageait du groupe la faisait presque fondre sur place.

Avec une grande inspiration, elle retrouva son calme et répondit à la serveuse qu'elle était venue pour manger quelque chose, et que non, elle n'attendait personne. Elle mangeait seule. *Oui*, songea-t-elle. *Toute seule. Une table pour une personne.* Au moins, entre le vrai plaisir des yeux que lui offraient les hommes au bar et son fantasme de tout à l'heure sous la douche, elle aurait plus qu'assez d'inspiration pour commencer l'histoire de Maître Xavier.

La jeune femme saisit un menu sur le pupitre d'hôtesse et désigna le reste de la salle.

— Voulez-vous une table ou une banquette ?

— Une banquette, s'il vous plaît, répondit Kristen en soulevant son ordinateur portable pour le lui montrer. Ce sera plus facile si je veux faire un peu de travail.

— Je vois. Pas de problème. Nous avons quelques habitués qui travaillent pendant leur pause déjeuner. Ils me disent aussi que les banquettes sont plus confortables que les tables du milieu.

En suivant la gentille serveuse, Kristen se rendit compte qu'elle l'emmenait de plus en plus près du Pack de Six Sexy. Les seuls compartiments inoccupés se trouvaient au fond à gauche, juste en face d'eux.

— Et voilà, dit-elle en posant le menu sur la table qu'elle lui désignait.

C'était l'avant-dernière avant la porte de la cuisine.

— Souhaitez-vous boire quelque chose ?

Kristen posa son ordinateur portable et s'assit, tournée vers l'avant du pub.

— Vous avez du thé glacé ?

— Oui. Sucré ou non sucré ?

— Sucré, s'il vous plaît.

— Bien sûr. Je reviens dans une seconde. Oh, et les spécialités sont au dos du menu.

Elle sourit alors que la jeune femme se dirigeait vers le bar pour passer sa commande. *Un vrai rayon de soleil.* Comme c'était un jour de semaine, il était évident que la serveuse avait quitté le lycée, peut-être depuis un an ou deux. Et si Kristen devait deviner, elle ne lui donnait que dix-huit ou dix-neuf ans. Alors qu'elle se tenait au bar en attendant le thé glacé de Kristen, l'un des six beaux mecs se pencha vers elle et lui dit quelque chose qui la fit rire en rougissant. Kristen fronça les sourcils. *Sérieusement ?* Ce type devait avoir une trentaine d'années, et il draguait une fille qui avait tout juste dépassé l'âge de l'envoyer en prison. Enfin, personne n'avait décrété que les pervers devaient être laids. Kristen éprouva une soudaine envie de dire quelque chose, mais elle ne connaissait pas ces gens et la fille semblait apprécier cette attention.

Elle était sur le point de se retourner pour sortir son ordinateur portable de sa housse quand un mouvement de l'autre côté du groupe attira son attention. Son souffle resta suspendu dans sa gorge lorsque son regard croisa une paire d'yeux d'un bleu de glace. *Maître Xavier.*

Oh. Mon. Dieu ! Kristen n'en croyait pas ses yeux. Si Maître Xavier était une personne réelle, ce serait lui. Il avait des cheveux d'un noir de jais, un peu longs dans le cou, une mâchoire ferme avec une barbe de fin de journée et un corps qui lui donnait presque envie de regarder autour d'elle pour voir si l'une des autres femmes du pub n'avait pas perdu sa petite culotte. Elle était envoûtée par ces incroyables yeux bleus qui la dévisageaient ouvertement, comme s'ils pouvaient voir dans son âme. Elle devait être en train de baver, pourtant elle était incapable de détourner le regard. Lorsque le sourcil droit de l'homme remonta en signe évident qu'il avait surpris ses yeux sur lui, sa bouche devint sèche et elle baissa la tête avant de la relever lentement. Malgré l'intensité de son regard, elle crut voir frémir le coin de ses lèvres, comme s'il retenait un sourire. Oh mon Dieu, comme elle aimerait le voir sourire. Elle se demandait en quoi cela transformerait son visage. S'il était comme le reste de son corps, ce sourire serait d'une beauté dévastatrice.

Aucun d'eux ne bougea et ses yeux remontèrent jusqu'aux siens, son pouls battant dans ses veines. Alors que Kristen pensait qu'elle allait s'y noyer, les yeux disparurent brusquement derrière le corps de la serveuse qui revenait à sa table.

— Voilà.

La jeune fille posa un verre de thé devant elle et sortit un bloc-notes et un stylo du petit tablier noir noué à sa taille.

— Vous avez fait votre choix ?

Secouant la tête, Kristen essaya de reprendre le contrôle de ses sens et de se concentrer sur la question.

— Euh, non. Pouvez-vous...

Elle se racla la gorge.

— Pouvez-vous me donner quelques minutes ? Je n'ai pas encore regardé le menu.

— Bien sûr, prenez votre temps.

Impatiente de revoir ces yeux, Kristen retint son souffle lorsque la jeune femme s'éloigna, pour constater que le sosie de Maître Xavier s'était à nouveau tourné vers le barman. La déception la saisit et elle prit une gorgée de thé glacé pour apaiser sa gorge desséchée avant de prendre le menu. Sans un bruit, elle essaya de pousser l'homme à se retourner à nouveau, tandis que son regard allait et venait entre le menu et le bar. Cette fois, elle s'efforça d'être plus discrète dans son observation et garda la tête penchée. En l'observant, on croirait qu'elle examinait le menu, mais du coin de l'œil, elle ne cessait de revenir vers lui.

Quelques minutes plus tard, une fois sa commande passée, Kristen se résigna au fait que le bel inconnu ne se retournerait pas. Elle sortit son ordinateur portable, le démarra et se mit au travail.

* * *

Devon Sawyer, surnommé Devil Dog, ne pouvait pas s'en empêcher. Il avait l'habitude d'être un voyeur au club, mais ici, dans le bar du frère de son ami, il se faisait l'impression d'être un incorrigible harceleur. En dépit de ce sentiment, il passa quand même la majeure partie de l'heure suivante à fixer le reflet de la brune dans le miroir. Ce n'était que justice, après tout, puisqu'elle l'avait reluqué en premier. Voilà qui le faisait passer de redoutable harceleur à écolier puéril.

En compagnie de ses coéquipiers, il profitait d'une journée tranquille pour déjeuner et assister à un match de baseball des Tampa Bay Rays lorsqu'il l'avait aperçue en train de regarder son ami, Brody, qui parlait à Jennifer. Pour une raison quelconque, elle avait froncé les sourcils et Devon s'était demandé ce qu'elle pensait. Les mecs plaisantaient toujours avec Jenn, surnommée Baby-girl par le groupe, et il n'y avait rien de mal à cela. Sans eux, sa nièce ne se serait jamais adaptée aussi vite à la vie à Tampa. Les six derniers mois avaient été difficiles pour elle, mais il était évident que la présence de ses oncles de substitution l'avait aidée à surmonter le pire. Grâce à eux et au psychothérapeute qu'elle consultait, elle sortait de sa dépression et allait de l'avant dans sa vie. Il était heureux de constater qu'elle souriait et plaisantait davantage au fil du temps. Elle avait perdu ses parents du jour au lendemain et son monde avait été bouleversé, mais ses oncles étaient déterminés à ce qu'elle n'oublie jamais qu'ils la considéraient comme la famille. Avec eux, elle serait toujours aimée et protégée.

Devon regarda les cinq hommes qui étaient comme des frères pour lui, même si son frère aîné, Ian, à sa gauche immédiate, était le seul auquel il soit lié par le sang. Les autres étaient des frères de cœur. Ils avaient traversé l'enfer et en étaient revenus ensemble et, par miracle, ils s'en étaient tirés avec seulement quelques cicatrices de combat. Ils se soutenaient toujours mutuellement et il s'écoulait rarement un jour ou deux sans qu'ils ne se voient au travail – à Trident Sécurité –, *Chez Donovan* ou au *Covenant*, à moins qu'ils ne soient en mission.

Brody Evans, surnommé l'Intello, debout au bout du bar où Jenn prenait les commandes, était le plaisantin et le dragueur de service, ainsi que leur technicien en chef. Ce type avait de quoi humilier la plupart des hackers informatiques et, malgré les efforts déployés par le FBI au fil des ans pour le recruter, Brody avait toujours préféré rester avec son équipe – d'abord au sein des SEAL, et maintenant chez Trident Sécurité. Marco « Polo » DeAngelis, leur pilote d'hélicoptère et spécialiste des communications, était assis à côté de Brody, à le taquiner au sujet des Dallas Cowboys que son ami aimait tant. Marco était né et avait grandi à Staten Island, dans l'État de New York, et il était resté supporter des Giants. Comme il le disait, aucun fan des Giants qui se respecte ne laisserait passer l'occasion de se tirer la bourre avec un supporter des Cowboys. C'était le seul point de désaccord entre les deux hommes. Autrement, c'étaient les meilleurs amis du monde. Ils se connaissaient depuis l'entraînement de base et en tant que membres des SEAL, au sein de la même équipe. Ils étaient tellement liés qu'ils avaient même quitté l'armée en même temps pour intégrer Trident Sécurité. Il arrivait aussi qu'ils partagent leurs femmes, à l'occasion. Le duo était assez populaire auprès des soumises du club.

Il vit Brody jeter un coup d'œil à la brune et donner un coup de coude à Polo en inclinant la tête dans sa direction. L'autre regarda par-dessus son épaule, puis sourit à son partenaire de plans à trois.

— Désolé, l'Intello, mais j'ai des projets avec ma sœur ce soir. Une autre fois.

Devon fut étonné de sentir son propre corps se détendre après s'être crispé. Il ne s'était pas rendu compte que ses muscles s'étaient raidis à la perspective que les deux hommes aillent retrouver la femme qu'il lorgnait depuis une heure environ.

Parmi ses coéquipiers, le suivant était Jake Donovan, surnommé Révérend, originaire de Tampa, leur tireur d'élite et frère cadet de Mike, propriétaire de *Chez Donovan* et barman cet après-midi. Si Mike avait appris le métier aux côtés de leur père et avait repris le pub à sa mort, quelques années auparavant, Jake s'était engagé dans la marine le jour même où il avait obtenu son diplôme d'études secondaires. D'après ce que Devon avait compris, la relation entre Jake et son père s'était détériorée au cours du dernier semestre de sa terminale, après une dispute. Renonçant à la bourse d'études de football à Rutgers que tout le monde s'attendait à ce qu'il accepte, Jake avait fini par suivre une formation de base dans l'armée. Devon ignorait la cause du profond désaccord entre eux, mais il avait le sentiment que c'était en raison de l'orientation sexuelle de Jake. Le fait que Jake soit gay ne dérangeait ni Devon ni les autres gars, mais avec la politique du « motus et bouche cousue » en vigueur depuis des années dans l'armée, ils n'en avaient jamais vraiment discuté à l'époque. Par la suite, Jake avait toujours préféré garder sa vie personnelle pour lui, et les autres respectaient ses décisions tout en lui faisant savoir qu'ils le soutenaient. Devon soupçonnait Nick, son propre frère cadet, d'être gay, sans que cela lui pose le moindre problème. Ian, Devon et leurs amis avaient tous leurs propres penchants et perversions, alors qui étaient-ils pour juger les autres ?

Jake discutait avec Boomer, assis de l'autre côté. Ils semblaient se disputer sur un sujet insignifiant. Boomer tourna la tête pour darder sur Ian un œil incrédule, et Devon sourit à sa question.

— Tu t'es tapé Savannah McCall ? C'est quoi cette histoire ? Comment se fait-il que je ne le savais pas ?

Ian haussa les épaules, mais son sourire laissait entendre à leur expert en explosifs et démolition que la rumeur était vraie. Le Boss avait eu une brève relation de domination/soumission avec le top model de trente ans, encore assez sexy pour faire la couverture de l'édition spéciale maillots de bain de *Sports Illustrated* cette année.

— C'était avant ton époque, Baby Boomer. Elle essayait encore de se lancer dans le mannequinat quand je l'ai rencontrée, il y a des années.

— Oh, bordel ! Comme d'habitude, je m'incline, tu es formidable.

Même s'ils avaient tous servi dans la même équipe pendant plusieurs années, Ben Michaelson, surnommé Boomer, était resté dans l'armée deux ans de plus après que les autres eurent pris leur retraite. Il ne les avait rejoints que depuis quelques mois, après une attaque au lance-roquettes qui avait failli lui coûter la jambe gauche et l'avait conduit à l'hôpital pendant trois mois. Il avait un genou artificiel, à présent, mais les médecins avaient réussi à sauver le membre, même s'il avait traversé une période difficile. Depuis qu'il s'était rétabli, il était prêt à se reconvertir dans une carrière où il risquait moins d'être la cible de projectiles potentiellement mortels.

Âgé de trente ans, Boomer était le plus jeune du groupe, et parfois, pour l'agacer, ils l'appelaient Baby Boomer. Mais c'était uniquement pour le taquiner, et la plupart du temps, ils évitaient de se mettre à dos le porteur d'explosifs. Boomer descendait d'une longue lignée de militaires et son père avait été un SEAL avant lui.

Devon leva les yeux quand son frère quitta son tabouret.

— Tu vas quelque part, Boss ?

Même s'ils étaient copropriétaires à parts égales, Devon considérait son frère aîné comme le chef de l'entreprise. Dans l'armée, Ian était plus gradé que lui et avait été leur chef d'équipe.

Ce dernier répondit avec l'un de ses grognements habituels en jetant de l'argent sur le bar.

— Oui, je veux retourner au bureau et régler quelques petites affaires avant d'aller au club. Tu y vas plus tard ?

Devon jeta un nouveau coup d'œil au reflet de la brune dans le miroir avant de répondre.

— Pas encore sûr.

Ian regarda furtivement par-dessus son épaule, en direction des banquettes derrière lui, puis se tourna vers Devon avec un sourire en coin.

— Hmm...

Devon ricana lorsque son frère lui assena une tape sur l'épaule. Après avoir lancé aux autres qu'il les verrait plus tard, Ian se dirigea vers la porte et fit une bise à Jenn en passant devant elle. Dans le miroir, Devon remarqua que l'objet de sa convoitise fronçait à nouveau les sourcils en voyant Ian embrasser sa nièce avant de sortir. Il gémit en prenant conscience qu'elle devait les prendre pour une bande de pervers qui draguaient une belle adolescente assez jeune pour être la fille de n'importe lequel d'entre eux – à l'exception de Boomer, peut-être, puisque ce gars devait avoir dix ou onze ans au moment de sa conception, même si Devon ne connaissait pas son âge exact.

Oui, beaucoup de gens le qualifieraient de déviant – *Devon le déviant*, c'était plutôt drôle – s'ils étaient au courant des détails croustillants de sa vie sexuelle, ainsi que de celles de ses amis. Bien sûr, autrefois, Devon était sorti avec beaucoup de filles de dix-neuf ans, mais il était encore un adolescent lui-même, ou au tout début de la vingtaine. Il avait arrêté lorsque Ian, alors âgé de vingt-sept ans, lui avait fait découvrir le style de vie BDSM alors qu'il en avait vingt-quatre.

Au cours des premières années de sa carrière dans l'armée, Devon était stationné sur la côte ouest, tandis que Ian était en Virginie. Ils s'étaient retrouvés après que Devon eut terminé sa formation de base en démolition sous-marine chez les SEAL, une spécialité surnommée BUD. Il avait été affecté à l'équipe quatre des SEAL, celle de Ian. Quelques semaines après leurs retrouvailles, son frère l'avait emmené dans un club libertin privé pour la première fois. Le club se trouvait à une demi-heure environ de la base et quelques gars s'y rendaient fréquemment lorsque l'équipe était sur le sol américain, et en dehors des heures de service. Ian avait adopté ce style de vie depuis quelques années et il avait estimé que son frère pourrait bénéficier de la maîtrise de soi qui accompagnait le rôle de dom. Si cinq ans et demi s'étaient écoulés, à l'époque, depuis la mort de John, leur frère de dix-huit ans, Devon avait encore du mal à surmonter son chagrin.

Il avait épousé ce style de vie comme un SEAL épouse l'armée et avait passé ses premières années à apprendre de Ian et d'autres doms, ainsi que de plusieurs soumises expérimentées qui avaient pris beaucoup de plaisir à enseigner à un nouveau dom à devenir... eh bien, un dom digne de ce nom. Ian avait toujours insisté sur ce point : c'était la meilleure façon de devenir un bon dominant responsable. En fait, la devise de la communauté BDSM était « sain, sûr et consenti ». Un dom inexpérimenté qui jouerait avec une soumise inexpérimentée, c'était la recette de la catastrophe, avec le risque que la soumise soit blessée physiquement ou psychologiquement. La dernière chose que voulait Devon ou tout autre dom respectable, c'était de blesser une soumise innocente au-delà du nécessaire.

En prenant de l'âge, il avait continué à se tourner vers des soumises expérimentées, ce qui signifiait qu'il jouait rarement avec des femmes de moins de vingt-cinq ans. Cela ne voulait pas dire qu'il n'y avait pas de débutantes plus âgées, mais il était plus probable qu'après un certain âge, les soumises aient déjà plusieurs expériences à leur actif et soient familières avec la dynamique du BDSM. Les plus expérimentées prenaient soin de ne pas confondre les bons moments passés ensemble avec quelque chose de plus. Au fil des ans, il avait vu d'autres doms se mêler à de jeunes novices en BDSM. Et il avait eu beau leur expliquer que ce n'était pas parce qu'un dom avait joué à plusieurs reprises avec une soumise qu'ils étaient dans une relation traditionnelle de type petit ami/petite amie, il avait été témoin de nombreuses déconvenues et de jeunes cœurs brisés.

Bien sûr, Devon aimait éduquer une nouvelle soumise de temps à autre, mais il prenait soin de bien observer la femme au club pendant plusieurs semaines avant de l'approcher pour négocier une scène. Il tenait à s'assurer qu'elle n'était pas du genre à s'accrocher et à s'attacher. Les attaches, ce n'était pas son truc. Il ne dépassait jamais une ou deux scènes avec une soumise avant de passer à la suivante. Il avait bien quelques favorites, avec lesquelles il sortait plus souvent que d'autres, mais il attendait scrupuleusement plusieurs semaines, voire des mois, entre deux scènes avec la même femme. Heureusement pour lui, il y avait beaucoup de jeunes candidates au *Covenant*, parmi lesquelles il pouvait choisir.

Le *Covenant* était un club BDSM d'élite que Devon possédait avec Ian et leur cousin, Mitch. Après que Devon et son frère eurent quitté les SEAL, plus de trois ans auparavant, ils s'étaient installés à Tampa et avaient créé leur entreprise de sécurité et de protection privée, Trident Sécurité. Lorsque Mitch les avait approchés pour lancer le club, ils avaient trouvé une grande propriété avec quatre entrepôts. Elle avait été saisie par le gouvernement après avoir servi dans le cadre d'un trafic de drogue, déguisée en société d'import-export. Elle se trouvait dans la banlieue de Tampa, assez loin des voisins, idéale pour leurs projets. Ainsi, quand elle avait été mise aux enchères, ils l'avaient achetée à un prix nettement inférieur à sa valeur réelle.

La propriété clôturée, avec un garde armé à la porte, était entourée par des zones boisées qui assuraient au club, ainsi qu'à Trident, l'intimité nécessaire. Avec les relations qu'ils avaient au gouvernement depuis de nombreuses années, l'équipe de Devon et Ian avait assuré des missions sous contrat pour un certain nombre d'agences gouvernementales. Ils avaient besoin d'un bureau où personne ne ferait attention à leurs allées et venues, pas plus qu'à la visite occasionnelle des agents fédéraux. Le premier bâtiment sur le terrain abritait le *Covenant*. De l'extérieur, c'était un entrepôt bleu en tôle et en ciment. Mais à l'intérieur, c'était le rêve de tout amateur de fétichisme.

Les trois autres bâtiments identiques étaient séparés du club par une seconde clôture. Le premier abritait les bureaux et la salle des opérations, d'où Trident Sécurité était dirigé. Vers le fond se trouvait un garage, ainsi que des coffres pour les armes, les munitions et l'équipement. Au premier étage, il y avait six chambres à coucher et des salles de bain, ainsi qu'une salle de détente où l'équipe pouvait s'installer pour regarder la télévision sur grand écran ou jouer aux fléchettes et au billard. Une kitchenette venait compléter les installations pratiques.

La structure suivante comprenait des zones de stockage au premier étage, et au rez-de-chaussée un stand de tir intérieur, un gymnase et une salle d'entraînement, ainsi qu'une chambre-forte en cas d'urgence. Cette pièce ressemblait à un ancien abri antiatomique, sauf qu'elle se trouvait en surface, avec des murs en béton armé et en acier. C'était une découverte inattendue qu'ils avaient faite après l'achat de la propriété. Le dernier bâtiment abritait les appartements de Ian et Devon, même si, comme les autres façades, la leur ne donnait aucune indication sur ce qui se trouvait à l'intérieur. À la fin des rénovations, les deux hommes avaient été ravis par le résultat.

Avec une autre gorgée de soda, Devon reprit son observation de la brune. Il avait connu de nombreuses femmes séduisantes au fil des ans – plus qu'il n'osait les compter – et il ne la qualifierait pas de magnifique, mais plutôt de jolie fille comme on en croisait parfois. C'était clairement une femme qui obtenait des deuxièmes et des troisièmes regards de la plupart des hommes. Il n'en était pas certain à cause de la distance qui les séparait, mais il devinait que ses yeux étaient noisette. Ses cheveux bruns soyeux étaient attachés en queue de cheval et il se demandait ce qu'elle ferait s'il s'approchait et enlevait l'élastique qui les retenait, laissant les mèches souples tomber autour de son visage. Ses doigts le démangeaient de le découvrir.

Elle ne portait pas de lunettes lorsqu'elle s'était assise, mais elle les mit sur son nez avant de se mettre à taper sur son clavier. Ces lunettes lui donnaient un air de bibliothécaire coquine qu'il aimait chez les femmes et il sentit la semi-érection qu'il avait depuis qu'il l'avait remarquée gonfler un peu plus. Laissant ses yeux vagabonder, il admira la forme en cœur de son visage, ses pommettes hautes et ses lèvres roses et pulpeuses qui feraient des miracles autour de sa queue.

Merde ! S'il continuait comme ça, il serait dur comme le granite et son regard ne s'était même pas encore aventuré au-delà de son cou. En tout cas, pas depuis une minute ou deux. Maintenant que la pensée lui venait, il baissa les yeux vers sa poitrine. Elle portait un t-shirt à manches courtes avec un col en V, ce qui lui donnait un petit aperçu de son décolleté, et d'après sa grande expérience du corps féminin, il devinait qu'elle faisait du 95C. Ni trop gros ni trop petit, exactement comme il l'aimait. Il se demanda si son soutien-gorge était de la même couleur rouge flamboyant que son chemisier et cette pensée lui fit monter l'eau à la bouche. En déglutissant, il la regarda se pencher en arrière et étirer les bras au-dessus de sa tête dans une tentative évidente pour dénouer son dos et ses épaules après avoir écrit si longtemps. Ce mouvement fit ressortir un peu sa poitrine et... bon, c'était officiel, il était maintenant douloureusement en érection. Il changea de position pour soulager la pression et comprit que s'il voulait avoir le moindre espoir de sortir d'ici cet après-midi sans être tourmenté par sa queue, il devait arrêter de la regarder.

Il ne la connaissait pas encore, mais il parierait sa précieuse Mustang 1966 décapotable que c'était une soumise. La question était de savoir si elle en avait conscience. Il en doutait. Quand il avait croisé son regard un peu plus tôt, il avait attendu quelques secondes avant de lever un sourcil dans une expression qui aurait poussé la plupart des soumises à se demander si elles avaient dit ou fait quelque chose de mal. Il avait été ravi de voir à quelle vitesse ses yeux s'étaient baissés avant de remonter vers son visage, comme si elle ne pouvait pas résister à l'envie de le regarder. Si Jenn ne s'était pas placée dans son champ de vision, il aurait cédé à la tentation d'aller se présenter, ce qu'il n'avait pas fait en dehors du club depuis longtemps.

Au fil des ans, il avait appris que la plupart des femmes qu'il avait rencontrées en dehors de la communauté BDSM étaient soit rebutées par ses penchants, soit avaient seule-ment une vague idée de ce qu'impliquait le mélange de plaisir et de douleur avant d'essayer d'en faire l'expérience par elles-mêmes. Devon avait eu quelques histoires par le passé, mais chaque fois, la femme avec qui il était se mettait à paniquer devant ses exigences et ses tentatives de l'en-traîner hors de sa zone de confort. À ce moment-là, il arrê-tait la scène sans se plaindre et attendait de voir si elle voulait continuer. Si ce n'était pas le cas, il s'assurait que la femme allait bien et retrouve ses esprits avant de lui souhaiter bonne chance et de s'en aller. Il n'imposerait jamais son style de vie à qui que ce soit. Encore une fois, tout était *sain, sûr et consentant*. La plupart des gens n'avaient pas conscience qu'une certaine douleur pouvait être transformée en plaisir intense avec le bon dosage de confiance et d'excitation. Sans ce mélange, toute rencontre de type domination/soumission était vouée à l'échec. Voilà pourquoi il trouvait beaucoup plus facile de limiter ses rencontres avec les soumises du club. Mais bon sang, il aurait aimé croiser cette petite bibliothécaire au *Covenant* pour aller au fond des choses, sans mauvais jeu de mots... ou peut-être avec.

— Oh, mon Dieu ! Vraiment ?

Devon se retourna en entendant sa nièce pousser une exclamation soudaine. Jenn se tenait à côté de la brune et sa voix était basse, mais il était évident qu'elle était enthousiaste à propos de quelque chose. Il tendit l'oreille, sans succès, et se demanda pourquoi elle s'agitait autant. Quoi qu'il en soit, les deux femmes se souriaient, maintenant, et discutaient à bâtons rompus, Jenn assise en sa compagnie sur la banquette.

Comme il aurait aimé être Jenn en ce moment.

Chapitre Trois

Une heure s'était écoulée avant que Kristen ne s'adosse à la banquette, satisfaite de l'ébauche de ses deux premiers chapitres. L'inspiration l'avait frappée et elle avait réussi à créer un contexte intéressant pour l'histoire. À la fin du chapitre deux, Maître Xavier venait de poser les yeux sur le futur amour de sa vie, Rebecca, pour la première fois. Kristen soupira en étirant ses bras au-dessus de sa tête et regarda autour d'elle. La plupart des tables étaient maintenant vides et la serveuse essuyait l'une d'elles avec un chiffon humide. Jetant un coup d'œil au bar, elle remarqua que le Pack de Six Sexy – elle devait arrêter de les surnommer comme ça – en comptait un de moins, à présent, l'homme qui avait embrassé la serveuse en partant. Le tabouret à la gauche du mec sur lequel elle avait bavé tout à l'heure était vide et il ne semblait pas avoir l'intention de se rapprocher de ses copains, restant à sa place initiale.

— Alors, vous reprenez votre souffle ?

Kristen tourna la tête pour voir la serveuse qui se tenait maintenant à côté d'elle en souriant.

— Oui, on peut dire ça. Parfois, je suis tellement dans mon écriture que le reste du monde cesse d'exister.

La jeune femme pouffa.

— Je vois ça. Je suis venue voir comment vous alliez plusieurs fois, et comme vous étiez dans votre monde, j'ai continué à remplir votre thé glacé.

Kristen baissa les yeux sur le grand verre et constata qu'en effet, il était à nouveau plein. Puisqu'il y avait une assiette à côté avec quelques frites et des miettes, il y avait de fortes chances qu'elle ait mangé son sandwich salade-poulet, mais elle ne s'en souvenait pas. Décidément, elle devait vraiment faire une pause.

— Merci, dit-elle à la jeune femme. C'est gentil.

— Pas de problème. Qu'est-ce que vous écrivez ? Vous avez tapé non-stop, mais de temps en temps, vous regardiez le plafond pendant quelques minutes, puis vous faisiez « a-ha » et vous recommenciez.

Kristen rougit, un peu gênée.

— Oh bon sang, dites-moi que je ne faisais pas trop de bruit.

La serveuse gloussa, ce qui la fit paraître encore plus jeune.

— Non, pas du tout. En fait, je pense être la seule à l'avoir remarqué.

— Ouf, souffla-t-elle avec un soupir de soulagement exagéré. Je suis en train d'écrire un livre, et parfois, je me laisse emporter.

— Vraiment ? Quel genre de livre ? De la fiction ?

— Oui, fit Kristen en hochant la tête. Une romance à suspense. J'en ai écrit quelques-unes qui ont été publiées et j'en commence une nouvelle maintenant.

— Oh, waouh, c'est trop cool. J'ai des tonnes de romances dans ma liseuse, dit-elle, désignant la petite tablette qui dépassait de la poche de son tablier. Je me demande si j'ai lu l'une des vôtres.

— C'est possible. Je suis Kristen Anders.

La serveuse poussa un grand cri.

— Oh, mon Dieu ! Vraiment ?

Couvrant sa bouche pendant une seconde, elle reprit à un niveau de décibels plus acceptable :

— Je suis en train de lire un de vos livres en ce moment même. Je crois que c'est votre deuxième. J'en ai lu tellement et je ne me souviens jamais des titres, mais les personnages sont Jeb et Amy.

Kristen hocha la tête. Ça lui faisait toujours plaisir de rencontrer l'un de ses lecteurs à l'improviste. Son ex-mari était toujours condescendant à l'égard de ses livres, décrétant que ce n'était qu'un petit hobby, et il était toujours stupéfait d'apprendre que des gens les avaient achetés, lus et même aimés.

— Oui, c'est mon deuxième, *Le Feu de la passion*. Le premier était *Cœurs à vif*, avec Keith et Shannon.

— Oui ! C'est le premier que j'ai lu. Je l'ai tellement aimé que j'ai regardé si vous aviez écrit autre chose et j'ai téléchargé les deux suivants de la série.

Kristen sourit lorsque la jeune femme prit place en face d'elle, sur la banquette, sans même avoir conscience qu'elle était assise avec une cliente – mais Kristen ne s'en formalisa pas.

— Je suis ravie que vous l'ayez aimé. J'adore croiser une de mes lectrices et qu'elle me dise qu'elle apprécie mes livres.

— Oh, oui, je les adore. Vous offrez un excellent mélange entre suspense et romance, qui me donne envie de ne pas le lâcher. Quand j'ai dévoré *Cœurs à vif*, je n'ai pas fermé l'œil jusqu'à trois heures du matin parce que j'avais hâte de voir comment ça se terminait. Bien sûr, c'est une romance, alors il y a toujours une fin heureuse, mais je n'arrivais pas à savoir qui était le meurtrier. Et j'ai horreur de le découvrir avant le moment prévu par l'auteur.

La serveuse tendit la main par-dessus la table.

— Au fait, je m'appelle Jennifer... Jennifer Mullins.

Kristen serra la main tendue.

— C'est un plaisir de vous rencontrer, Jennifer.

— Oh, tout le plaisir est pour moi. Je n'ai jamais rencontré quelqu'un de célèbre avant.

Elle ne put s'empêcher de glousser devant l'enthousiasme de la jeune femme.

— Vous savez, je ne pense pas être vraiment célèbre.

— Pour moi, vous l'êtes. Maintenant, j'ai vraiment hâte de lire la suite de vos livres.

— Je suis contente, mais ne les achetez pas.

Elle savait ce que c'était que de travailler pour suivre des études. Ses parents avaient payé ses frais de scolarité et ses livres, mais Kristen avait dû gagner son argent pour les extras et les loisirs en travaillant dans une boutique de bagels près du campus, puis comme correctrice pour quiconque en avait besoin. Elle était sûre que la serveuse avait besoin d'argent pour des choses plus importantes que des romances, et si Kristen pouvait lui faire économiser quelques dollars, alors elle le ferait avec joie.

— J'ai quelques exemplaires brochés à mon appartement, ils sont à vous. Je vous les déposerai la prochaine fois que je viendrai déjeuner.

Jennifer poussa un nouveau cri de joie, mais pas aussi fort que la première fois, au grand soulagement de Kristen.

— Sérieusement ? C'est très gentil de votre part, vous n'êtes pas obligée.

— Je sais, mais ça me fait plaisir. Mon éditrice me donne

toujours un tas de copies à distribuer à qui je veux, alors ce n'est pas un problème, lui assura Kristen.

— Jennifer.

Au son de la voix masculine, les deux femmes se tournèrent vers le bar, où le barman indiquait l'avant du restaurant. Pivotant la tête, elles aperçurent quelques personnes debout près du pupitre de l'accueil. Kristen se réjouit de voir que le barman, sans doute également le patron, n'était pas fâché que Jennifer discute avec une cliente. C'était avec gentillesse qu'il faisait savoir à la jeune femme que les nouveaux venus attendaient. Kristen ne voulait pas que la fille ait des ennuis parce qu'elle était sociable – ce qui, d'après elle, constituait un véritable atout pour l'établissement.

Jennifer se leva d'un bond.

— Oups, je dois retourner au travail. Et merci de m'avoir proposé de m'apporter les livres. Je suis ici tous les après-midi, sauf le mercredi où j'ai cours.

Hochant la tête, Kristen confirma :

— N'importe quel jour sauf mercredi. J'ai compris.

— Je reviens avec votre addition dans une seconde.

— Prenez votre temps, dit Kristen pour la rassurer avec un geste de la main alors que l'autre femme se retournait pour se diriger vers l'avant.

Quelle gentille fille, se dit Kristen en concentrant à nouveau son attention sur son ordinateur portable. Touchant sa souris, elle le sortit du mode veille et son cœur s'arrêta. L'écran était vide.

— Oh, non, murmura-t-elle, l'estomac noué.

Elle ne se rappelait pas avoir appuyé sur le bouton de sauvegarde après avoir cessé d'écrire, mais le programme était censé faire une sauvegarde automatique toutes les deux ou trois minutes.

— Pitié, pitié, dites-moi que c'est enregistré.

Merde ! Elle savait qu'elle aurait dû acheter un nouvel ordinateur portable avant de recommencer à écrire. Celui-ci lui avait posé des problèmes ces derniers temps, se figeant et redémarrant sans prévenir, mais c'était la première fois qu'un manuscrit disparaissait. Elle se souvenait d'avoir créé un nouveau fichier lorsqu'elle avait commencé à taper, mais maintenant, elle ne pouvait même pas accéder au programme pour le retrouver. Elle commença à appuyer sur différentes touches, sa panique grandissante.

— Non, non, non ! Ce n'est pas possible.

— Qu'est-ce qui ne va pas ?

Elle leva les yeux pour voir que Jennifer était revenue déposer son addition sur la table, la mine soucieuse.

— Je ne sais pas, répondit-elle, essayant désespérément de faire réagir l'ordinateur. Il a pété les plombs et je crois que j'ai perdu mes deux premiers chapitres. Putain, je déteste l'informatique !

Jennifer posa sa main sur l'avant-bras de Kristen.

— Attendez, arrêtez ! Ne faites rien d'autre. Mon oncle est un génie de l'informatique. Si le fichier est quelque part, il pourra le retrouver.

— Votre oncle ? demanda-t-elle.

Mais il était trop tard. Jennifer s'était tournée vers le bar et elle faisait un signe de la main.

— Oncle Brody ? Tu peux venir ici une seconde ? On a besoin de tes super pouvoirs techniques.

Kristen vit alors l'homme avec qui Jennifer avait ri un peu plus tôt lever un sourcil interrogateur et poser sa bière avant de se diriger vers elles. Bon Dieu, ce type ne marchait pas, il flottait avec grâce.

Il sourit et ricana en approchant.

— Pas besoin de booster mon ego avec des compliments, Baby-girl. Tu sais que je ferais n'importe quoi pour toi.

Passant son bras autour des épaules de la jeune femme, il regarda Kristen.

— Où est le problème, chérie ?

Oh, Seigneur, fallait-il vraiment qu'il joue la carte du charme avec sa voix traînante si sexy ? Oncle Brody, comme Jenn l'avait appelé, mesurait environ un mètre quatre-vingts et ne semblait pas avoir une once de graisse sur son corps ciselé. Ses cheveux blonds coupés court étaient soignés, à l'exception d'une petite mèche qui tombait sur son front, et ses yeux d'un brun chocolaté pétillaient alors qu'il flirtait éhontément avec elle. Avec son t-shirt noir moulant, son jean, sa boucle de ceinture argentée et ses bottes western, il ne lui manquait qu'un chapeau de cowboy et elle l'imaginait aisément dans un ranch, en train d'attraper des taureaux au lasso. Cet homme était un délice ambulant, et apparemment, il le savait.

Kristen donna une secousse mentale à son cerveau en bouillie et regarda de nouveau son ordinateur portable.

— Je ne sais pas ce qui s'est passé. J'étais dans le traitement de texte et maintenant, pouf ! Tout a disparu. Je crains d'avoir perdu le fichier sur lequel je travaillais.

— Pouf, hein ? fit Brody, taquin, avant de désigner la banquette libre en face d'elle. Je peux ?

Elle hocha vivement la tête comme une figurine de tableau de bord.

— Oh, je vous en prie. J'apprécierais votre aide. Je ne m'y connais pas du tout en informatique.

L'oncle de Jennifer s'assit et orienta l'ordinateur vers lui avant de taper sur les touches. La différence entre ses propres tentatives et les manipulations de Brody, c'était qu'il semblait avoir une idée de ce qu'il faisait, alors que

Kristen, elle, n'en avait aucune. Se tordant les mains sur les genoux, elle priait pour qu'il puisse retrouver le fichier. Elle était contente de tout ce qu'elle avait écrit jusqu'à présent et elle n'était pas sûre de se remémorer les termes précis qu'elle avait employés.

— Tout va bien ?

Elle frissonna en entendant cette voix masculine grave qui pénétra tout son corps et s'y réverbéra, éveillant jusqu'à ses parties intimes. En levant les yeux, elle constata que Jennifer s'était éloignée et que l'homme aux magnifiques yeux bleus était maintenant debout, à sa place, le regard sur elle.

— Ça va, je gère, Devil Dog.

Kristen était heureuse que le dénommé Brody ait répondu à son ami tout en continuant à taper sur son clavier, car son propre esprit était devenu complètement vide, à l'exception d'une seule pensée : elle voulait entendre « Devil Dog » parler à nouveau. Il était à peu près de la même taille que Brody, mais moins massif. Bien qu'un peu plus mince, il était tout aussi musclé. Déjà, ses mains lui démangeaient de toucher son torse et ses abdominaux pour voir s'ils étaient aussi fermes qu'ils en avaient l'air. En t-shirt bleu marine, jean et baskets, il pourrait être n'importe quel mec dans la rue, alors qu'en réalité, ce n'était pas un quidam ordinaire. Cet homme faisait oublier aux femmes jusqu'à leur propre nom. Il était fort, viril, et attirait l'attention par sa simple présence, même si elle pouvait l'imaginer doux quand il le fallait. Elle continua à le dévisager jusqu'à remarquer que sa bouche esquissait à présent un sourire amusé. Il inclina la tête vers Brody et ce fut à ce moment qu'elle prit conscience que l'autre homme lui avait dit quelque chose.

Ravalant son embarras, elle se tourna de l'autre côté de la table pour constater qu'il arborait également un sourire.

— Je suis désolée, qu'avez-vous dit ?

Brody ricana en la regardant.

— J'ai demandé quel était le nom du fichier que vous cherchiez.

Elle sentit ses joues se réchauffer et virer à l'écarlate. Sérieusement ? Il avait besoin de connaître le nom du fichier ? *Évidemment, idiote... comment voudrais-tu qu'il le trouve autrement ?*

— Cuir et dentelle, marmonna-t-elle, fixant du regard la surface sombre de la table, regrettant que ce ne soit pas un trou noir dans lequel elle pourrait sombrer.

— Pardon ?

Les yeux toujours baissés, Kristen se racla la gorge et répéta plus fort et plus clairement :

— Cuir et dentelle.

Comme aucun des deux hommes ne parlait et qu'elle n'entendait pas de cliquetis de clavier, elle leva les yeux pour découvrir que tous deux la regardaient fixement. Seigneur, ayez pitié ! C'était trop humiliant.

Le sourire de Brody devint encore plus large et lorsqu'elle le regarda dans les yeux, elle aurait pu jurer voir un rire qu'il essayait de contenir. Elle ne voulait même pas savoir ce qu'elle verrait si elle jetait un coup d'œil aux yeux bleus de l'homme qui se tenait encore à côté de la table.

— Bon, très bien.

Brody lui fit un clin d'œil avant de se remettre à taper.

— C'est ici. Cuir et dentelle.

Kristen écarquilla les yeux en entendant le titre de son livre prononcé avec un accent aussi sexy avant de réaliser ce qu'il avait dit. Aussitôt, elle se redressa sur son siège.

— Oh mon Dieu, vous l'avez trouvé ? Sérieusement ?

— Bien sûr, ma belle. C'était du gâteau.

— Merci beaucoup, s'exclama-t-elle. Vous m'avez sauvé la vie.

Il rit devant cette exagération.

— Bon, peut-être pas votre vie, mais au moins une heure de travail, non ?

— Oui, c'est bien ça. Je ne sais pas comment vous remercier.

Ses joues s'embrasèrent à nouveau lorsqu'il répondit :

— Oh, je suis sûr que nous pourrons trouver un remerciement qui nous plaira à tous les deux.

Revoilà ce charme adorable et, *attendez...* Est-ce que « Devil Dog » venait de grogner, là ?

— Tu l'as trouvé ? demanda Jennifer en les rejoignant.

Brody se leva et lui fit un clin d'œil.

— Tu en doutais ?

— Pas du tout, Oncle Brody, dit-elle d'un ton taquin. Je ne douterais jamais de tes compétences de geek suprême.

— Morveuse, répondit Brody en donnant une pichenette affectueuse sur le nez de Kristen. Vérifiez si tout votre travail a été sauvegardé. Si vous me laissez une minute pour aller chercher mon ordi dans mon pick-up, je peux nettoyer un peu votre disque dur pour que ça ne se reproduise pas.

Elle hocha la tête et retourna l'ordinateur portable vers elle.

— Ce serait vraiment génial. Je vous en serais très reconnaissante.

Alors qu'il se dirigeait vers la sortie, Kristen sentit le regard de l'homme à côté d'elle. Essayant de ravaler la boule soudaine dans sa gorge, elle leva les yeux et vit qu'il ne souriait plus. Cela l'aurait déçue si elle n'avait pas deviné la chaleur qui couvait dans son regard. Un autre frisson dévala sa colonne vertébrale, se terminant dans sa culotte soudain trempée d'excitation.

— Alors, fit-il avec un timbre grave qu'elle ressentit de la tête aux pieds. Cuir et dentelle ?

— C'est le titre de votre prochain livre ?

Kristen n'avait pas réalisé que la jeune serveuse était encore avec eux avant d'entendre sa question. Parvenant à arracher son regard de ces yeux visiblement déterminés à la dévorer, elle se tourna Jennifer.

— Euh, oui... oui, c'est ça.

— Vous écrivez un livre intitulé *Cuir et Dentelle* ?

Elle rougit de nouveau à cette voix grave si séduisante, et ses yeux croisèrent les siens. Elle était reconnaissante envers Jennifer d'avoir répondu à la question à sa place, car Kristen ne trouvait pas la moindre réponse pour sauver la mise.

— Oui, Oncle Devon. Elle est auteure de romances. J'ai même lu l'un de ses livres et j'en ai commencé un autre hier.

— Vraiment ? murmura-t-il comme s'il essayait de résoudre une énigme complexe.

Il avait peut-être posé une question, mais il ne semblait pas s'attendre à une réponse.

Attendez... quoi ? *Oncle* Devon ?

— Vous êtes aussi l'oncle de Jennifer ?

— Hmm, oui. Ce sont tous mes oncles, dit Jennifer en faisant un geste vers le groupe d'hommes qui restaient, sans tenir compte du fait que la question s'adressait à Devon. Nous ne sommes pas liés par le sang, mais je les considère comme mes oncles. Je les ai connus toute ma vie et... c'est ma famille.

Devon interrompit le contact visuel avec Kristen et regarda Jennifer, avec de l'amour plein les yeux pour cette fille qu'il considérait comme sa nièce. Passant son bras autour d'elle, il l'étreignit.

— Bien sûr, nous sommes une famille, Baby-girl.

Pendant une brève seconde, Kristen éprouva de la jalousie envers la jeune femme blottie contre son corps ferme et musclé, ses bras puissants autour de sa petite taille. Jennifer lui rendit son étreinte et lui déposa un rapide baiser sur la joue avant de le lâcher pour se diriger vers la porte des cuisines.

— Je dois vérifier mes commandes.

Après sa disparition, Kristen dit à haute voix ce qu'elle pensait :

— C'est une gentille fille.

Devon acquiesça.

— Oui, vraiment.

Comme il ne disait plus rien, elle ouvrit la bouche pour lui poser une question, n'importe quoi pourvu qu'il reste là, à lui parler. Mais ses paroles moururent dans sa gorge lorsque Brody revint à la table et s'assit à nouveau, sans se douter de la tension sexuelle à couper au couteau entre les deux autres. Il sortit son ordinateur portable de sa housse et le posa à côté du sien. S'emparant d'un câble, il connecta les deux appareils et lui lança un regard.

— Ça ne prendra que quelques minutes pour télécharger le programme, et je vous montrerai comment l'exécuter une fois chez vous. Un scan complet prendra environ une heure ou deux pour nettoyer le disque dur, selon le nombre de programmes et de fichiers qu'il doit examiner.

— Qu'est-ce qu'il cherche ?

Elle ne connaissait pas grand-chose en informatique, à l'exception des bases les plus élémentaires.

Il commença à taper en lui répondant :

— Des fichiers en excès, des téléchargements temporaires et des logiciels malveillants, entre autres. Ce sont des éléments qui peuvent ralentir votre disque dur et causer des problèmes comme celui que vous avez eu tout à l'heure. Ce programme vous aidera également à vous protéger contre les virus.

— J'ai déjà un anti-virus.

Il lui fit un clin d'œil.

— C'est possible, ma belle, mais mon programme empêchera ces fichiers de s'accumuler.

— Votre programme ?

Elle sourit à ce ton espiègle. Quand elle était plus jeune, si un homme comme Brody avait flirté avec elle, elle aurait été trop intimidée pour répondre. Mais depuis qu'elle avait commencé à écrire des dialogues érotiques pour ses personnages, elle avait gagné en confiance pour parler au sexe opposé. Elle ne draguerait jamais ouvertement comme certaines femmes, mais maintenant, elle sentait qu'elle pouvait assumer une conversation avec un Casanova tel que lui. Son ami au regard intense, en revanche, c'était une autre histoire. Devon lui donnait envie de se mettre à genoux et de le laisser lui faire des choses. Des choses qu'elle n'avait jamais vécues auparavant. Et elle ne savait que penser de cette idée.

— Eh bien, étant donné que je l'ai codé, oui, c'est mon programme, répondit Brody avec l'air d'un petit garçon qui dévoilait son projet lors d'une foire scientifique.

Kristen laissa échapper un petit rire. Cet homme était un charmeur.

— Waouh, maintenant je me sens totalement analphabète en informatique. Je ne risque pas de perdre quelque chose d'important, n'est-ce pas ? J'ai toute ma vie là-dedans.

— Non, dit-il sans cesser d'écrire. Vos fichiers seront en

sécurité. Mais si vous n'avez pas de clé USB pour les sauve-garder, vous devriez en acheter une.

— J'en ai une à la maison, mais je n'aime pas l'emporter parce qu'elle est si petite, j'ai peur de la perdre.

Elle avait la mauvaise habitude d'égarer les choses. Si l'objet était plus petit qu'une corbeille à pain, Kristen le perdait forcément à un moment ou à un autre.

— Allez partout où l'on en vend et vous pourrez en trouver une à accrocher à votre porte-clés.

— C'est une bonne idée tant que je ne perds pas mes clés, ce qui arrive au moins une fois par semaine.

Pendant que Brody continuait à parler de son ordina-teur, les yeux de Kristen ne cessaient de dériver vers Devon, toujours près de la table. Il ne l'avait pas quittée du regard et elle s'efforçait de ne pas se trémousser. Elle lui adressa un petit sourire en se demandant à quoi il pensait.

* * *

La bouche de Devon s'ouvrit lorsqu'elle lui adressa un sourire timide, sous son regard intéressé. Elle avait beau être absorbée par la conversation, il n'avait pas l'impression d'être ignoré, puisqu'elle ne cessait de lever les yeux vers lui, comme pour confirmer qu'il était toujours là. Intéressant. Et ce qui était encore plus intéressant, c'était qu'il avait envie d'arracher la tête de Brody chaque fois que le geek usait de son charisme du Sud. Il était évident que son ami la trouvait attirante – quel homme hétérosexuel ayant dépassé l'âge de la puberté ne serait pas sous son charme ? Ce n'était qu'une question de temps avant que l'Intello ne l'invite à sortir. Cet homme n'avait pas les mêmes réserves que Devon à l'idée de sortir avec une femme extérieure au club.

Plus il l'observait, plus il voulait en apprendre sur elle.

Elle sentait la fleur sauvage et l'air frais, comme si elle avait traversé une prairie par un jour de printemps, un parfum subtil et séduisant. Il avait détecté un accent du Nord dans son discours. Il avait d'abord pensé à New York, mais maintenant il n'en était plus très sûr. Et son rire... Bon sang, son rire lui allait tout droit entre les jambes. Heureusement qu'il avait déboutonné sa chemise pour cacher le semi-automatique qui se trouvait dans le bas de son dos. Cela s'avérait tout aussi utile maintenant pour cacher d'autres détails, comme son érection.

Qu'y avait-il chez cette femme, dont il ne connaissait même pas le prénom, qui l'attirait comme une sirène mystique ? Il n'en savait rien, mais il avait hâte de le découvrir. Il était sur le point de tendre la main et de se présenter quand il remarqua que Brody lui remettait une carte avec son nom et son numéro de téléphone. Cet enfoiré venait de lui damer le pion. Après tout, Devon le méritait pour avoir traîné les pieds pendant plus d'une heure alors qu'il aurait pu trouver une raison quelconque de l'aborder et d'engager la conversation. Il avait envie de réduire son ami en bouillie pour marquer sa possession sur cette femme, mais bien sûr, il n'allait pas s'opposer à lui.

Devon fit un pas en arrière et se retourna vers le bar alors que les deux hommes quittaient la banquette. Dans le reflet du miroir, il la vit remercier Brody, puis son estomac se noua lorsqu'elle passa les bras autour du geek souriant pour lui donner une accolade. Il n'y avait rien de sexuel dans ce contact, mais Devon en éprouva tout de même des éclairs de jalousie. Il imaginait d'ici la réaction de son ami si ce dernier savait que Devon avait envie de le frapper. *Qui va à la chasse perd sa place, Devil Dog !* Oui, en quelque sorte, il était de retour à l'école primaire.

Quelques instants plus tard, il vit sa petite bibliothécaire rassembler ses affaires, dire au revoir à Brody et Jenn, puis se diriger vers la sortie. Après un coup d'œil hésitant dans sa direction, elle franchit le seuil.

C'était dans des moments comme celui-ci qu'il regrettait presque de ne pas boire d'alcool, car il avait vraiment besoin de se changer les idées.

Chapitre Quatre

Devon passa le reste de la semaine d'humeur massacrante, à rêver de sa petite bibliothécaire. Non, plutôt de la petite bibliothécaire de Brody. Quel enfoiré.

Il s'était comporté comme un gosse irascible, évitant Brody dans la mesure du possible depuis cet après-midi-là, six jours plus tôt. Il ne voulait pas savoir comment son ami s'était mis à fréquenter la brune – qui s'appelait Kristen Anders, il le savait maintenant. Elle avait déposé des exemplaires de ses livres pour Jennifer au pub et sa nièce était en train de lire en version poche le tome d'une série de romances soft après avoir terminé le précédent sur sa liseuse. Oui, il savait que les histoires étaient de type soft ou « vanille », parce qu'à l'abri des regards, il avait feuilleté le livre de Jenn, *Passions débridées*, qu'elle avait laissé sur le bar quelques minutes pendant son travail.

Il n'avait pas lu plus de quelques passages, mais l'histoire était bien écrite. Kristen Anders avait un talent indéniable. Il avait eu la bonne surprise de constater que ses scènes de sexe étaient torrides – édulcorées, mais érotiques. C'était aussi un peu gênant de savoir que sa nièce lisait ce genre de scènes. Il se rappela que Ian et lui avaient eu une conversation embarrassante avec elle sur le type de club qu'était le *Covenant*. Il fallait bien qu'elle sache qu'elle passerait devant pour se rendre chez Ian, trois bâtiments plus loin, lorsqu'elle était venue s'installer à Tampa. Après avoir rougi et bégayé, Jenn avait fini par leur dire qu'elle comprenait et que cela ne lui posait aucun problème. Ce n'était pas son truc, mais elle n'était pas du genre à juger. Ils lui étaient reconnaissants de ne pas avoir exprimé le désir de visiter l'intérieur du club. Elle ne voulait sûrement pas penser aux relations sexuelles que pouvaient avoir ses oncles, de quelque nature que ce soit, tout comme ils ne voulaient pas penser qu'elle coucherait un jour, elle aussi, avec un petit con en rut. Ils avaient été un peu choqués et à la fois soulagés lorsqu'elle avait balayé la question d'un revers de main en expliquant avec nonchalance qu'elle avait lu de nombreux livres où étaient mentionnés des clubs simi-laires. Certes, ces clubs étaient fictifs alors que le leur était réel, mais elle en avait compris le sens.

En feuilletant le livre, il avait constaté que Kristen décrivait en détail ce que ses personnages faisaient dans la grange, au bord du ruisseau et, bien sûr, dans la chambre à coucher. Et même si la plume était séduisante et excitante, il doutait que l'auteure soit intéressée par le genre de jeux érotiques auxquels il se livrait. Contrairement à Devon, cependant, Brody Evans n'était pas contre des rapports soft, à l'occasion. S'il était attiré par une femme, il était prêt à suivre ses envies le temps de quelques rendez-vous. Le seul problème pour elles, c'était qu'après ces quelques soirées et parties de jambes en l'air, Brody se lassait et c'était fini. Il y avait une longue file de femmes au cœur brisé derrière lui. Il ne faisait pas dans les relations à long terme, lui non plus. Et cela n'avait jamais été une préoccupation pour Devon, jusqu'à maintenant – la perspective que Brody puisse laisser tomber Kristen après l'avoir utilisée pour se soulager le rendait presque aussi furieux que l'idée qu'ils puissent sortir ensemble, tous les deux.

Chassant ces sombres pensées de son esprit, Devon sortit de sa Mustang avant de fermer la portière et de la verrouiller. Il avait laissé la capote relevée sur le trajet jusque *Chez Donovan* en raison des averses annoncées pour la journée. Le ciel gris correspondait à son humeur alors qu'il se dirigeait vers l'entrée du pub où il devait rejoindre Jake pour le déjeuner. Son coéquipier voulait revoir certaines informations dont ils disposaient sur une histoire de fugue à laquelle ils travaillaient depuis une semaine. Le père de l'adolescente les avait engagés lorsqu'elle s'était enfuie parce qu'il l'avait punie de ne pas avoir respecté le couvre-feu qu'il lui avait imposé. Jake n'avait pas encore retrouvé l'adolescente, mais il commençait à soupçonner la raison de sa fugue d'être autrement plus sinistre qu'il ne le pensait. Comme il était midi passé et que Jake avait faim, les deux hommes avaient convenu de se retrouver pour manger un morceau.

En entrant dans ce lieu familier, Devon regarda autour de lui et constata que son ami n'était pas encore arrivé. Toutes les tables étaient occupées, à l'exception de quelques-unes, mais ils avaient plutôt l'habitude de se retrouver au bar et il s'en approcha par automatisme. Il salua Jenn d'un signe de la main alors qu'elle sortait de la cuisine avec un plateau chargé. Elle lui fit un grand sourire en passant devant lui et il parvint à en accrocher un à son propre visage. Jenn était capable de l'égayer rien qu'en étant elle-même. Le père de la jeune femme avait été le lieutenant de Devon au sein de l'équipe quatre des SEAL pendant plusieurs années avant d'accepter une promotion administrative pour raisons médicales. Il avait également servi avec Ian pendant de nombreuses années avant cela. Ian et Jeff Mullins étaient devenus de proches amis quand ils avaient dix-huit ans et qu'ils suivaient ensemble l'entraînement de base. Lorsque Lisa, la femme de Jeff, avait donné naissance à une petite fille deux ans plus tard, après un mariage précipité, Ian était devenu le parrain.

Les Mullins vivaient à moins de quinze minutes de la base navale et l'équipe avait passé de nombreuses après-midi ou soirées de détente chez eux, s'extasiant devant la petite Jenn. Au fil des ans, les membres de l'équipe avaient beaucoup tourné, mais Jenn les considérait tous comme ses oncles. La plupart étaient restés en contact avec elle par le biais de messages et d'appels téléphoniques même après leur départ de l'équipe – pour cause de retraite, mutation ou promotion. Quoi qu'il en soit, ses oncles étaient toujours assurés de recevoir une carte de Jenn pour leur anniversaire, la Saint-Valentin, la Journée des anciens combattants et Noël. Il n'y avait pas un seul membre de l'équipe, passé ou présent, qui n'aurait pas tout laissé tomber pour accourir aux moindres besoins de la jeune femme. Et avec une infinie douleur, elle avait découvert de la pire des façons que c'était la vérité.

Six mois plus tôt, Ian avait reçu un appel d'une Jennifer en pleurs. Avant qu'il puisse la calmer, un inspecteur de police avait pris son téléphone et, d'une voix grave, lui avait annoncé que Jeff et Lisa Mullins avaient été assassinés chez eux lors d'un cambriolage présumé qui avait mal tourné. Le couple avait été retrouvé tué par balles dans leur salon, par un voisin qui avait remarqué la porte d'entrée entrouverte alors qu'il promenait son chien à six heures du matin. Connaissant Jeff et intrigué par la situation, le voisin était allé frapper à la porte et avait constaté le carnage depuis le hall d'entrée. Le couple avait été abattu de plusieurs balles tard dans la nuit et les inspecteurs avaient découvert plus tard que plusieurs pièces avaient été saccagées et que des bijoux, des portefeuilles et des ordinateurs avaient disparu. Par chance, Jennifer n'avait pas eu la souffrance de retrouver elle-même les corps ensanglantés de ses parents, car elle dormait chez une amie après une soirée au cinéma.

Moins d'une heure après le coup de fil, Devon et Ian étaient dans un avion en direction de la Virginie et ils n'avaient pas quitté Jenn pendant l'épreuve qui avait suivi. Dès que les anciens membres de l'équipe eurent tous été prévenus, ils avaient afflué en masse. Jenn n'avait rien eu à faire d'autre que pleurer la mort de ses parents. Ses « oncles » avaient tout pris en charge, depuis les funérailles jusqu'à l'assurance-vie et les avis de décès des anciens combattants, en passant par la vente et le rangement de la maison lorsque Jenn avait déménagé à Tampa pour vivre avec Ian, trois mois plus tard. Jenn avait un peu de famille du côté paternel, mais ils n'étaient pas proches, et les Mullins avaient désigné depuis longtemps Ian comme son tuteur s'il devait leur arriver malheur.

Après l'enterrement, alors que Devon était retourné en Floride pour faire tourner leurs affaires, Ian était resté en Virginie le temps que Jenn termine ses études secondaires. Cela avait été difficile pour elle, mais avec ses professeurs, ses amis, et l'aide et le soutien de Ian, elle avait pu remplir les conditions pour obtenir son diplôme. Par une journée ensoleillée de juin, plus de quarante SEAL anciens et actuels s'étaient pressés sur les gradins du terrain de football du lycée pour voir leur petite fille recevoir son diplôme. D'après Devon, il n'y avait pas eu un seul œil sec parmi eux, ce jour-là.

À présent, installée dans une résidence pour sa

première année à l'université de Tampa, de l'autre côté de la ville, Jenn se portait comme un charme. Même si elle traversait encore des moments de dépression et des crises de larmes soudaines – qui pourrait le lui reprocher ? –, elle continuait de consulter un psychologue spécialisé dans les traumatismes qui l'aidait à faire son deuil. Pour Devon, c'était l'amour qu'elle recevait chaque jour de la part de ses oncles qui l'aidait le plus à guérir son cœur dévasté.

— Comment allez-vous ?

Devon fut tiré de ses pensées par la voix douce à côté de lui et il pivota son tabouret pour voir Kristen, qui le regardait avec inquiétude. Il n'aurait jamais cru qu'elle puisse être plus jolie, mais aujourd'hui, elle était éblouissante. Elle était légèrement maquillée, même si elle n'en avait pas vraiment besoin, ce qui suffisait amplement à mettre en valeur ses yeux et ses lèvres. Ses cheveux bruns et souples étaient lâchés, encadrant son visage et tombant sous ses épaules, les pointes sur le renflement de sa poitrine. Le t-shirt à col V en coton qu'elle portait était d'un violet doux qui s'accordait avec son teint clair et faisait ressortir l'éclat vert de ses yeux noisette. Son décolleté était un peu plus profond que celui de l'autre jour, lui offrant une vue généreuse. Aussitôt, il se sentit à l'étroit dans son jean.

Il ne lui répondit pas tout de suite et elle sembla s'énerver.

— Désolée, je ne voulais pas vous déranger, mais vous aviez l'air un peu... enfin... Je ne sais pas, un peu triste.

Il secoua la tête.

— Non, non, je vais bien, et vous ne me dérangez pas du tout. Je pensais juste à... peu importe, ce n'était rien.

Inutile de déterrer le passé devant une inconnue, même s'il voulait une excuse pour lui parler. Il s'efforça d'afficher un sourire qu'il espérait convaincant et qui devint plus authentique lorsqu'elle soupira de soulagement et que les commissures de ses lèvres se recourbèrent.

— Tant mieux, je suis contente. Au fait, je m'appelle Kristen Anders.

Il serra la main qu'elle lui tendait, étonné de sa douceur. Il se demanda si elle ressentait le même choc que lui, presque électrique.

— Devon Sawyer.

— C'est un plaisir de vous rencontrer.

Elle marqua une pause et il attendit de savoir ce qu'elle allait dire ensuite, impatient d'entendre à nouveau sa voix mélodieuse autant qu'il attendait son prochain souffle. Il fut un peu déçu lorsqu'elle secoua la tête, retira sa main de la sienne et commença à se détourner. Il ouvrit la bouche pour l'empêcher de partir, mais elle fit volte-face au même instant et ses mots sortirent précipitamment.

— Écoutez, je ne suis pas aussi directe d'habitude. D'ailleurs, je ne le suis jamais, mais... ça vous dirait de sortir avec moi un jour ?

Devon n'aurait pas été plus étonné si elle avait sorti une arme et lui avait tiré entre les deux yeux. *Elle* l'invitait à sortir ? Il dut hésiter trop longtemps, car elle leva la main.

— Vous savez quoi ? Oubliez ma question. Vous n'êtes pas obligé de répondre.

Il lui saisit le bras avant qu'elle n'ait le temps de s'enfuir. Il avait beau vouloir dire oui, accepter de sortir avec elle, il se surprit à lui répondre :

— Je suis flatté, vraiment. Mais Brody est mon ami, et...

Il ne termina pas sa phrase, lui laissant remplir les blancs et comprendre qu'il refusait de voler la copine de son ami.

Kristen se renfrogna.

— Je ne comprends pas. Quel rapport avec Brody ?

Vraiment ? Elle lui posait cette question ? Peut-être qu'il avait tort en disant qu'elle était douce et innocente, tout compte fait. Peut-être qu'elle passait d'un homme à l'autre. Il la regarda dans les yeux. Non, il ne se trompait pas à son sujet. Pas à propos de ça.

— Il ne vous a pas donné son numéro l'autre jour ?

Le sourire de Kristen lui revint, accompagné d'un regard entendu.

— Si, il m'a donné son numéro au cas où j'aurais des problèmes avec le programme qu'il m'a installé.

Devon fut incapable de dissimuler sa stupeur.

— Vous voulez dire qu'il ne vous a pas demandé de sortir avec lui ?

— Si, mais je n'ai pas accepté.

Vraiment ? Il n'avait jamais entendu parler d'une femme qui aurait refusé Brody. Elles se jetaient toutes sur l'Intello, quel que soit leur âge.

— Pourquoi ?

— Pourquoi je n'ai pas dit oui ?

Il hocha la tête.

— Eh bien, il était gentil, ce n'est pas la question, et je le trouve très beau, bien sûr, mais...

Elle haussa une épaule.

— Je ne suis pas spécialement attirée par lui.

Avec un sourire enjôleur, il lui dit en baissant la voix :

— *Hmm.* Alors, ça veut dire que vous êtes attirée par moi ?

Kristen rougit.

— Autrement, je ne vous aurais pas fait cette proposition. Alors, la grande question est... est-ce que *vous* êtes attiré par moi ?

Devon savait qu'il aurait dû le nier, la laisser passer son chemin, embarrassée peut-être, mais avec le cœur intact.

Mais après, elle avait rougi. Et à ce moment-là, il avait beau savoir qu'il y avait mille et une raisons de dire « non », il ne s'en rappelait pas une seule. Son esprit devint complètement vide devant sa mine pleine d'espoir et il répondit avant même de se contrôler :

— Oui. Oui, vous me plaisez beaucoup.

Mon Dieu, quel connard égoïste ! Cette belle jeune femme cherchait très probablement son prince charmant et une fin de conte de fées qu'elle ne trouverait jamais avec lui. Elle voulait sûrement un engagement à long terme alors qu'il n'était que l'homme d'un week-end. D'ailleurs, pour être précis, il était le *maître* d'un week-end. Sans compter qu'il avait une autre raison de dire non. Après avoir lu les scènes romantiques qu'elle avait écrites, il était persuadé que sa bibliothécaire vanille s'enfuirait en hurlant une fois qu'il lui aurait partagé son envie de l'attacher et de fouetter ses fesses voluptueuses jusqu'à ce qu'elle le supplie de la baiser à en perdre la raison. Il avait envie qu'elle s'agenouille à ses pieds, de faire glisser sa queue sur sa langue. Une image lui vint à l'esprit et il s'imagina en train d'aller et venir vigoureusement dans sa bouche si douce, jusqu'à l'orgasme dont elle avalerait chaque goutte. Il voulait la posséder, la faire sienne, et ensuite, quand il serait rassasié, il s'en irait comme il le faisait toujours.

Au lieu de prendre la bonne décision, il se surprit à prendre rendez-vous avec elle pour le soir suivant. Lorsque Jake arriva quelques minutes plus tard, Devon avait un dîner prévu avec elle à dix-neuf heures, dans un petit restaurant italien au coin de la rue de *Chez Donovan*. En prenant congé, elle lui lança un sourire sensuel.

Peu de temps après, alors que Jake et lui avaient commandé deux hamburgers, son co-équipier lui dit qu'il avait surpris une partie de leur conversation. Sans détourner les yeux de la télévision au-dessus du bar, Jake laissa échapper un grognement amusé.

— Alors ça y est, les poules ont des dents ?

Devon fronça les sourcils.

— Putain, mais qu'est-ce que ça veut dire ?

— Ça veut dire, Devil Dog, que depuis que je te connais, je ne me rappelle pas que tu sois déjà sorti avec une femme pour aller dîner dans un petit restaurant chic. Le plus gros effort que je t'ai vu faire pour séduire une femme, c'était de lui payer un verre pendant que tu négociais une scène et que tu tâtais le terrain pour connaître ses limites.

— Va te faire foutre, abruti, rétorqua-t-il sans réelle chaleur.

Tout ce qu'avait dit son ami était vrai. Au lieu de l'admettre, il mentit :

— Ça m'est déjà arrivé plein de fois.

Jake ne répondit pas, mais il lança à Devon un coup d'œil révélant qu'il savait que son ami se racontait des histoires.

— Et puis, tu peux parler, toi, Révérend. À quand remonte la dernière fois que tu es sorti avec quelqu'un ?

Devon s'étonna de voir son ami sourire et rougir en même temps.

— Quoi, tu vois quelqu'un ?

Il n'en revenait pas. Il écarquilla les yeux, hébété.

— Comment se fait-il que je ne le sache pas ? Ce n'est pas un membre du club, si ?

Jake Donovan n'avait pas plus de relations que les autres, peut-être même moins.

Il haussa les épaules et soupira.

— Oui, je sors avec quelqu'un. Personne ne le savait jusqu'à maintenant parce que ça ne fait que quelques soirs.

Non, ce n'est pas quelqu'un du club, et avant que tu me poses la question, non, tu ne le connais pas.

Aussi curieux que soit Devon, il savait qu'il n'obtiendrait rien de plus de son ami. Il était déjà étonné d'en avoir entendu autant. Alors, au lieu de poser plus de questions, il leva son verre de soda comme pour lui souhaiter bonne chance.

— À ta santé, mon pote. J'espère que ça marchera pour toi. Au moins, ça donne peut-être de l'espoir au reste d'entre nous.

Jake entrechoqua son verre avec celui de Devon et ricana.

— Je n'irais pas si loin, frangin, parce qu'alors, on pourrait vraiment dire que les poules ont des dents.

Chapitre Cinq

Kristen n'arrivait pas à y croire. Elle imaginait la tête de son ex-mari s'il savait qu'elle se tenait sur le seuil d'un club BDSM privé avec l'intention d'y entrer. Elle avait appris l'existence du *Covenant* par l'une de ses bêta-lectrices, qui l'aidait à relire ses romans. Bien qu'elles ne se soient jamais rencontrées, elle avait discuté sur Facebook et par e-mail avec Shelby Whitman, elle-même membre du club. Lorsque Kristen avait mentionné qu'elle aimerait visiter l'intérieur d'un club érotique pour ses recherches, la jeune femme l'avait mise en contact avec le propriétaire, Maître Mitch. Après plusieurs échanges téléphoniques et une vérification de routine, l'homme avait fini par accepter de laisser Kristen visiter l'établissement pendant ses heures de fermeture.

Lorsqu'ils avaient fixé le rendez-vous, le dom avait insisté pour qu'elle vienne seule et laisse son téléphone dans sa voiture. Comme elle avait rechigné à se retrouver dans un endroit inconnu avec un homme qu'elle ne connaissait pas, sans aucun moyen d'appeler à l'aide, il avait cédé tout en lui demandant de ne pas utiliser son téléphone pendant qu'elle était dans le club. Sa clientèle appréciait l'intimité et il ne voulait pas prendre le moindre risque. Kristen comprenait son raisonnement, mais elle lui avait aussi précisé que son cousin serait au courant de cette visite, avec l'adresse et la date, par mesure de sécurité. Elle ne voulait pas être l'une de ces femmes dont on parlait aux actualités de temps en temps, qui disparaissaient sans laisser de traces. Elle ferait la même chose ce soir, pour son rendez-vous avec Devon.

Elle était encore sous le choc de l'avoir invité à sortir avec elle. Depuis l'adolescence, elle était timide avec les hommes, et plus elle les trouvait attirants, plus elle se montrait réservée. Mais c'était l'ancienne Kristen. La nouvelle recommençait sa vie à zéro après un mariage raté. Elle n'était plus vierge, mais elle savait qu'elle manquait encore d'expérience. Elle n'avait fait l'amour que dans la position du missionnaire. Ce n'était peut-être pas sa faute si elle était froide au lit, peut-être était-ce celle de Tom. Elle avait envie d'être audacieuse, que les hommes la trouvent séduisante. Elle voulait les draguer ouvertement, avec des sous-entendus sexuels. Par-dessus tout, elle rêvait de trouver ce qu'elle avait écrit, ce dont les autres femmes se vantaient : un homme qui lui donnerait des orgasmes à grimper aux rideaux et la ferait supplier d'en avoir plus. Devon était-il l'homme idéal ? Elle ne le saurait pas tant qu'elle n'aurait pas couché avec lui, et comme elle ne pensait pas être du genre à se contenter d'un coup d'un soir, elle devait apprendre à mieux le connaître.

Jetant un nouveau coup d'œil à son pare-brise, elle secoua la tête, incrédule. Quand elle était arrivée, quelques minutes plus tôt, elle avait cru s'être trompée d'adresse. Après avoir quitté l'autoroute là où Maître Mitch lui avait conseillé de le faire, elle avait suivi la route secondaire à travers bois. Le paysage s'était alors dégagé et elle s'était retrouvée face à une immense propriété entourée d'une clôture surmontée de barbelés. Derrière, il y avait une rangée de quatre entrepôts qui lui rappelaient une zone industrielle. Une autre partie de la clôture séparait les deux premiers bâtiments. Une fois que Kristen eut arrêté sa voiture devant la guérite de sécurité, près de la barrière, pour se demander où elle avait fait fausse route, elle avait découvert qu'elle était effectivement au bon endroit. Le garde, cordial mais armé, avait vérifié son permis de conduire et l'avait prise en photo avant d'ouvrir le portail en lui indiquant où se garer. Il lui avait précisé qu'elle devait emprunter un escalier couvert d'un auvent, situé à l'extrémité du premier bâtiment et conduisant à l'entrée principale du premier étage.

Se garant à côté de l'espèce de hangar bleu en métal et en ciment, elle avait eu du mal à imaginer que c'était l'extérieur d'un club d'élite privé qui satisfaisait les fantasmes sexuels de ses clients. À présent, Kristen descendait de voiture et verrouillait la portière. Elle fit un pas, puis se figea en entendant les aboiements d'un chien. Jetant un œil autour d'elle, prête à sauter sur le capot de sa voiture s'il le fallait, elle aperçut un grand labrador noir qui courait de long en large derrière la deuxième clôture. Malgré son accueil bruyant, il semblait gentil. Cela dit, elle ne prendrait aucun risque en s'approchant de la barrière qui les séparait.

— Salut, mon garçon, bon toutou. Reste de ton côté, d'accord ? Bon chien, susurra-t-elle sur un ton qu'elle espérait apaisant en se précipitant vers les escaliers.

Les portes étaient fermées à clé, mais elle trouva une sonnette et appuya dessus. Tout en attendant, elle observa à nouveau son environnement et se rendit compte qu'il n'y avait aucun écriteau sur les bâtiments, pas plus que sur les clôtures. Elle ne se rappelait pas non plus avoir vu de panneaux à la sortie de l'autoroute ni sur la route de traverse menant jusqu'au domaine, à l'exception d'une plaque de rue indiquant Fairwood Drive. Curieuse, elle se demanda ce qu'il y avait dans les trois autres bâtiments. Quelques voitures étaient garées à côté du deuxième, mais elle n'avait vu personne d'autre que le gardien. Elle remarqua aussi plusieurs caméras de sécurité, certaines sur les façades, y compris au-dessus de la porte devant laquelle elle se tenait, et d'autres sur les poteaux de la clôture, à trois mètres de hauteur. Cela lui semblait un poil excessif, mais après tout, elle n'en savait rien.

La porte s'ouvrit et elle fut accueillie par un bel homme d'une trentaine d'années.

— Bonjour, Mademoiselle Anders ? Je suis Maître Mitch. C'est un plaisir de vous rencontrer.

Elle aurait été gênée d'admettre qu'il ne ressemblait en rien à ce qu'elle avait imaginé, à savoir un homme plus âgé, maussade, aux allures de vampire, tout en cuir de la tête aux pieds. Au lieu de quoi, il lui rappelait son prof de maths du lycée, sur qui craquaient toutes les élèves. Il mesurait environ un mètre quatre-vingts, avec des cheveux noirs et des yeux bleus très doux. Son sourire avenant était encadré par une barbichette et une moustache bien taillées, ce qui ajoutait peut-être quelques années à son âge réel. Au lieu d'être vêtu de noir, il portait une chemise de golf bleu marine, un jean et des baskets. Il était évident qu'il se maintenait en forme, peut-être par la course à pied ou un autre sport, car il n'avait pas l'air aussi musclé que les bodybuilders. Malgré son amabilité, elle l'imaginait aisément dans le rôle de dominant autoritaire aux pieds duquel les soumises tombaient à genoux.

— Tout le plaisir est pour moi.

Il s'écarta pour la laisser entrer et elle s'étonna de constater combien l'extérieur du bâtiment était en contradiction avec sa décoration intérieure. Ils se trouvaient dans un hall de style victorien, juste assez grand pour contenir un bureau d'accueil comme dans les hôtels et un confortable coin salon. Les murs étaient peints d'un rouge profond et la moquette grise était parfaitement complémentaire. Sur plusieurs murs se trouvaient des tableaux que l'on pourrait qualifier de pornographiques, mais Kristen les trouvait sensuels et érotiques. Cet espace était séparé du club principal par de grandes portes en bois qui, elle l'aurait juré, ornaient autrefois un vieux château quelque part en Europe. Le bois sombre était magnifique, avec des gravures intriquées et des poignées rondes en fer forgé.

Avant que Maître Mitch ne lui laisse franchir les portes, il prit un moment pour s'assurer qu'elle ne prendrait pas de photos ni de films. Ensuite, il lui remit un contrat de confidentialité à signer, précisant qu'il protégeait son entreprise et ses clients et qu'il avait été rédigé par les avocats du club. Une fois qu'elle eut lu et signé le document, il le récupéra et lui tendit plusieurs autres feuilles.

— Je me suis dit que ça pourrait vous aider dans vos recherches. Les deux premières pages sont des contrats généraux que certains membres utilisent lorsqu'ils négocient une relation temporaire entre dominant et soumis appelée à durer plus d'une ou deux nuits. D'habitude, le contrat stipule que les deux parties sont d'accord pour jouer pendant un certain temps, par exemple une semaine ou un mois, et en quoi consistera le jeu. À la fin de la période convenue, les deux parties se séparent.

— Un contrat, ce n'est pas un peu froid ?

Elle avait du mal à cacher son cynisme et sa stupeur.

Il inclina la tête comme s'il réfléchissait à sa question. En effet, un contrat pouvait sembler froid à une personne extérieure à ce mode de vie.

— Vous devez comprendre quelque chose. Même si nous avons ici des couples mariés ou engagés dans des relations à long terme, beaucoup d'autres ne cherchent que du temporaire. Dans ces cas-là, il y a une date de fin convenue, sans rupture maladroite à la fin de la relation.

Kristen acquiesça, inscrivant quelques notes dans le carnet qu'elle avait apporté. Elle comprenait ce qu'il disait, mais elle-même se demandait si elle était capable de signer un contrat pour coucher avec un homme, avec une date limite indiquant quand ils cesseraient de se voir.

— Les autres papiers sont les règles du club, une liste de protocoles que les soumis sont censés suivre et une longue liste d'activités BDSM. Les soumis remplissent la liste de contrôle en indiquant leurs limites fermes et souples, ou rouges et jaunes comme certains les appellent. Savez-vous ce que c'est ?

Avant d'écrire *Satin et Vices*, elle avait fait de nombreuses recherches sur Internet à propos de tous les aspects du BDSM. Elle était loin d'être une experte en la matière, mais elle connaissait les bases.

— Si mes recherches sont exactes, les limites fermes sont des choses qu'un soumis n'a aucune envie d'essayer, des choses qui le rebutent totalement. Les limites souples sont des choses qui les intriguent et qu'ils pourraient être prêts à expérimenter, mais qu'ils n'ont jamais pratiquées auparavant, ou s'ils ont déjà essayé, dont ils n'ont pas encore décidé s'ils avaient envie de recommencer.

— C'est bien ça. Après avoir essayé l'une de leurs limites souples ou jaunes, ils déplacent souvent la pratique dans la colonne verte, celle des activités acceptables, ou dans la colonne rouge, la limite ferme. Certaines pratiques ne plaisent qu'à un petit nombre de personnes, tandis que d'autres sont plus courantes et communément appréciées.

Les listes de limites fermes et souples des soumis sont disponibles ici, à la réception, pour que les doms puissent les consulter afin de savoir qui serait réceptif à telle ou telle pratique. Sur la liste de contrôle, les activités marquées d'une étoile sont résolument interdites dans ce club.

Kristen hocha la tête.

— Quoi, par exemple ?

— Les jeux avec le feu et tout ce qui implique du sang, de l'urine ou des excréments, entre autres activités extrêmes.

— *Beurk.*

Kristen fit la grimace. Elle avait lu des articles au sujet de certains jeux de fluides corporels sur Internet et cette notion la dégoûtait toujours.

Il partit d'un petit rire à cette réaction. Si elle l'avait rencontré en d'autres circonstances, elle aurait eu du mal à croire qu'il était un dom. Malgré son âge, cet homme exsudait un charme presque enfantin.

— Exactement ! Je suis bien d'accord avec vous. Les fluides corporels ne m'attirent pas non plus, mais croyez-le ou non, certains s'y adonnent. Dans le même ordre d'idées, chaque client doit passer un examen médical et une analyse de sang avec l'un de nos médecins tous les six mois afin de conserver ses privilèges, et les relations sexuelles vaginales et anales sans préservatif sont interdites dans le bâtiment, même entre partenaires de longue date. Voyons, qu'est-ce que je pourrais vous dire d'autre ? Hmm... oh, nous avons un bar et l'alcool est limité à deux verres si les membres ont l'intention de jouer. Les barmen ont un programme informatique qui leur permet de savoir combien de boissons ont été servies à un membre donné. Le même programme est utilisé pour facturer les membres chaque mois, de sorte qu'ils n'ont pas besoin d'avoir de l'argent liquide, seulement une carte de crédit. C'est le même fonctionnement que sur les bateaux de croisière. Les serveuses et les agents de sécurité disposent d'ordinateurs de poche avec les mêmes informations, qui sont vérifiées avant qu'un membre ne soit autorisé à entrer dans une zone de jeu, publique ou privée. Le même programme est employé pour signaler un membre en retard avec son examen médical.

Maître Mitch continuait à parler tandis que Kristen griffonnait dans son bloc-notes aussi vite que possible.

— De temps en temps, un client demande à amener un invité. C'est seulement autorisé après une vérification des antécédents de la personne, et encore, ils ne sont pas autorisés à jouer dans les locaux, sauf décision de l'un de nos médecins. Il faut quelques semaines avant qu'un invité soit autorisé à jouer, alors ça ne peut pas se faire sur un coup de tête. Le client est tenu responsable de son invité et ne peut pas le laisser seul. Les invités reçoivent un bracelet jaune, afin que les maîtres du donjon et la sécurité sachent les identifier. Tous les clients ont fait l'objet d'une vérification approfondie de leurs antécédents et, tous les deux ou trois mois, on vérifie qu'ils n'aient pas été arrêtés ou qu'ils n'aient pas eu de démêlés avec la police susceptibles de nous concerner, comme un appel pour violence conjugale, par exemple.

Elle leva les yeux de ses notes.

— Waouh, ça vous fait beaucoup de travail, n'est-ce pas ?

— Eh bien, nous avons une société de sécurité qui le fait pour nous, mais c'est nécessaire pour assurer la sécurité de nos clients.

— D'autres règles ? demanda-t-elle, fascinée par les informations qu'il lui donnait.

Il y avait beaucoup de renseignements sur Internet,

mais il fallait parfois une personne en chair et en os pour vous aider à comprendre pleinement un sujet.

— Eh bien, il est évident que vous avez fait des recherches sur le sujet. Alors, vous savez ce qu'est un *safeword*, j'imagine ?

Elle acquiesça.

— Si un soumis utilise son *safeword*, tout le jeu s'arrête immédiatement.

— Exact. Nous utilisons des noms de couleur afin qu'il n'y ait pas de malentendus entre nos membres, les maîtres de donjon et la sécurité. Si un soumis utilise un *safeword* différent et qu'un dom n'en tient pas compte, le maître de donjon risque de ne pas savoir qu'il y a un problème. Rouge signifie qu'il faut s'arrêter, jaune qu'il faut ralentir ou faire une pause pour clarifier un problème, vert qu'il est possible de continuer. Le non-respect d'un mot de sécurité entraîne une suspension automatique de trois mois, privant le client des privilèges de jeu, et une seconde infraction entraîne la résiliation de l'adhésion. Mais nous n'avons jamais eu à résilier quelqu'un pour cette raison.

Une fois convaincu qu'elle respecterait le contrat de confidentialité qu'elle avait signé, il ouvrit enfin la porte en bois de gauche et lui fit signe de le précéder. Trois pas après avoir franchi le seuil, elle s'arrêta net, émerveillée par le monde imaginaire qui s'offrait à elle. Le premier étage, où ils se trouvaient, était une immense mezzanine en forme de fer à cheval surplombant le rez-de-chaussée. Sur sa gauche, un grand bar incurvé soulignait l'arrondi du mur. Des deux côtés opposés du balcon, de nombreux coins salon étaient agencés, semblables à ceux du hall. Au-dessus, des fenêtres teintées horizontales laissaient entrer la lumière pendant la journée. D'après le maître des lieux, l'intérieur du club ne pouvait être vu de l'extérieur à aucun moment. Le long des rambardes en laiton étaient disposés des tabourets et des tables de pub où les gens pouvaient s'asseoir et observer ce qui se passait en contrebas. Une vingtaine de mètres devant le bar s'ouvrait un grand escalier avec des rampes en laiton conduisant au rez-de-chaussée. On aurait dit l'arrière-plan des photos de mariage de Kristen, à l'hôtel où sa réception avait eu lieu.

À l'autre bout du bâtiment, là où le fer à cheval se terminait, se trouvaient deux portes, l'une en verre et l'autre en bois. Maître Mitch lui expliqua que la porte en verre était celle d'un petit magasin où ils vendaient une variété de jouets sexuels et de tenues de fétichisme. L'autre donnait sur un couloir menant aux bureaux de l'entreprise ainsi qu'une sortie de secours. Les vestiaires étaient situés juste en dessous du bar. Il y avait une entrée à côté des doubles portes de sortie, avec un couloir court et deux escaliers donnant sur les vestiaires des femmes et des hommes. Les membres pouvaient également accéder aux vestiaires depuis le premier étage.

Alors qu'ils avançaient dans le club, le téléphone de Maître Mitch sonna. Il le décrocha de son étui à la hanche et jeta un œil à l'écran.

— Je m'excuse, mais je dois prendre cet appel. Asseyez-vous au bar, je vous rejoins dans un instant.

Portant le téléphone à son oreille, il s'éloigna de quelques pas.

— Salut, Ian, quoi de neuf ?

Elle fit ce qu'il lui avait demandé et s'installa tout en parcourant les documents qu'il lui avait remis. Elle ne s'était jamais doutée que ce mode de vie puisse être aussi complexe : contrats, listes, protocoles et règles. C'était un miracle qu'ils aient encore du temps à consacrer au sexe, avec tout ça. Il avait dit que les négociations entre le dom et le soumis étaient courantes dans le BDSM, mais elle ne pouvait s'empêcher de penser que tout cela était très clinique, comme un rendez-vous chez le gynécologue pour un examen annuel.

Elle était déçue d'être en plein après-midi et que le club soit vide, à l'exception de Maître Mitch. Elle aurait aimé profiter des ambiances et du spectacle du club en pleine effervescence. Cela aurait été d'une aide précieuse pour les descriptions de son club fictif, *Tout en cuir*, mais on ne lui avait pas proposé cette option.

Quelques minutes plus tard, Mitch raccrocha et lui fit signe de le rejoindre en haut du grand escalier. Il commença à lui expliquer les différents espaces et le matériel tandis qu'il la conduisait en bas des marches vers la « fosse ».

— La fosse ? demanda-t-elle avec curiosité.

Il rit en secouant la tête.

— Oui, au début, nous l'appelions le donjon... c'est un peu cliché, mais c'est plus ou moins ça. Mais les observateurs à l'étage se sont mis à l'appeler la fosse et c'est resté.

— J'aime bien... ça me plaît, lui dit-elle. Ça me fait penser au Colisée de Rome.

— *Hmm*, peut-être qu'on devrait organiser des jeux de gladiateurs. Les soumis adoreraient ça.

Kristen gloussa tout en griffonnant une note rapide sur son carnet.

— Je pourrais voler cette idée et la mettre dans mon livre.

— Seulement si vous me citez dans les remerciements, la taquina-t-il.

— Marché conclu, répondit-elle en riant de plus belle.

Une fois au rez-de-chaussée, elle fit quelques pas de plus, puis tourna sur elle-même en admirant les lieux. La combinaison des rouges et des gris se poursuivait dans toute cette partie du club, complétant à merveille les différents équipements des sections individuelles. Chacune était séparée par des cordes en velours rouge suspendues à des crochets en laiton, tandis que les appliques et les lustres en fer forgé sublimaient la décoration.

— Alors, c'est conforme à ce que vous imaginiez ?

Kristen se tourna vers Maître Mitch.

— C'est encore mieux, lui dit-elle honnêtement. Je ne pensais pas que je dirais ça, mais c'est magnifique.

— Vous vous attendiez à des oubliettes sombres et humides de type château fort ? commenta-t-il en riant.

Les nouveaux venus dans ce mode de vie semblaient toujours étonnés de l'élégance de son club.

— En quelque sorte, peut-être. Je ne sais pas trop à quoi je m'attendais, mais certainement pas à ça.

Il commença à lui montrer les différentes sections et s'arrêta au centre de l'immense salle ovale, à côté d'une petite estrade. Une croix de Saint-André de deux mètres de haut tout en bois y trônait, dont une partie de la surface était recouverte de cuir noir, visible de tous les angles de la pièce. Aux extrémités supérieure et inférieure de la croix pendaient des attaches en cuir pour les poignets et les chevilles. Si cela évoquait la torture médiévale, Kristen savait qu'il s'agissait d'une installation commune dans le monde sur lequel elle effectuait des recherches. Un frisson érotique la parcourut lorsqu'elle s'imagina, nue et attachée sur la croix, à la vue de tous.

Chassant cette pensée, elle passa en revue une liste de questions qu'elle avait notées avant de venir. Chacune des réponses était utile pour ses recherches et elle prit plusieurs pages de notes supplémentaires.

— Combien de membres comptez-vous ?

— Plus de trois cent cinquante, mais certains d'entre

eux sont dans la région à temps partiel et ne viennent que quelques fois par an. La liste d'attente compte plus de deux cents personnes, et encore, pour ce club uniquement. Il y a quatre autres clubs dans la région de Tampa, mais seuls deux d'entre eux sont privés. Les autres sont ouverts au public. Si vous voulez mon avis, c'est dangereux. Ils ne gardent pas trace de leurs membres et n'importe qui pourrait débarquer et commencer à jouer. Quoi qu'il en soit, le *Covenant* a une clientèle d'élite et la réputation d'être le club de référence. Et ce n'est pas mon ego qui parle. Nous avons travaillé dur pour devenir le meilleur de la région.

— Ça alors !

Plus de trois cent cinquante membres, sans compter la liste d'attente ? Elle s'attendait à moins de cent.

— Je ne pensais pas qu'il y avait autant d'adeptes.

Kristen secoua la tête, étonnée, tandis qu'il poursuivait.

— Nous avons une capacité de cinq cents personnes ici, comme l'a approuvé l'inspecteur des incendies, mais un tel taux ne serait pas raisonnable.

Une voix masculine retentit soudain dans le club désert :

— Eh, Mitch, tu as parlé à Ian ?

Alors qu'ils se tournaient tous les deux vers le grand escalier, la voix s'exclama :

— Mais qu'est-ce que vous faites ici ?

Elle se figea et son esprit chercha immédiatement une réponse alors qu'un Devon plus sexy que jamais, et visiblement énervé, s'approchait d'elle pour s'arrêter à quelques centimètres de son visage. Oh, oh. Ce n'était pas bon signe. Une minute... *Qu'est-ce que vous faites ici ?* La question était plutôt : qu'est-ce qu'*il* faisait ici ?

Le regard de Mitch alterna entre Devon et Kristen. Il semblait à la fois amusé et curieux.

— Euh, la dernière fois que j'ai vérifié, Dev, c'est moi qui dirige le club. Voilà ce qu'on fait ici.

Devon ne la quittait pas des yeux, et elle regretta soudain de ne pas être n'importe où ailleurs.

— La ferme, Mitch. Je vous ai posé une question, Kristen. Ne m'obligez pas à vous le répéter.

Le dos de Kristen se redressa. Pour qui se prenait-il ?

— Ce ne sont pas vos affaires, mais Maître Mitch a eu la gentillesse de me faire visiter son club dans le cadre d'une recherche pour mon livre.

— Une recherche ?

Il fronça les sourcils, perplexe.

— Au cas où vous ne l'auriez pas remarqué, c'est un club de BDSM, Kristen.

Sérieusement ?

— Bien sûr que j'ai remarqué, et il est évident que ce détail ne vous a pas échappé, n'est-ce pas ? Maintenant, s'il vous plaît, allez-vous-en et laissez-moi terminer ma visite.

Le rire de Mitch fut calmé par le regard assassin de Devon, qui fit un pas en arrière. Il essayait clairement de contenir son amusement.

— Mais à quoi tu pensais, Mitch ? Une visite guidée ? On est quoi, Disney World ? Putain...

— J'ai demandé à Marco de faire une vérification de ses antécédents. Brody était occupé. Comme j'ai la confirmation qu'elle écrit de la fiction et qu'elle n'est pas une journaliste à la recherche de potins, je me suis dit que c'était bon. Elle n'a pas de caméras ni rien pour enregistrer.

— Et d'abord, comment avez-vous appris l'existence de ce club ? lui demanda-t-il.

Elle leva le menton en signe de défi. Il n'était pas question qu'elle se laisse intimider par cet homme, même s'il lui plaisait – bon Dieu, ce qu'il faisait chaud par ici, tout à coup !

— Une de mes bêta-lectrices en est membre, et elle a contacté Maître Mitch pour moi.

Les yeux de Devon se tournèrent vers son cousin avec une question non exprimée.

— Shelby, dit-il.

Cette fois, Kristen ronchonna. Elle avait répondu à ses questions, mais elle commençait à se fâcher de le voir fourrer son nez là où il ne fallait pas.

— Ce ne sont vraiment pas vos affaires, Devon.

Il la regarda fixement et grogna à nouveau.

— Ce ne sont pas mes affaires ? Voyez-vous, c'est là que vous faites erreur, poupée. Je possède ce club.

Sa bouche s'ouvrit en grand et elle dévisagea les deux hommes plus attentivement.

— Vous... vous possédez ce club ? Je croyais qu'il appartenait à Maître Mitch.

— C'est mon cousin. Nous sommes copropriétaires, avec mon frère. Alors, permettez-moi de me présenter à nouveau à vous. Je suis Maître Devon.

La bouche de Kristen se dessécha. *Merde !* C'était impossible. De tout ce qui pouvait mal tourner aujourd'hui, elle ne s'attendait pas à cela. Alors c'était un dom ? Elle savait qu'elle allait au-devant de gros problèmes, sans trop savoir pourquoi ni quoi dire, alors elle se contenta de le regarder fixement, son menton presque au sol.

* * *

— Quel genre de recherche faites-vous ? Vos livres sont plutôt vanille en matière de sexe, alors pourquoi avez-vous besoin de faire des recherches sur un club BDSM ?

Devon comprit son erreur dès que les mots furent sortis de sa bouche, mais il n'y avait aucun moyen de les retirer.

— Vous avez lu mes livres ?

Elle avait l'air aussi stupéfaite que Mitch. *Génial, franchement génial.* Il faudrait longtemps avant que son cousin n'oublie cette conversation. Devon croisa les bras, la forçant à reculer d'un pas. Comme c'était Marco qui avait vérifié ses antécédents, elle ne lui avait pas paru familière. Brody, qui assumait généralement ce petit travail d'enquête, l'aurait reconnue tout de suite et le lui aurait mentionné, lui évitant cette surprise.

— Je n'en ai lu aucun. Jenn a laissé traîner sur le bar l'un des livres que vous lui avez offerts. J'étais curieux à votre sujet, alors je l'ai feuilleté. Maintenant, arrêtez de tourner autour de mes questions.

Mitch se racla la gorge.

— Moi, j'ai une question. Comment se fait-il que vous vous connaissiez, tous les deux ?

Refusant de donner à son cousin des munitions pour de futures plaisanteries, Devon lui lança un regard noir.

— Ferme-la, Mitch.

Mais à son grand désarroi, Kristen répondit au même moment :

— On sort ensemble ce soir.

Mitch écarquilla les yeux comme s'il n'avait pas bien entendu. Devon devinait presque les pensées de son cousin. *Devil Dog ? Qui sort avec une fille ? Genre au restaurant ? Merde, la fin du monde doit être proche.* Avec son goût pour le théâtre, cet enfoiré fit mine de se curer l'oreille avant de s'exclamer :

— Je ne suis pas sûr d'avoir bien entendu, vous pouvez répéter ? On aurait dit que vous parliez de sortir avec lui.

Avant qu'elle puisse lui répondre, Devon grogna – ce qu'il semblait décidément faire très souvent en sa présence.

— Mitch, je te conseille de monter faire un inventaire ou quelque chose, n'importe quoi. Je prends la relève avec Madame Anders pour sa... visite guidée.

* * *

À la stupéfaction de Kristen, Maître Mitch soupira, mais il obtempéra et s'éloigna en direction de l'escalier.

— Et n'oublie pas, elle n'a pas le droit de jouer.

— Je sais. J'étais là quand on a écrit les règles du club.

L'autre homme continua de gravir les marches, mais il éleva la voix pour qu'elle puisse l'entendre :

— Madame Anders, ne vous inquiétez pas. Vous êtes entre de bonnes mains. Oh, et n'oubliez pas, le *safeword* du club est « rouge ». Je serai au bar en cas de besoin.

Elle écarquilla les yeux. Il n'allait tout de même pas la laisser seule avec Devon, si ? Ce mec avait l'air de vouloir lui donner une fessée qui lui cuirait pendant les trois prochains jours... et d'abord, pourquoi cette idée la faisait mouiller ?

Devon fit un pas vers elle. La réaction de Kristen fut instantanée, deux pas en arrière. Elle cherchait un moyen de l'esquiver. Il arqua un sourcil et avança encore. Cette fois, elle s'interdit de réagir, mais avant qu'elle ne s'en rende compte, il l'avait acculée contre le mur et s'était arrêté juste devant elle, l'empêchant de fuir. Sans un mot, il tendit la main et prit son bloc-notes et ses papiers, qu'il jeta sur une petite table derrière lui avant de faire de même avec son stylo et son sac à main.

Ensuite, il lui prit les poignets et ramena ses bras au-dessus de sa tête. Il n'y avait que quelques centimètres entre leurs corps et elle pouvait sentir la chaleur du sien. Elle rêvait qu'il avance encore un peu pour savoir ce que ça faisait d'être en contact avec son torse ferme, ses abdominaux sculptés et ses hanches fines. Oh, et sans oublier son érection massive.

— Levez les yeux, poupée.

Que le ciel lui vienne en aide. Elle inclina le menton pour découvrir un sourire enjoué sur son visage et elle rougit, sachant qu'il l'avait surprise en train de fixer son entrejambe. Il se pencha en avant, sa bouche effleurant son oreille, et murmura :

— Vous n'avez toujours pas répondu à ma question.

Ces mots étaient peut-être simples, rien que l'on n'entendrait dans une conversation de tous les jours, mais d'une manière ou d'une autre, il les avait rendus érotiques et la chaleur de son souffle sur son oreille ne l'aidait pas. Elle déglutit péniblement, les jambes tremblantes. Pas de peur, car il ne lui ferait pas de mal physiquement. Elle ne savait pas comment elle le savait, mais elle en avait la certitude. Non, c'était l'électricité sexuelle entre eux qui l'empêchait de contrôler ses muscles frémissants.

— Quelle... quelle était la question déjà ?

— Pourquoi faites-vous des recherches sur le BDSM alors que vous écrivez des scènes vanille ?

Ne pourrait-il pas reculer un peu ?

— Euh... eh bien, mes neuf premiers livres sont... vanille, mais mon dernier était basé sur un club BDSM et... et maintenant, j'écris le deuxième de la série.

— Vous avez donné à lire à ma nièce une romance perverse ?

Il n'avait pas l'air content du tout.

— En fait... Figurez-vous que je ne lui ai pas donné celui-là, seulement les autres. C'était un peu bizarre de donner un livre BDSM à une jeune femme de dix-neuf ans.

Elle prit une grande inspiration, soulagée lorsqu'il recula. Mais son sentiment de réconfort fut de courte durée lorsqu'elle prit conscience que ses bras étaient coincés. Inclinant la tête vers le haut, elle tira sur ses poignets pour découvrir qu'il les avait enchaînés avec des attaches en velcro qui pendaient de l'avancée du balcon. Comment avait-elle pu ne pas s'en rendre compte ? Oh Seigneur, elle était piégée.

Elle le dévisagea, agacée de voir qu'il se moquait d'elle avec un sourire malicieux, les bras croisés sur son torse musclé. Bon sang, cet homme était magnifique... et dangereux. Pas dans le mauvais sens du terme, mais pas non plus dans le bon. Et elle était là, sans aucun moyen de s'échapper. Elle ne paniquerait pas. Maître Mitch était juste en haut. Elle était en sécurité, n'est-ce pas ?

— Laissez-moi partir.

Elle espérait que sa demande paraîtrait confiante, mais au lieu de ça, ce n'était qu'un petit filet de voix.

Il secoua la tête.

— Pas avant que votre visite soit terminée.

Bon sang, comment n'avait-elle pas remarqué l'arrogance de cet homme ?

— Je ne savais pas que la participation aux scènes faisait partie de la visite.

Devon laissa échapper un rire retentissant.

— Oh, comme j'aime les soumises rebelles. Elles me donnent plein de raisons de leur infliger la fessée. Et je peux vous dire qu'en ce moment, ma main a très envie de s'occuper de votre joli cul.

— Je ne suis pas une soumise.

Le regard qu'il lui lança montrait qu'il ne la croyait pas, une seconde avant de lui tourner le dos et de faire trois pas vers la table où il avait posé ses affaires. Il retourna une chaise en bois, l'enfourcha et s'assit face à elle. Sans dire un mot, il prit son bloc-notes et les papiers que Mitch lui avait donnés et se mit à les consulter.

— Eh, ce sont mes affaires. Je ne vous ai pas autorisé à regarder mes notes.

— Silence.

Il lui avait donné cet ordre d'une voix grave, sans lever les yeux, et elle en eut le frisson. Elle commença à regarder autour d'elle, essayant de trouver un moyen de se libérer de ses liens. Elle aurait dû être effrayée, et pourtant, elle était relativement sereine. Et excitée, ce qui la faisait légèrement paniquer... enfin, beaucoup. Bien sûr, elle avait fantasmé sur ce genre de choses et elle l'avait écrit, mais cela ne lui plaisait pas dans la vie réelle. Ou du moins, elle ne l'aurait jamais cru. En réalité, pendant tout son mariage, elle n'avait jamais été aussi excitée une seule fois, et il suffisait à Devon de toucher ses poignets. Que se passerait-il s'il la touchait à d'autres endroits ? Avait-elle envie qu'il le fasse ? Son corps lui criait que oui, plutôt deux fois qu'une !

Elle se retourna et réalisa qu'il était en train de lire les papiers que Mitch lui avait donnés. *Merde* ! Pendant que Mitch parlait au téléphone, elle avait parcouru la liste de contrôle des limites souples et fermes. Elle ne l'avait pas remplie intégralement, mais avait coché ce qu'elle considérait comme des limites infranchissables pour elle. Elle avait ignoré tout le reste, prévoyant de revenir sur cette liste plus tard afin de déterminer ce qu'elle pensait aimer et ce dont elle n'était pas sûre.

— Bon, ça suffit ! C'est privé !

Devon roula de gros yeux et soupira, avant de se lever de son siège. Sans la regarder, il se dirigea vers une armoire qu'elle n'avait pas remarquée, encastrée dans le mur à quelques mètres d'elle. Il en sortit quelque chose et referma la porte avant de retourner s'asseoir. Pivotant pour lui faire face, il lui tendit un objet.

— Savez-vous ce que c'est, poupée ?

Elle en avait l'impression, mais elle se mordit la lèvre inférieure et secoua la tête.

— C'est un bâillon à boule. D'habitude, je ne donne un ordre qu'une fois et je m'attends à ce qu'il soit respecté, mais comme c'est nouveau pour vous, voici votre second et dernier avertissement. Restez silencieuse à moins que je ne vous pose une question. Vos seules réponses doivent être « oui, Monsieur » ou « non, Monsieur », sauf si je vous demande des détails. Toute autre réponse de votre part entraînera l'utilisation du bâillon. Compris ?

Alors que ses parties féminines commençaient à palpiter, Kristen hocha la tête et il fronça les sourcils.

— O-Oui, Monsieur.

— Voulez-vous utiliser votre *safeword* ? Si c'est le cas, je vous libère et je vous raccompagne... sans vos recherches, bien sûr.

Quoi ?! Merde, il était sérieux.

— Non, Monsieur.

* * *

Devon plaça le bâillon sur la table, de sorte qu'elle puisse le voir chaque fois qu'elle le regarderait. Il se réjouit de voir un frisson parcourir son corps, ainsi que son regard à la fois nerveux et brûlant. Il aimait les jeux psychologiques impliqués dans le BDSM et, bon sang, il voulait également tester les jeux physiques avec elle, mais ce n'était pas le moment. Au lieu de quoi, il se rassit et se pencha à nouveau sur sa liste de contrôle. Comme il en avait vu des centaines dans le passé, il ne lui fallut pas longtemps pour survoler sa liste partielle, mais il fit semblant de prendre son temps.

Il attendit... et attendit. Enfin, elle réagit. Elle commença à se tortiller, ses hanches et ses pieds bougeant très légèrement, mais suffisamment pour qu'il le remarque. Elle frotta ses cuisses l'une contre l'autre et il eut la certitude que son entrejambe était humide.

— Je suis heureux de voir que la plupart de vos limites fermes sont similaires aux miennes, mais j'aimerais voir où vous placez les activités que vous n'avez pas encore cochées. Je suis aussi curieux de savoir pourquoi les pinces à tétons sont une limite ferme pour vous ? Je ne pense pas avoir déjà vu ça dans la liste d'une soumise.

Kristen déglutit et ses joues roses prirent une teinte plus foncée.

— Mes mamelons sont trop sensibles, Monsieur. La pensée des pinces me fait peur.

Perplexe, il la dévisagea en essayant de comprendre ce qu'elle ne lui disait pas. Quelque chose dans sa déclaration lui semblait étrange.

— Parmi toutes les limites fermes que vous avez cochées, si vous deviez en déplacer une vers une limite souple, laquelle choisiriez-vous ?

Elle prit le temps de réfléchir.

— Le fouet, Monsieur.

Quoi, sérieusement ?

— Vous choisiriez le fouet plutôt que les pinces à tétons ?

— Oui, Monsieur.

Visiblement surpris, Devon se leva pour s'approcher d'elle.

— Je pense qu'il y a quelque chose de plus que des

tétons sensibles, mais je vais laisser tomber pour l'instant. Avez-vous déjà été attachée ou fessée avant ?

— Non !

— Mais l'idée vous excite.

Il s'arrêta en face d'elle. Ses mots n'avaient peut-être pas l'air interrogateurs, mais il attendait toujours une réponse.

Elle ouvrit la bouche, prête à nier, mais la referma quand il plissa les yeux.

— Ne me mentez pas, poupée.

Elle fut assez sage pour rester silencieuse et il la fixa une minute avant de reprendre la parole.

— Je pense que je vais changer nos plans pour ce soir.

* * *

L'estomac de Kristen se noua.

— Vous annulez notre sortie ?

Il posa l'index de sa main droite sur son avant-bras gauche. Son contact était léger et il fit glisser son doigt le long de son bras jusqu'au coude, puis plus loin, touchant son oreille et son cou. Ses yeux suivirent le mouvement. De sa clavicule, il longea le bord du col de son chemisier jusqu'à sa poitrine, sur le renflement de ses seins, puis remonta jusqu'à son oreille. Sa respiration s'accéléra et ses mamelons se transformèrent en pointes fermes, suppliant d'être touchés.

— Oh non, poupée, pas du tout. Je vais juste en rajouter. On ira quand même dîner.

Il marqua une pause et sa langue vint humecter ses lèvres sèches. La chaleur s'embrasa dans le regard de Kristen, en réaction.

— *Hmm.* Mais après, nous viendrons ici et je vous ferai faire le tour complet en tant qu'invitée. Comme Marco a effectué un contrôle de sécurité, ce ne sera pas un problème. J'ai quelques exigences, cependant, puisque nos plans ont changé. Je veux que vous portiez la robe ou la jupe la plus sexy que vous ayez et pas de sous-vêtements. Et je veux dire pas de culotte *ni* de soutien-gorge, poupée. Vous irez dîner comme ça. Si vous me désobéissez, je vous emmènerai dans les toilettes des dames pour vous les enlever moi-même. Compris ?

Kristen salivait, sa culotte trempée. Était-ce possible de jouir alors qu'elle était entièrement habillée, par une simple caresse et quelques mots ? Sa voix était rauque lorsqu'elle répondit :

— O-oui, Monsieur.

— Et détachez vos cheveux, ajouta-t-il en donnant une pichenette à sa queue de cheval. Je veux que vous lisiez et compreniez les protocoles du club. Vous devrez les appliquer, même si je vous laisserai une certaine marge de manœuvre puisque c'est nouveau pour vous. Si vous avez des questions, vous les poserez au dîner. Enfin, et surtout, je veux que vous finissiez de remplir votre liste de limites.

Elle écarquilla les yeux. Il ne pouvait pas être sérieux.

— Mais je croyais que les invités n'avaient pas le droit de jouer sans examen médical et... et autres vérifications.

Quand il haussa un sourcil, elle ajouta :

— Monsieur.

Son doigt retraça son chemin, le long de son cou, sur ses seins, puis plus haut.

— C'est exact. Mais en vous faisant remplir la liste, je sais quelles scènes je dois vous laisser observer. Maintenant, avant que je ne vous laisse rentrer chez vous pour vous préparer à notre... rendez-vous, avez-vous des questions ?

Elle en avait plus qu'elle ne pourrait en poser dans l'heure qui suivrait, mais elle se surprit à dire :

— Non, Monsieur.

— Vous voulez annuler notre sortie ?

En avait-elle envie ? Absolument pas !

— Non, Monsieur.

— Bien.

Il se leva et enleva les liens de ses poignets.

— Maintenant, je vous raccompagne à votre voiture.

Chapitre Six

— Essaie celle-là. Ce sera parfait.

Kayla London prit la petite robe noire dans le placard de Kristen et la lui tendit alors que Will était allongé sur son lit, adossé contre les oreillers. Sur le chemin du retour du club, Kristen l'avait appelé, dans un état de semi-panique. À son tour, il avait contacté Kayla. Cette femme était l'une des plus proches amies de Will, et Kristen avait sympathisé avec elle dès leur première rencontre. Will les avait présentées toutes les deux, quelques mois plus tôt, lorsque Kristen s'était rendue à Tampa pour trouver un appartement avant de déménager. Kayla et sa femme, Roxy, étaient devenues ses amies les plus proches et, bien qu'elles l'aient toujours taquinée à ce sujet, elles n'avaient jamais essayé de la brancher avec l'une de leurs amies.

Après que Kristen leur eut parlé de son dîner et de l'endroit où ils se rendaient ensuite, le duo de stylistes avait accouru à son secours. Elle n'avait aucune idée de ce qu'elle devait porter. Il fallait que ce soit approprié pour le dîner, tout en accommodant son interdiction de porter des sous-vêtements, et à la fois assez sexy pour le club.

Elle était nerveuse. Elle avait encore des papillons dans le ventre, qui avaient commencé à voleter dès qu'elle avait réalisé que Devon lui avait attaché les poignets. Il avait souri d'un air espiègle en la regardant se débattre pendant quelques instants avant de capituler. Elle avait le sentiment que, si elle avait paniqué, il l'aurait libérée sans poser de questions, mais elle avait été la première étonnée de ne pas lui demander de la relâcher. Enfin, elle s'était tellement concentrée sur lui et les picotements dans tout son corps qu'elle en avait presque oublié qu'elle était retenue en otage.

Pendant qu'il lisait ses notes, elle avait pris le temps de l'observer longuement. La première fois qu'elle l'avait rencontré, elle avait trouvé qu'il incarnait la perfection, mais aujourd'hui, elle avait remarqué que son nez était légèrement de biais, comme s'il avait été cassé un jour. Il avait également une légère cicatrice de cinq centimètres le long de sa mâchoire, un peu en dessous de son oreille droite et elle se demandait ce qui l'avait causée. Ces petites imperfections ne faisaient que renforcer sa beauté et le rendaient encore plus sexy, si tant est que ce soit possible.

Alors qu'elle entrait dans la salle de bain et fermait la porte pour se changer pour la troisième fois, Kayla lui dit :

— Je suis tellement jalouse que tu ailles au *Covenant* ce soir. Roxy et moi, on a fait une demande d'adhésion il y a six mois, et d'après ce que j'ai compris, la liste d'attente pour y entrer est de presque un an, à moins qu'un dom ne te parraine. Et encore, ça prend du temps.

Kristen passa la robe en lycra sur sa tête et la fit glisser le long de son corps, lissant le tissu au fur et à mesure.

— Je ne savais pas que c'était votre truc.

— On ne le crie pas sur tous les toits, car la plupart des gens ne comprennent pas le BDSM et ont tendance à réagir négativement. C'est Roxy qui m'y a initiée quand on s'est rencontrés il y a quelques années. Elle est devenue dom à la fac, mais elle n'a pas eu beaucoup de temps pour jouer quand elle a commencé ses études de médecine. En ce moment, on fréquente un autre club privé, le *Heat*, mais on n'y va pas aussi souvent qu'on le voudrait. On aimerait mieux l'intimité et l'exclusivité du *Covenant*. Les parents des gamins dont s'occupe Roxy flipperaient s'ils apprenaient qu'elle aime me fouetter.

Kayla était assistante sociale, et le docteur Roxanne London avait un cabinet de pédiatrie à la réputation excellente. Elles étaient de parfaites opposées l'une de l'autre. Si Kayla, blonde aux yeux bleus, mesurait un mètre cinquante-sept, faisait « une taille 44 dans les bons jours et du 46 dans les mauvais » – selon ses mots –, Roxy mesurait quinze centimètres de plus et portait du 38, avec des cheveux auburn et des yeux noisette. Kayla était désorganisée et adorait les films de science-fiction, tandis que Roxy était une maniaque de la propreté qui allait voir au moins un film indépendant ou étranger par mois, seule ou avec une amie, car sa propre femme avait tendance à s'endormir au cinéma. Pourtant, malgré leurs différences, ou peut-être justement grâce à cela, elles formaient un couple parfait.

— Je comprends pourquoi vous préférez que ça reste privé.

Elle ferma le côté de la robe et regarda son reflet à partir de la taille, dans le miroir au-dessus du lavabo. *Pas mal.*

— C'est le cas de la plupart des membres de la communauté BDSM. Si on rencontre d'autres membres en public, en dehors du club, soit on se comporte comme si on les connaissait par ailleurs, soit on les ignore franchement.

Kristen ouvrit la porte et sortit pour se montrer. Elle n'avait porté cette robe qu'une seule fois, à un gala du

Nouvel An, après son mariage. Son ex n'avait pas aimé l'épaule qu'elle dénudait, se plaignant qu'elle soit le point de mire des regards. Mais elle aimait les fronces à la taille qui donnaient à son corps de taille 42 une silhouette en forme de sablier. L'ourlet s'arrêtait à mi-cuisse et elle le tira un peu vers le bas, essayant de dissimuler son absence de culotte.

— Bow-chicka-wouhou !

On pouvait toujours compter sur Will pour faire le pitre et lui faire oublier qu'elle était nerveuse.

Kayla émit un sifflement.

— Dis donc, ma belle, je vais devoir t'emprunter ça un de ces quatre. Tu es sexy.

Kristen regarda son reflet dans le miroir sur la porte de son armoire, se tournant d'un côté et de l'autre pour voir la robe sous tous les angles possibles. Elle ne serait peut-être jamais fine selon les normes actuelles, mais certains amis de Will lui avaient dit qu'avec ses courbes généreuses, il lui suffirait d'une perruque blonde pour donner à Marilyn Monroe une sérieuse concurrence.

— Vous êtes sûrs que ça me va ? Ça ne fait pas trop salope ?

— Salope ? Non. Call-girl de grande classe ? Oui. Et c'est comme ça que tu veux être, fais-moi confiance. Maintenant, voyons ce qu'on peut faire avec tes cheveux et ton maquillage. Will, tu peux lui trouver une paire de chaussures ?

Kayla la ramena dans la salle de bain et Kristen essaya d'imaginer la réaction de Devon lorsqu'il la verrait. Aimerait-il sa robe ou s'en plaindrait-il comme l'avait fait son ex-mari ? Elle priait pour que ce soit la première éventualité.

* * *

Devon jeta un coup d'œil à sa montre pour la quatrième fois en moins de deux minutes alors qu'il faisait les cent pas devant le *Toscane*, le restaurant où ils avaient rendez-vous. Elle avait dix minutes de retard. Il avait eu envie de passer la prendre chez elle, mais finalement, il s'était gardé de le lui proposer, estimant qu'elle serait plus à l'aise comme ça. Après tout, il était encore un inconnu pour elle – ce qu'il avait l'intention de rectifier dès que possible.

Même s'il avait envie d'utiliser son retard comme une excuse pour fesser son délicieux postérieur, il craignait surtout qu'elle ait changé d'avis et se soit dégonflée. Il avait été stupéfait en la voyant pour la première fois, debout au milieu de la fosse. Mais le choc s'était vite changé en colère et en jalousie, car elle se trouvait dans son club avec Mitch et pas lui. Ils n'avaient rien fait d'autre que parler, mais bon sang, il voulait lui faire découvrir le BDSM lui-même... d'autant plus qu'il savait maintenant qu'elle effectuait des recherches sur le style de vie qu'il aimait.

Derrière lui, il entendit des talons cliqueter sur le trottoir. Il se retourna et resta figé en découvrant Kristen qui approchait d'un pas pressé. Elle était magnifique. Ses cheveux bruns tombaient autour de son visage en boucles douces et il avait envie d'y passer les doigts. Sa coiffure et son maquillage subtil, qui illuminait son visage, lui laissaient entendre qu'elle avait fait un effort supplémentaire en se préparant pour leur sortie à deux, et cette pensée fit battre son cœur un peu plus fort. En la regardant, il réussit à apercevoir sa robe noire sous l'imperméable léger qu'elle portait. Même si la température était plus fraîche qu'à la normale pour une soirée de fin septembre, il ne faisait pas froid et il ne pleuvait pas. Elle devait porter ce manteau par pudeur. Il espérait que cela signifiait que sa robe était en dehors de sa zone de confort.

— Désolée, je suis en retard, dit-elle en essayant de reprendre son souffle. Je ne trouvais pas mes clés de voiture et il n'y avait pas de place de parking.

Contrairement à *Chez Donovan*, Le *Toscane* n'avait pas de parking et les clients devaient se garer dans la rue.

— Ça ne fait rien, poupée. Je m'en prendrai à vos fesses plus tard.

Kristen le regarda fixement.

— Vous voulez me donner une fessée parce que j'ai dix minutes de retard ?

— Oui, fit-il en consultant sa montre. Et vous avez treize minutes de retard, donc ça mérite treize fessées. C'est plutôt raisonnable pour une première fois.

Sans lui laisser le loisir de répondre, il lui prit le bras et l'accompagna à l'intérieur. Pendant qu'ils attendaient l'hôtesse, il l'aida à enlever son manteau, essayant de ne pas avaler sa langue. Putain de merde ! Quand il lui avait dit de porter la robe la plus sexy qu'elle possédait, il ne s'attendait pas à ce qu'elle ressemble à une sirène aussi séduisante. Entre la robe, ses jambes interminables et ses talons aiguilles noirs de dix centimètres, cette femme allait lui donner une crise cardiaque. Un jour prochain, il la baiserait sans rien d'autre que ces talons.

Il replia son manteau sur son bras, l'utilisant pour cacher le gonflement dans son pantalon, et se pencha pour lui murmurer à l'oreille :

— Vous êtes magnifique, poupée. J'aimerais pouvoir vous pencher sur une table et vous prendre ici, devant tout le monde. Mais comme je ne peux pas, dites-moi, avez-vous obéi à mes ordres ? Avez-vous laissé vos sous-vêtements à la maison ? Parce que sinon, direction les toilettes des dames, et je me fiche que l'on nous voie.

* * *

Le rouge monta aux joues de Kristen et elle regretta presque de ne pas lui avoir désobéi, car elle pouvait sentir l'excitation déferler entre ses cuisses. S'il continuait à lui parler aussi crûment, elle risquait de ruisseler le long de ses jambes.

— Oui.

Elle avait murmuré de peur que quelqu'un l'entende et comprenne combien elle était excitée.

— Prouvez-le.

Elle sursauta et ses joues s'empourprèrent encore plus. Ils se trouvaient à l'avant d'un restaurant bondé et il voulait qu'elle prouve qu'elle ne portait pas de sous-vêtements. Comment était-elle censée le faire sans être arrêtée pour attentat à la pudeur ?

— C-Comment ?

Il dut lire dans ses pensées, car il ricana.

— Pas comme vous le pensez, poupée. Tournez-vous doucement et laissez-moi sentir si vous avez une marque de culotte.

Il posa sa main sur sa hanche et elle fit un tour complet, sa paume restant en contact avec son corps pendant tout ce temps, sur les deux hanches, le haut de ses fesses et le bas de son ventre. Lorsqu'elle se retrouva de nouveau face à lui, elle jeta un coup d'œil autour d'elle et fut soulagée de constater que personne ne semblait leur prêter attention.

— Très bien, poupée. Vous vous êtes épargné une punition supplémentaire, même si je suis sûr que je trouverai autre chose qui viendra s'ajouter au compte avant la fin de la soirée.

Elle fut reconnaissante envers l'hôtesse de venir interrompre son jeu coquin, choisissant ce moment pour les aborder. Devon donna son nom pour la réservation. Pendant ce temps, Kristen put reprendre le contrôle de son corps surchauffé et mieux regarder son compagnon. Il portait du gris foncé, un pantalon de costume, des mocassins noirs et une chemise blanche aux manches retroussées jusqu'au milieu des avant-bras. Sa chemise n'était pas moulante, mais elle était parfaitement taillée pour mettre en valeur son physique. Il ne portait aucun bijou, à l'exception d'une montre noire au poignet gauche. Son look était simple, mais classique. Il aurait pu faire la couverture du mois du magazine *GQ* et faire baver des millions de femmes. Cette idée la fit réfléchir. Cet homme pourrait sortir avec un top model s'il le voulait, alors que faisait-il ici, avec elle ? Elle jeta un coup d'œil alentour et remarqua que, maintenant qu'il faisait face aux autres clients, plusieurs femmes le lorgnaient avec un intérêt évident.

Elle refoula sa jalousie et quand l'hôtesse leur demanda de la suivre, Devon fit signe à Kristen de la précéder. Pendant qu'ils traversaient le restaurant jusqu'à la table contre le mur du fond, elle eut l'impression qu'il louchait sur ses fesses. Cette pensée la fit sourire et elle se déhancha un peu plus. Elle aurait juré entendre un grognement sourd et elle gloussa tout bas.

Une fois à la table, elle fut agréablement surprise qu'il tire une chaise pour qu'elle s'y assoie avant de prendre place en face d'elle. Ce geste lui donnait l'impression d'être une dame. Il ne lui semblait pas que Tom ait déjà tiré sa chaise pour elle. Elle observa Devon qui pliait son manteau sur le dossier de la chaise libre à côté de lui avant que l'hôtesse ne leur tende leurs menus. S'il n'y avait que deux couverts à la table, elle pouvait accueillir quatre personnes, ce dont Kristen se réjouissait. Elle avait horreur des tables pour deux, car il n'y avait jamais assez de place et elle se retrouvait toujours à renverser un verre de vin ou d'eau. La dernière chose qu'elle voulait ce soir, c'était d'avoir l'air d'une empotée.

Un serveur élégamment vêtu s'approcha et remplit leurs verres d'eau.

— Bonsoir, je m'appelle Kevin, et je serai votre serveur. Puis-je vous apporter un apéritif du bar pendant que vous consultez vos menus ?

Devon regarda Kristen en arquant son sourcil.

— Voulez-vous un verre de vin ou autre chose ?

— Du vin blanc, s'il vous plaît, un Riesling s'il y en a.

Devon acquiesça, puis se tourna vers le serveur.

— Un Riesling pour la dame, et moi, je prendrai une eau gazeuse avec du citron vert. Merci.

— Vous ne prenez pas d'alcool ? demanda-t-elle une fois que le serveur fut parti chercher leur commande.

— Non, je ne bois pas.

— Jamais ?

C'était la chose la plus bizarre qu'elle ait jamais entendue. Elle ne connaissait aucun homme qui ne prenait pas au moins une bière ou deux à l'occasion.

— Non.

Il avait été catégorique et elle comprit qu'il serait préférable qu'elle change de sujet. Elle ouvrit donc son menu et commença à passer les choix en revue. Tout avait l'air délicieux.

— Alors, qu'y a-t-il de bon au menu puisque c'est la première fois que je viens ? Qu'est-ce que vous prenez ?

Comme il ne répondait pas tout de suite, elle leva les yeux et aperçut un sourire sexy sur son visage.

— Disons que ce que je veux manger n'est pas sur le menu, dit-il avant de marquer une pause, pendant laquelle elle sentit son visage se réchauffer. Je vais prendre le steak pizzaiola. C'est l'une des spécialités du chef. Que préférez-vous : bœuf, poulet, veau, fruits de mer ou pâtes ?

— Je mange à peu près de tout, mais je penche pour le veau piccata ou le saumon en croûte de champignons. Lequel me recommandez-vous ?

— Je n'ai jamais goûté le saumon, mais je peux vous assurer que vous ne serez pas déçue par le veau.

Kristen gloussa.

— Vous parlez comme un vendeur de voitures.

Devon rit à cette comparaison. Le serveur revint avec leurs boissons et ils passèrent leur commande pour le dîner. Quelques minutes plus tard, ils dégustaient des salades César et du pain italien tout chaud.

— Alors, Madame Kristen Anders, parlez-moi de vous, en dehors de la courte biographie que j'ai lue au dos du livre de Jenn.

Elle prit une gorgée de vin.

— Que voulez-vous savoir ?

Haussant les épaules, il saisit un petit moulin à poivre et en parsema sur sa salade. Il lui tendit le moulin et elle secoua la tête.

— Je ne sais pas, parlez-moi de votre famille, de l'endroit où vous avez grandi, de ce que vous faisiez avant de devenir écrivain de romances. Ce que vous racontez généralement lors d'un premier rendez-vous.

— Eh bien, comme je n'ai eu que quelques premiers rendez-vous dans ma vie, et que mon dernier remonte à plus de quatre ans, je ne suis pas sûre de me souvenir de ce que je raconte dans ces moments-là.

Devon arrêta sa fourchette à mi-chemin de sa bouche et la regarda avec stupeur.

— D'accord, alors expliquez-vous, s'il vous plaît, parce

que j'ai du mal à croire que vous ne soyez pas assaillie par les invitations.

Kristen rougit, ce qui lui arrivait un peu trop souvent en sa présence, et baissa les yeux sur sa salade comme si c'était la chose la plus passionnante du monde. Il posa sa fourchette et tendit le bras par-dessus la table pour glisser deux doigts sous son menton, l'inclinant jusqu'à ce qu'elle le regarde à nouveau. Ses yeux étaient d'un bleu plus profond, ce soir, dans le restaurant à la lumière tamisée.

— Parlez-moi, Kristen. Croyez-le ou non, je n'ai jamais dit cela à une femme avant, mais vous me fascinez, et je veux tout savoir sur vous.

Elle doutait que ce soit vrai, mais elle se sentit incitée à parler.

— J'étais un vrai rat de bibliothèque au lycée et à la fac, une sorte d'intello. J'étais timide avec les garçons et je ne sortais pas beaucoup. J'ai eu un petit ami sérieux en deuxième année de fac, mais il en a eu assez que...

Elle se tut, évitant de terminer sa phrase.

— Assez de quoi, poupée ?

Elle ne savait pas ce qu'avait ce mot de si particulier, mais il fit battre son cœur plus vite. Elle adorait ce surnom. C'était intime, même si elle doutait d'être la seule femme à qui il l'ait donné.

— Il en a eu assez que je lui dise non.

Elle baissa la voix de sorte qu'il soit le seul à pouvoir l'entendre. Elle n'en revenait pas de lui raconter cela dix minutes à peine après le début de leur soirée, mais c'était plus fort qu'elle.

— Voyez-vous, j'étais vierge lors de ma nuit de noces, il y a deux ans. J'ai rencontré Tom en dernière année et, même si on s'amusait un peu, quelque chose en moi voulait attendre. Je sais que ça semble idiot à notre époque, mais c'était important pour moi.

— Ce n'est pas idiot du tout, Kristen. Je pense que ça montre quelle femme forte vous êtes. Une femme qui sait ce qu'elle veut et ce qu'elle ne veut pas. Et vous êtes prête à vous battre pour ce qui vous semble juste. Il n'y a pas de mal à attendre le bon. Je ne vous en respecte que plus.

Il fit une pause en voyant sa réaction incrédule.

— Quoi ?

Sa bouche frémit et elle retint un sourire en coin.

— J'ai du mal à croire que vous respectiez ma virginité tardive alors que vous dirigez un club érotique.

Il laissa échapper un petit grognement.

— D'accord, je comprends votre point de vue, mais ce que j'ai dit est vrai. Les hommes n'ont aucun problème à perdre leur virginité et à faire l'amour avec n'importe quelle femme qui le souhaite, mais les femmes ne fonctionnent pas de la même manière. Le sexe est plus émotionnel pour elles... enfin, pour la plupart. J'espère que ma nièce attendra le bon, et n'essayez même pas de sous-entendre qu'elle n'est plus vierge.

— Eh bien, dans mon cas, le bon ne s'est jamais présenté. Mon ex-mari m'a trompée pendant toute la durée de notre relation et de notre mariage. Mais quand je l'ai découvert, il était trop tard. Les salopes qu'il préférait n'auraient pas fait une épouse honorable pour l'agent de banque qu'il était, contrairement à moi, la bonne à tout faire.

— Quel connard ! Excusez mon langage.

Kristen ne put s'empêcher de ricaner.

— Vous savez, vous m'avez dit que vous vouliez me baiser sur une table et me donner la fessée, alors traiter mon ex de connard, en fin de compte, c'est plutôt poli.

Il se joignit à son rire.

— Bon, assez parlé de votre ex. Parlez-moi de *vous*.

— De cette bonne vieille Kristen ?

Devon pointa sa fourchette vers elle avant de se replonger dans sa salade.

— Oui, poupée. De vous. Commencez, sinon ce sera plus de treize.

— Vous n'oseriez pas, dit-elle en souriant.

— Quatorze.

— Très bien, très bien. On vous a déjà dit que vous feriez un malheur en interrogatoire ?

— Quinze.

— Je suis née dans une cabane en rondins...

Il leva les yeux au ciel. Elle poussait le bouchon un peu loin.

— Seize.

— Non, c'est vrai. Je suis née dans une cabane en rondins. Mes parents étaient allés dans la cabane de mon père, dans les Poconos, un mois avant la date prévue pour l'accouchement. Ils pensaient que c'était leur dernière chance de s'offrir une petite escapade, vous savez, rien que tous les deux. Le lendemain matin, maman s'est réveillée en plein travail. Elle n'a pas réalisé que ça avait commencé depuis plus de vingt-quatre heures parce que les contractions n'étaient pas très fortes, jusqu'à ce que, tout d'un coup, elle ressente le besoin de pousser. Avant que mon père n'ait le temps de l'emmener à la voiture, j'ai commencé à sortir, et voilà, j'étais là. Mon père était policier, mais il n'avait encore jamais accouché de femme. Il s'en est bien sorti jusqu'à l'arrivée de l'ambulance. Mais après, apparemment, il s'est évanoui. Il s'est cogné la tête sur une table et il lui a fallu dix points de suture. Il a toujours dit que c'était pour ça que j'étais fille unique.

Ils riaient tous les deux lorsque le serveur vint récupérer

leurs assiettes de salade pour les remplacer par leurs plats de résistance. Devon demanda au jeune homme de remplir à nouveau leurs verres avant de reporter son attention sur elle.

— Je pense que j'aurais fait et dit exactement pareil. J'ai vu beaucoup de choses dans ma vie, de quoi épouvanter la plupart des gens, mais mettre au monde un enfant, ça me ferait paniquer... pourtant je ne panique jamais.

Il s'interrompit alors qu'un serveur s'arrêtait pour remplir leurs verres.

— Alors comme ça, vous êtes enfant unique. Vos parents sont toujours de ce monde ?

Elle hocha la tête et reprit son couteau et sa fourchette.

— Oui. Ils ont divorcé quand j'avais dix ans. Maman, Elizabeth, était enseignante en école primaire et elle n'a pas pu s'habituer à vivre avec un policier appelé constamment au travail pendant les congés et les jours fériés. Ses horaires changeants n'ont pas arrangé les choses. Il a toujours été un bon père, mais maman disait qu'il était un mari à temps partiel. Avec le recul, je m'étonne que leur mariage ait duré aussi longtemps. Pour un divorce, c'était plutôt serein. Pas de bagarre pour savoir qui récupérerait quoi, ou ce genre de choses. Papa, qui s'appelle Bill, s'est remarié quand j'avais quinze ans avec une dame adorable, Susan, une juriste. Il a pris sa retraite de la police de Philadelphie deux ans plus tard. Maintenant, il enseigne la justice pénale à l'université publique. Maman et mon beau-père, Ed, un expert en assurances, se sont mariés à Las Vegas trois mois après mon mariage et ils ont déménagé sur la côte du New Jersey, quelques mois plus tard. Du coup, j'ai deux demi-frères par alliance plus âgés, mais on se connaît à peine. Ils vivent avec leur mère, à environ une heure de notre ancienne maison.

— Alors, vous avez toujours vécu à Philadelphie ? Depuis quand êtes-vous ici ?

— On habitait à quelques kilomètres de Philadelphie, à New Hope, ensuite j'ai vécu à Ridgewood, dans le New Jersey, après mon mariage. Je n'ai emménagé ici qu'il y a quelques semaines, après l'officialisation de mon divorce.

— Pourquoi ici ?

Kristen mâcha et avala un morceau de veau avant de lui répondre.

— Mon cousin, Will, habite à Tampa depuis six ou sept ans. J'ai adoré la région les quelques fois où je suis venue lui rendre visite. Je voulais un nouveau départ, alors me voilà. Et vous ? Avez-vous toujours vécu à Tampa ?

— Non. Mes frères et moi, on est nés et on a grandi à Charlotte, en Caroline du Nord. Après l'armée, Ian et moi, on a décidé d'ouvrir notre entreprise de sécurité ici. Mitch a été élevé dans la région, et comme vous, on venait souvent en visite. On a adoré le coin. On venait à peine de monter notre entreprise de sécurité quand Mitch nous a parlé du club... Comme on dit, le reste appartient à l'histoire.

— Ça a dû être difficile et vous coûter cher. C'est vrai, le club est magnifique, et je n'imagine pas le travail qu'il a fallu pour transformer les lieux tout en démarrant une autre entreprise. Oh mon Dieu, pardon, on dirait que j'essaie de savoir combien d'argent vous avez. Ne répondez pas, je ne veux pas savoir. Moi et ma grande bouche...

Elle bafouillait, mais elle était sur sa lancée, maintenant. C'était une mauvaise habitude chaque fois qu'elle était gênée.

Devon n'avait pas l'air contrarié, il semblait plutôt amusé. Il tendit un morceau de steak et de poivron sur sa fourchette.

— Tenez, mettez-y ça.

Lorsqu'elle voulut prendre la fourchette, il retira sa main.

— Oh non, poupée. Ouvrez la bouche et fermez les yeux. Je veux vous donner à manger moi-même.

* * *

Les yeux de Kristen s'écarquillèrent avant qu'elle ne se penche en avant et fasse ce qu'il demandait. Il introduisit la fourchette dans sa bouche, prenant soin de ne pas la piquer. Lorsqu'elle referma ses lèvres autour de la fourchette et gémit en sentant les saveurs exploser sur sa langue, il aurait vendu son âme pour remplacer la fourchette par son sexe avide. Il la retira enfin, la laissant mâcher et avaler sa bouchée.

— Hmm, c'est délicieux.

Se raclant la gorge, il changea de position sur son siège.

— Content que ça vous plaise. Je vous offrirais bien un peu plus, mais je crains de jouir dans mon pantalon.

Elle ouvrit grand les yeux, percevant sans doute le désir dans les siens. Immédiatement, elle baissa la tête vers son assiette.

— Euh... alors... hmm, et vous ? Vous avez dit que vous aviez un frère, Ian. D'autres ? Et vos parents vivent toujours à Charlotte ?

Devon marqua un temps de pause. Il avait toujours eu du mal à parler de ses frères. C'était aussi l'une des raisons pour lesquelles il ne sortait jamais en dehors du club. Avec une soumise, il n'avait pas besoin qu'elle le connaisse au-delà de la surface, au-delà de ce qu'il était prêt à donner. Il mentionnait rarement John aux personnes qui l'interrogeaient sur sa famille, de peur de plomber les conversations et de gêner son interlocuteur.

— Nous avons un frère cadet, Nick. Il est dans la marine, basé à San Diego. Ian est l'aîné. Maman et papa sont toujours à Charlotte, mais ils voyagent beaucoup. Mon père, Chuck, est dans l'immobilier. Il a bien réussi. Maintenant, il a une société gérée par un conseil d'administration quand il est à l'étranger avec maman. Ma mère, Marie, est chirurgienne plastique, mais en ce moment, elle pratique juste un peu à Charlotte, histoire de ne pas perdre sa licence. Elle travaille dans un cabinet avec quatre autres médecins, mais son objectif principal est d'exercer dans les pays du tiers-monde pour Opération Sourire.

— Opération Sourire, ce n'est pas l'organisation qui propose des interventions chirurgicales pour les enfants souffrant de lèvres fendues ?

Il hocha la tête et prit une gorgée d'eau pétillante.

— Ou d'autres déformations faciales, oui. Quand on était jeunes, mes frères et moi, on voyageait dans le monde entier avec mes parents. En entrant dans l'armée, j'en étais à mon troisième passeport. On passait tous les étés à creuser des puits, à construire des écoles et des huttes, et à faire le maximum pour aider.

— Waouh, c'est incroyable !

Elle avait l'air impressionnée, et même si ce n'était pas son intention, cela lui fit plaisir.

— Moi, je ne suis jamais sortie des États-Unis, sauf en Jamaïque pour ma lune de miel. Et la seule fois où j'ai été bénévole, c'était au refuge pour animaux à cinq minutes de chez moi.

Il imaginait aisément une Kristen plus jeune, en train de jouer avec un groupe d'animaux en attente de foyer. Elle devait pleurer chaque fois que l'un d'eux était adopté.

— Oui, enfin, c'était sympa quand on était jeunes, mais dès le début du collège, on préférait rester à la maison et passer du temps avec nos amis et nos copines... l'égoïsme typique des adolescents. Au lycée, quand on a commencé à travailler, mes grands-parents du côté maternel venaient passer l'été chez nous pour que mes parents puissent partir en voyage. Aujourd'hui, Ian et moi, on essaie de prendre une semaine plusieurs fois par an pour aller retrouver mes parents, quel que soit le pays où ils se trouvent. On passe du temps à donner des coups de main dans les villages pauvres, en faisant notre possible pour améliorer un peu la vie des gens qui y habitent.

* * *

Kristen voyait bien combien il aimait sa famille, d'après l'affection dans sa voix. Même si ses parents et beaux-parents s'entendaient bien et qu'elle les aimait tous, par moments elle regrettait que ses parents ne soient plus ensemble et ne lui aient pas donné de frères et sœurs.

— Kristen.

Elle leva les yeux en réalisant que son esprit s'était égaré et que le serveur débarrassait à présent les assiettes pendant que Devon la regardait fixement.

— Je suis désolée, quoi ?

— Vous voulez du café ou un dessert ?

— Oh, non merci. J'ai bien mangé.

Et j'ai envie d'aller tout de suite au Covenant pour vous sauter dessus, même si elle se gardait de le préciser à voix haute. Dommage qu'ils n'aient pas le droit de jouer au club.

— Nous prendrons l'addition, merci, dit Devon au serveur, qui acquiesça avant d'emporter leurs assiettes en cuisine.

Alors qu'il fouillait dans sa poche pour sortir son portefeuille, Kristen s'empressa de récupérer son sac.

— Laissez-moi partager avec vous.

Elle se figea lorsqu'il lâcha un grognement sourd.

— Si vous sortez autre chose qu'un rouge à lèvres de votre sac, je vous fais passer sur mes genoux ici même et je vous donne une fessée jusqu'à ce que les flics arrivent.

Stupéfaite par son expression féroce, elle laissa son sac à main sur la chaise à côté d'elle.

— Je me disais juste que, comme c'est notre premier rendez-vous et que c'est moi qui vous ai invité à sortir...

Il leva la main.

— Ne terminez pas cette phrase. En aucun cas je ne vous laisserai mettre un centime dans ce dîner. Vous m'avez peut-être invité, mais c'était uniquement parce que je pensais que vous sortiez avec Brody. Sinon, je l'aurais fait depuis longtemps. Je n'ai jamais permis à une femme de payer sa part du dîner, et je ne vais pas commencer maintenant.

— C'est un peu sexiste, vous ne trouvez pas ?

Elle se rassit et posa les mains sur ses genoux, un peu décontenancée par sa réaction.

Il se pencha en avant, accoudé sur la table.

— Vous avez peut-être écrit un livre sur le BDSM, mais vous ne comprenez toujours pas ce mode de vie. Laissez-moi vous expliquer quelque chose sur les doms, poupée. Nous aimons... non, nous *exigeons* d'être aux commandes dans certains domaines. En dehors de l'aspect sexuel, nous voulons assurer la sécurité et le confort de notre soumise. La traiter comme si elle était la chose la plus précieuse sur cette terre. Je connais quelques doms qui vous diront que leur partie préférée d'une scène, c'est l'après, parce que c'est à ce moment-là que leurs soumis ont le plus besoin d'eux. C'est là qu'ils se connectent le plus. On prend soin de nos soumis en leur donnant le maximum. On aimerait pouvoir leur offrir la lune s'ils le demandent, que ce soit pour une nuit seulement ou pour une relation à long terme. Ce n'est pas parce que nous sommes sexistes ou que nous pensons qu'ils sont incapables de se débrouiller seuls. On le fait parce que ça nous fait plaisir, d'une manière que vous ne pouvez pas imaginer. Ça va bien au-delà de l'instinct humain basique et du besoin de sexe. Ce style de vie, ce n'est pas uniquement une question de perversion, d'abandon et de prise de contrôle. Tout ce que nous, les doms, attendons de nos soumis en retour, c'est le respect et l'obéissance... Enfin, avec leurs orgasmes aussi. Maintenant, si vous voulez vous disputer avec moi au sujet de l'argent, je serai ravi de continuer le décompte. Je crois que nous en sommes à seize.

Elle inclina la tête en écoutant attentivement. C'était exactement ce qu'elle cherchait quand elle s'était rendue au *Covenant*. Elle ne trouvait pas grand-chose sur Internet, et ce qu'elle n'avait jamais su comprendre, c'était la passion et le besoin de contrôle qu'éprouvait un dom. Maintenant, elle touchait du doigt cette partie du BDSM, mais elle devait encore découvrir pourquoi un soumis devait céder tout le contrôle.

— Non, ça fait quinze. Vous avez dit seize en croyant que je mentais à propos de la cabane en rondins.

— Eh bien, maintenant c'est à nouveau seize, parce que vous avez protesté pour le compte et l'addition.

— Ce n'est pas juste, souffla-t-elle en croisant les bras sur sa poitrine comme une gamine boudeuse.

Devon ricana, et lorsque le serveur revint avec un porte-documents en cuir, il y glissa sa carte de crédit.

— Celui qui a décrété que la vie était juste, poupée, n'était pas un dom.

Chapitre Sept

L'assassin prit une gorgée de whisky et regarda Eric Prichard tourner au coin de la départementale 32. L'ancien membre des SEAL entamait le quatrième kilomètre de son jogging du soir et en avait encore quatre à parcourir. La nuit ne tomberait pas avant une quarantaine de minutes et il comptait faire demi-tour devant les boîtes aux lettres, un peu plus loin sur la route, pour revenir jusque chez lui. Mais si la voie était libre, cette fois, il ne terminerait pas ces quatre derniers kilomètres. L'assassin avait observé les habitudes de cet homme pendant la semaine, cherchant l'occasion idéale pour frapper.

Après avoir localisé Prichard, il s'était rendu compte qu'il devrait faire le travail loin de sa résidence. L'ancien SEAL et sa femme avaient quatre enfants, et même si l'assassin tuait des gens pour gagner sa vie, sans remords, il s'interdisait de tuer des enfants. C'était son unique cas de conscience, à moins qu'il n'ait pas le choix. Dès qu'un jeune atteignait la majorité, en revanche, il se permettait de le supprimer. Si la fille de dix-huit ans de ses cibles précédentes avait été présente lorsqu'il s'était introduit chez eux pour tuer ses parents, six mois plus tôt, la police aurait retrouvé un troisième corps. Sa soirée pyjama l'avait sauvée d'une mort certaine.

Cela faisait trois mois qu'il n'avait pas tué pour l'homme qui le payait parce que ce salaud ne voulait pas se salir les mains. Le premier meurtre de la liste de sept avait eu lieu six mois plus tôt. Son employeur temporaire exigeait qu'ils soient espacés afin que personne ne puisse faire le lien. La mort de sept anciens SEAL de la même équipe soulèverait beaucoup de questions, mais quand le moment viendrait, il n'y aurait plus personne pour comprendre le pourquoi et le comment. Après avoir éliminé Prichard, l'assassin se rendrait à Tampa pour retrouver les quatre derniers noms sur sa liste d'exécution : Ian Sawyer, son frère Devon Sawyer, Brody Evans et Jake Donovan. Il devait trouver un moyen de les éliminer ensemble tout en maquillant le forfait en accident. D'après les dossiers qui lui avaient été remis, ils travaillaient et sortaient souvent avec deux autres anciens SEAL. Il aurait le temps d'en éliminer un ou deux avant qu'ils ne réalisent qu'ils sont pris pour cibles et se mettent à couvert, mais l'élimination des autres ne serait pas facile, après cela.

Traquer des hommes formés pour le faire eux-mêmes, voilà qui était un travail délicat. Plus d'une semaine auparavant, il avait trouvé un concessionnaire de voitures d'occasion à deux villes du trou paumé de l'Iowa où vivait sa cible. L'entreprise n'était pas bien sécurisée et il avait crocheté la serrure du bureau en moins d'une minute, récupérant une clé parmi celles des véhicules disponibles, dont certains étaient garés dans un parking à quelques rues de là. Employant une voiture et un déguisement différents chaque jour, il avait réussi à ne pas se faire repérer, même si parfois, il s'était senti surveillé. L'assassin devait se montrer plus malin que sa proie.

Après avoir compté jusqu'à trois cents, le tueur à gages passa la vitesse, avala une dernière gorgée au goulot de sa flasque et s'éloigna de la laverie désaffectée. À ce moment-là, sa cible devait courir en direction de la ville, sur une ligne droite en sens inverse de la circulation. Même si l'accotement était étroit, l'homme n'avait pas peur lorsque les voitures passaient. Il avait ainsi croisé Prichard à deux reprises cette semaine pendant sa course, mais il y avait toujours des voitures et des témoins potentiels sur la route.

Empruntant le virage où Prichard avait disparu quelques minutes auparavant, il redressa le volant et accéléra jusqu'à la limite de vitesse, soixante kilomètres à l'heure. Sa cible était là où il l'attendait, courant à une vitesse raisonnable vers sa mort tragique, sans le savoir.

Cent mètres. Il apercevait son t-shirt noir, son pantalon de survêtement militaire kaki et ses baskets blanches.

Cinquante mètres. À présent, il pouvait lire l'inscription jaune « U.S. Navy » sur la poitrine de l'homme.

Vingt mètres. La cible consulta sa montre et accéléra le rythme.

Dix mètres. Le mort en sursis établit un contact visuel avec lui, une seconde avant que l'assassin ne fasse une embardée.

Une demi-heure plus tard, il garait la voiture d'occasion un peu cabossée à son emplacement et la nettoyait pour faire disparaître ses empreintes avant de récupérer son propre véhicule. Il saisit un texto sur son téléphone portable – « C'est fait » –, et prit la direction de l'autoroute tout en démontant le téléphone pour en jeter une pièce par la vitre tous les quelques kilomètres.

Chapitre Huit

Une fois sur le chemin du *Covenant*, Kristen redevint nerveuse. Elle se tordit les mains jusqu'à ce que Devon tende le bras pour prendre sa main gauche, entrelaçant leurs doigts avant de les reposer sur sa cuisse. Son pouce effleurait maintenant sa peau, sous son ourlet, d'avant en arrière. Avec ces caresses douces et rassurantes, elle essaya de se laisser aller au réconfort du silence, laissant son esprit vagabonder.

Elle n'aurait pas cru s'intéresser au BDSM, mais après son échange avec Devon plus tôt au club, elle n'en était plus si sûre. Elle avait été tellement excitée qu'elle avait fini par se masturber sous la douche avant l'arrivée de Kayla et Will. Et au lieu que ce soit Maître Xavier qui la pousse à l'extase, cette fois, c'était Maître Devon.

— Je voulais te le demander tout à l'heure, dit-il, mais on s'est un peu égarés. As-tu apporté ta liste de limites ?

Kristen tourna la tête pour regarder son profil pendant qu'il conduisait.

— Oui, elle est dans mon sac à main. J'ai aussi passé en revue les protocoles.

Il acquiesça et lui jeta un coup d'œil avant de reporter son attention sur la route.

— Bien. Je regarderai ta liste quand nous serons au club. As-tu des questions sur les protocoles ?

Elle songea aux documents qu'elle avait parcourus. La plupart des règles étaient assez simples, mais elle voulait tout de même en clarifier certaines.

— Oui, en effet. Certaines règles étaient listées sous le titre *Protocole strict*, d'autres non. Comment savoir quand je suis censée suivre les règles strictes ?

Devon était content qu'elle ait accepté de laisser sa voiture près du restaurant et de l'accompagner au club. Il n'ouvrit pas le toit de la décapotable, de peur de la décoiffer. Il préférait garder ce plaisir pour plus tard, quand il aurait la chance de passer ses doigts dans ses boucles brunes et souples.

— La plupart des membres suivent les protocoles allégés, à moins que nous n'ayons un événement qui nécessite les règles strictes, mais dans ce cas, tout le monde en est informé à l'avance. Il y a quelques doms qui insistent pour que leurs soumis suivent les règles plus strictes, mais si l'un d'eux t'approche, je te le ferai savoir. N'oublie pas de garder la tête basse, de ne pas établir de contact visuel avec le dom en question ou sa soumise, s'il en a une, et de me demander la permission de parler avant de leur dire quoi que ce soit. Ne sois jamais impolie envers un dom, quelle que soit la situation. Tu seras à côté de moi la plupart du temps, mais si pour une raison quelconque je ne suis pas là et qu'un dom te dérange, cherche immédiatement un Maître du Donjon – on les reconnaît à leurs vestes dorées – ou un agent de sécurité avec une chemise rouge et nœud papillon noir. Ce n'est pas parce que tu es soumise qu'un dom ou un autre soumis a la permission de te harceler. La plupart de nos membres ne posent pas de problèmes, mais comme tout groupe d'une certaine ampleur, il y a parfois des brebis galeuses.

— Quelle est la différence entre les Maîtres du Donjon et les agents de sécurité ?

Il exerça une petite pression sur sa main avant de la relâcher pour négocier le virage serré entre la bretelle et la route menant au club. La chaleur de sa peau lui manqua instantanément et il récupéra sa main dès qu'il le put.

— Les Maîtres du Donjon sont des doms expérimentés qui gardent un œil sur les scènes qui se déroulent dans le club. Je pense que nous en avons trente-deux au total. Ils s'assurent que tous les jeux dans le club soient sûrs et que les soumis ne risquent pas de se blesser, au cas où un dom oublierait quelque chose, comme une contention trop serrée ou un *safeword* mal employé. Les agents de sécurité gardent un œil sur tout le reste. En quelque sorte, ce sont les videurs du club.

Elle afficha une mine perplexe.

— Comment savoir qu'un soumis n'utilise pas son *safeword* alors qu'il en aurait besoin ?

Devon soupira en s'arrêtant à deux voitures du poste de garde, à l'entrée du parking. Le véhicule de tête devait être un nouveau membre ou un invité que le gardien ne reconnaissait pas, car il vérifia l'identité du conducteur avec un ordinateur de poche. C'était un autre des jouets de Brody que le club utilisait régulièrement.

— Parfois, un participant croit avoir besoin de quelque chose alors que ce n'est pas le cas. En l'occurrence, ne pas dire son *safeword* pourrait représenter un comportement destructeur. Comment l'expliquer ?

Il fit une pause.

— Sais-tu ce qu'est la scarification ?

— J'en ai entendu parler. Ce n'est pas quand une personne, parfois à l'adolescence, s'entaille les bras avec des lames de rasoir ?

La file de voitures se remit en mouvement et le garde salua Devon à son passage.

— Les gens qui s'entaillent pour ressentir ce qu'ils cherchent à ressentir ne le font pas assez profondément pour se vider de leur sang, mais ça n'en est pas moins dangereux. C'est une pulsion chez eux, ce qui peut causer des dégâts à leur corps. Généralement, ils sont incapables de s'arrêter sans aide psychologique. C'est ce que fait un soumis qui n'utilise pas son *safeword* quand il le devrait : il s'abîme pour ressentir ce qu'il cherche à ressentir. Un bon dom doit savoir déceler cette limite ténue entre ce dont un soumis a besoin pour se sentir bien et ce qui va trop loin et entame son équilibre psychologique. Si un Maître estime qu'un soumis va trop loin, au point de se blesser gravement par l'intermédiaire d'un dom, alors nous l'orientons vers l'un de nos psychologues. Il n'a plus le droit de revenir avant d'avoir reçu l'accord du médecin. Ça n'arrive pas souvent, mais nous prenons très au sérieux la sécurité de nos soumis – physiquement, psychologiquement et émotionnellement.

Il s'était déjà garé, mais il restait assis là pour finir son explication avant d'ouvrir la portière de sa voiture. Lorsqu'elle s'apprêta à ouvrir la sienne, il l'arrêta.

— N'y pense même pas. Reste là jusqu'à ce que je revienne, sinon j'ajouterai des fessées au décompte.

Elle éclata de rire et il ne put s'empêcher de grimacer.

— Est-ce que ça vous procure du plaisir, Maître Devon ?

Seigneur, il adorait la façon dont elle accolait son titre avec son prénom. Il l'avait déjà entendu de la bouche de centaines de soumises au fil des ans, mais jamais une femme ne l'avait fait bander rien qu'en prononçant ces deux simples mots... jusqu'à maintenant.

— Oui, ma petite soumise, c'est ça. Maintenant, reste là.

Il s'ajusta le pantalon tout en contournant la voiture par l'arrière, puis il ouvrit sa portière. Tendant la main pour l'aider à quitter le siège, il ne put s'empêcher de regarder l'ourlet de sa robe qui remontait plus haut sur ses cuisses lorsqu'elle sortit. Il était presque tenté de la soulever un peu plus pour voir si elle était entièrement épilée. C'était sa préférence personnelle.

— Ton ex ne t'a jamais ouvert la portière ?

— Maintenant que tu le dis, non.

— Eh bien, voilà une autre raison de détester cet égoïste.

Une fois de plus, Kristen éclata de rire tout en redescendant sa jupe, qui n'arrivait pas plus loin que le milieu de ses cuisses.

— Tu ne le connais pas, comment peux-tu le détester ?

En fouillant dans sa poche, il récupéra l'objet qu'il y avait placé plus tôt.

— C'est facile, poupée. Tout homme qui trompe, manque de respect et quitte une belle femme comme toi mérite d'être méprisé et humilié par les autres.

Il leva la main et laissa l'objet se dérouler pour qu'elle puisse le voir.

— C'est un collier d'entraînement, poupée. Tu le porteras tant que tu seras ici au club avec moi. Il permettra aux autres doms de savoir que tu es avec quelqu'un et qu'ils n'ont pas le droit d'essayer de négocier avec toi ou de te demander de suivre un certain protocole sans ma permission. Je peux t'ordonner de t'agenouiller, mais un autre dom devra obtenir mon approbation pour te le demander, sauf dans des cas extrêmes. Certains doms aiment taquiner les soumises, et ce n'est pas considéré comme impoli, sauf si c'est insultant. Je ne permettrais à personne de t'insulter. Si je dois te quitter pour une raison quelconque, je demanderai à un Maître du Donjon ou à la sécurité de garder un œil sur toi jusqu'à mon retour. Compris ?

— Oui, Monsieur.

Elle hocha la tête et se retourna, soulevant ses cheveux pour qu'il puisse attacher le collier autour de son cou. C'était un simple collier en cuir noir et il regrettait de ne pas en avoir un plus beau à lui offrir. Il n'avait jamais attaché cela à l'une de ses soumises plus d'un week-end, mais cette fois, il ne voulait pas le lui retirer quand ils auraient terminé ce soir.

Lorsqu'elle se retourna en triturant la bande de cuir, il posa les mains sur ses joues. Plongeant le regard dans ses yeux noisette, il approcha sa bouche de la sienne, un centimètre à la fois, attendant qu'elle l'arrête, qu'elle lui fasse savoir qu'elle ne le voulait pas. Mais elle n'en fit rien et il envoya un remerciement silencieux à celui ou à ceux qui lui avaient amené cette femme. À la seconde où sa bouche toucha la sienne, ses yeux se fermèrent. Le baiser était léger, un doux frôlement, jusqu'à ce qu'elle soupire et que ses lèvres s'écartent pour l'accueillir. Il approfondit le baiser, glissant sa langue dans sa bouche pour se mêler à la sienne, impatient de la goûter. Il sentit la douceur de son vin, l'acidité du citron de son dîner et quelque chose de délicieux et d'unique qui n'appartenait qu'à elle. Pour ce soir, elle lui appartenait. Il ne savait pas comment il serait capable de la laisser repartir une fois qu'ils auraient fini de jouer. *Elle est à moi.*

Lorsque ses mains commencèrent à remonter le long de

ses bras vers son cou, il saisit ses poignets et mit fin au baiser à contrecœur. Aussitôt, elle rouvrit les paupières comme si elle s'éveillait d'un long somme et il sourit.

— Désolé, poupée, mais si je te laisse me toucher, je vais exploser.

Il pressa ses hanches contre les siennes pour bien lui faire comprendre le message. Enfin, il lui donna un autre baiser rapide avant de relâcher ses poignets, la tournant sur le côté pour glisser la main sous son bras. Heureusement, il était courant de voir des hommes se promener dans le club avec des érections impressionnantes, car la sienne n'était pas près de retomber.

Quelques instants plus tard, ils étaient dans le hall d'entrée, à la réception. Il y avait là un homme mince, mais musclé, de l'âge de Kristen. Il était torse nu et portait un pantalon noir et un nœud papillon rouge avec un liseré doré. L'homme lui sourit et hocha la tête avant de s'adresser à Devon.

— Bonsoir, Maître Devon, comment allez-vous ce soir ?

— Ça va, Matthew. Et toi ?

— Très bien, Monsieur, puisque je dois faire une scène avec Maîtresse China plus tard.

Devon grimaça, sachant que cela signifiait que la queue et les bourses du jeune soumis seraient torturées avant la fin de la soirée. Devon ne s'imaginait pas infliger cela à ses parties intimes, mais le jeune soumis aimait ça.

— Matthew, je te présente Kristen, mon invitée ce soir. Kristen, Matthew est l'un des employés de longue date du club, et c'est aussi un soumis. Si tu as des questions, il peut y répondre du point de vue d'un soumis.

Lorsqu'elle acquiesça, il lui prit le bras et le tendit vers l'extérieur, au-dessus du bureau, afin que Matthew puisse attacher un bracelet jaune autour de son poignet. Quand il eut terminé, le soumis lui tapota la main.

— C'est un plaisir de vous rencontrer, Kristen. Ce bracelet indique que vous êtes une invitée et que vous n'êtes pas autorisée à participer à un jeu. Maître Devon a raison, si vous avez des questions, je suis un expert du protocole. Au fait, j'adore votre robe.

Kristen sourit devant son amabilité.

— Merci, tout le plaisir est pour moi.

Devon lui prit la main et la glissa à nouveau sous son bras avant de la conduire vers un homme de grande taille vêtu d'un pantalon noir et d'une chemise rouge, debout près des portes du club.

— Kristen, voici Mini, le chef de la sécurité. Mini, voici Kristen.

* * *

Elle pencha la tête en arrière, encore, et encore... et encore. Bon Dieu, qu'il était grand... et large. Ce type mesurait facilement deux mètres et devait peser deux cent cinquante kilos de muscles. Son cou était trop épais pour qu'il puisse fermer le bouton supérieur de sa chemise et il n'avait pas de nœud papillon. Chauve avec une barbichette, il rappelait à Kristen un lutteur des années 80 devenu acteur, Mister G ou quelque chose comme ça. La seule chose qui lui manquait, c'étaient les chaînes en or.

— Mini ?

L'homme rit et lui fit un clin d'œil.

— Oui, madame. Mon vrai prénom est Travis et je pesais six kilos à la naissance, mais je me suis toujours fait appeler Mini. C'est un plaisir de vous rencontrer.

Avant qu'elle puisse répondre, Devon reprit la parole.

— Mini, auriez-vous l'amabilité de garder un œil sur ma soumise pendant quelques minutes, le temps que j'aille me changer ? J'ai peur qu'elle provoque une émeute à l'intérieur si je la laisse sans surveillance.

— Absolument, Maître Devon. Je ne doute pas qu'elle causera des problèmes là-dedans. Les doms vont se jeter sur elle à la seconde où ils verront cette jolie petite créature.

Mini fit un pas vers la gauche, révélant un tabouret qu'elle n'avait pas vu.

— Asseyez-vous, Madame Kristen. Je vais empêcher les grands méchants doms de s'entretuer pour vous atteindre.

Elle doutait que cela arrive, mais elle sourit quand même à son compliment.

— Merci, Maître Mini.

— Hmm, Madame Kristen. Ce n'est que Mini. Je ne suis pas un dom et je ne participe pas à ce style de vie. Je ne travaille ici que pour pouvoir me rincer l'œil avec les jolies filles comme vous et frapper les idiots qui échapperaient à tout contrôle.

Une fois de plus, elle se détendit en riant.

— J'ai l'impression que vous n'êtes qu'un gros nounours.

— Oh, ça me plaît bien. Mini, l'ours en peluche.

Devon l'aida à s'asseoir sur le tabouret avant de lui donner un rapide baiser sur les lèvres.

— Sors ta liste et donne-moi ton sac à main. Tu n'en auras pas besoin à l'intérieur. Je vais le mettre en sécurité dans mon casier.

Elle fit ce qu'il lui demandait.

— Je reviens tout de suite, poupée. Reste ici avec Mini, et tout ira bien.

— Oui, Monsieur.

Il sourit et disparut par les grandes portes en bois qui

donnaient dans le club. Le volume de la musique augmenta avant de retomber en sourdine lorsque la porte se referma. Elle se sentait un peu gênée, assise sur le tabouret. Elle se tourna vers le grand gaillard à côté d'elle après avoir tiré sur sa robe pour ne pas trop s'exhiber.

— Alors, depuis combien de temps travaillez-vous ici ?

Il ouvrit la porte pour permettre à un couple d'entrer et attendit que la musique se calme avant de lui répondre :

— Depuis que le club a ouvert. Avez-vous déjà rencontré Maître Jake ?

Jake était l'homme qui était venu retrouver Devon au pub, la veille, alors qu'ils établissaient leurs projets pour ce soir.

— Oui, je pense, mais en coup de vent, et je ne savais pas que c'était un dom.

Mini s'adossa contre le mur, croisant les bras sur son torse massif, et Kristen ne put s'empêcher de se demander quelle taille de chemise portait cet homme.

— Jake et moi, ça remonte à l'époque du football au lycée. Après avoir été blessé chez les pros, j'ai fini par travailler comme garde du corps à Hollywood. Il y a quelques années, alors que je venais rendre visite à ma famille, j'ai retrouvé Jake et il m'a recommandé à Ian et Devon. Quand ils m'ont proposé un travail, j'ai quitté Los Angeles aussi vite que possible. Je fais encore quelques missions de garde du corps pour eux, quand c'est nécessaire, mais je m'occupe surtout de la sécurité du club.

Elle trouvait cela étrange qu'il travaille dans un club BDSM sans adopter lui-même ce mode de vie, et elle lui en fit la remarque.

Le colosse haussa les épaules.

— Chacun son truc. Même si ce n'est pas pour moi, ça ne veut pas dire que je trouve du mal à ça. Comme je l'ai dit, au moins ça me permet de voir beaucoup de jolies filles en tenues sexy. Et quand je pense avoir tout vu, il se passe quelque chose qui me fait rire. On ne s'ennuie pas en travaillant ici.

— Ça ne m'étonne pas. Je suis contente que vous ayez trouvé un travail qui vous plaise.

Kristen vit Mini ouvrir les portes pour permettre à trois femmes plus ou moins habillées d'entrer dans le club. Elle se dit qu'elle était peut-être un peu trop couverte. L'une d'entre elles avait une mini-jupe en cuir noir et un bustier assorti qui laissait son ventre exposé. La plus petite des trois portait un blouson en satin rouge transparent qui s'arrêtait un peu au-dessus de ses genoux, tandis que la dernière avait un chemisier noir transparent sur un ensemble soutien-gorge et string. Deux d'entre elles portaient des chaussons de type ballerines en guise de chaussures, mais la blonde en jupe les avait enlevés et les tenait dans sa main, pieds nus. Si deux étaient plutôt sveltes, celle qui portait le long blouson devait faire une ou deux tailles de plus que Kristen et elle se demanda si elle aurait paru aussi confiante avec une tenue similaire. Après la fermeture des portes, elle se tourna vers Mini.

— Ça vous manque, le football ?

Il inclina la tête comme s'il réfléchissait à sa réponse avant de la formuler.

— Oui, parfois. Mais contrairement à certains gars qui passent pro, je savais que je n'allais pas jouer pour toujours. Et quand la vie vous offre des citrons...

— On fait de la limonade, conclut-elle à sa place.

— Si vous avez un stand de limonade, petite, je serai ravi de m'y arrêter pour y goûter.

Cette voix grave la fit sursauter et elle se crispa avant de se retourner pour découvrir un inconnu un peu trop proche d'elle, même s'il ne la touchait pas.

— Je suis sûr que vous offrez le plus doux des fruits.

Elle resta bouche bée devant l'homme qui la dévorait du regard. C'était à cela qu'elle s'attendait à ce que Maître Mitch ressemble quand elle l'avait rencontré. L'homme devait avoir la cinquantaine, avec un nez pointu, des yeux rapprochés et une moustache fine. Ses cheveux étaient grisonnants aux tempes. Il était mince, mesurait environ un mètre quatre-vingts et portait une chemise noire et un pantalon en cuir avec des bottes cirées. Sans la quitter du regard, il s'adressa à l'agent de sécurité :

— Dites-moi, Mini, qui est cette magnifique créature ? Je vois qu'elle a un collier. Je vais peut-être devoir défier son dom en duel pour gagner ses faveurs.

Ce type était-il réel ? Elle leva les yeux pour voir Mini qui lui souriait et elle se détendit un peu quand il lui fit un nouveau clin d'œil.

— Bonsoir, Maître Carl. Voici Madame Kristen, une invitée de Maître Devon.

L'homme plus âgé soupira et fronça les sourcils avant de faire un petit pas en arrière.

— Quel dommage que ce type soit capable de tuer un homme à mains nues. Maître Devon a beaucoup de chance, mais s'il vous plaît, venez me trouver quand il enlèvera votre collier, jeune femme. J'aimerais beaucoup jouer avec vous le temps d'une soirée. Je vous garantis qu'elle sera des plus agréables pour nous deux.

Un frisson involontaire traversa son corps alors qu'elle regardait l'homme disparaître par les portes du club. Elle n'avait pas aimé sa façon de dire « *quand* il enlèvera votre collier » au lieu de « *si* », et elle leva la main vers la fine bande enroulée autour de son cou, refusant de penser que cela puisse être son unique soirée avec Devon.

— À moins que vous n'aimiez la douleur, je vous conseille d'éviter Maître Carl. C'est un gars sympa, mais un vrai sadique.

Les yeux de Kristen s'arrondirent, mais avant qu'elle puisse dire quoi que ce soit en réponse au commentaire de Mini, les portes à côté de lui se rouvrirent et Devon revint dans le hall. Elle eut l'eau à la bouche en le voyant. Il s'était débarrassé de ses vêtements de soirée et portait maintenant un t-shirt noir moulant qui mettait en valeur ses biceps et son torse. Un pantalon en cuir noir épousait le bas de son corps comme s'il avait été peint à même sa peau. En guise de fermeture éclair, son entrejambe était lacé et mettait en valeur la bosse volumineuse en dessous.

Il lui saisit les hanches et l'aida à descendre du tabouret, l'attirant contre lui de sorte que leurs corps entrent en contact.

— Prête ?

— Je... je pense que oui.

Mini prit la parole, comme pour expliquer les trémolos dans sa voix.

— Elle a rencontré Maître Carl il y a une minute.

Devon écarquilla les yeux.

— Merveilleux. Il faut vraiment qu'il arrête d'effrayer les nouvelles.

Son sarcasme était évident, mais il retrouva son sérieux.

— Détends-toi, poupée. Tu es en sécurité avec moi. Personne ne te touchera là-dedans à part moi. Si tu as des questions, il suffit de les poser. Et si quelque chose te met mal à l'aise, dis-le-moi. Je ne serai pas fâché si un élément te dérange, mais je le serai si tu me le caches. Une grande part de ce mode de vie dépend de la communication verbale entre le dom et sa soumise.

La tension dans ses épaules se relâcha un peu, mais elle était toujours inquiète.

— Et si je commets une erreur ?

Il leva la main pour la poser sous son menton.

— Tu feras forcément quelques erreurs, et c'est bien normal. Tout le monde ici a été novice à un moment donné, et les erreurs arrivent. D'accord ?

Quand elle hocha la tête, il fronça les sourcils et il lui fallut une seconde pour comprendre ce qui n'allait pas.

— Je veux dire, oui, Monsieur.

Prenant sa main, il fit un signe de tête à Mini et se dirigea vers les portes.

— D'autant plus que les erreurs mènent à la punition, et la punition mène au plaisir pour nous deux... au bout du compte.

La bouche de Kristen se pinça lorsqu'elle entendit son intonation sévère, mais teintée d'amusement. Dans quoi s'était-elle embarquée ?

* * *

Devon se tenait à côté de Kristen, à la balustrade du balcon. Il observait son visage alors qu'elle découvrait les vues, les sons et les odeurs du club. Il n'était que neuf heures et demie, mais le club était presque plein à craquer. Il était suffisamment vaste pour permettre aux nombreux membres de se promener sans avoir à jouer des coudes pour passer. La plupart des postes d'activité dans la fosse étaient occupés et des bruits de fessée, de flagellation et d'extase se mêlaient à la musique. Le rythme d'une version instrumentale de *Satisfaction* des Rolling Stones résonnait dans tout le club.

Ian avait réussi à trouver une société qui produisait de la musique d'ambiance en tout genre. Les mercredis et dimanches, ils optaient pour du jazz sensuel. Les jeudis, c'était plutôt du punk, de la techno et du gothique, tandis que les vendredis et samedis, c'était du rock classique et du heavy metal qui sortaient des enceintes cachées. Le genre pouvait varier lors des soirées à thème qu'ils organisaient environ tous les deux mois.

Lorsqu'ils arrivèrent au bar, plusieurs membres les saluèrent et il présenta à Kristen les doms et les soumis. Elle se montra polie avec tout le monde, même si, à quelques reprises, il vit qu'elle essayait de ne pas laisser son regard dériver vers certaines parties dénudées des corps qu'ils rencontraient. S'ils n'y étaient pas habitués, les gens avaient souvent du mal à discuter avec une personne dans son plus simple appareil. C'était comme si un puceau qui n'avait jamais vu de corps nu se promenait dans une colonie de nudistes : il avait beau ne pas vouloir regarder, c'était difficile de faire autrement.

Tout en la regardant essayer de détourner soigneusement les yeux, il inspira profondément les arômes de cuir, d'agrumes et de sexe, mais c'était le parfum frais et séduisant de la jeune femme à côté de lui qui le captivait vraiment. Il jeta un coup d'œil alentour et repéra plusieurs membres des deux sexes en train de reluquer Kristen d'un air approbateur. Pour la première fois de sa vie, il se surprit à lutter contre la jalousie qui déferlait dans ses veines. Il voulait la déshabiller séance tenante et la prendre comme une bête sauvage qui revendique sa compagne devant le monde entier. L'idée qu'un autre dom mette la main sur elle une fois qu'il serait passé à une autre soumise, comme il le faisait toujours, lui nouait l'estomac. Ces sentiments étaient nouveaux et étranges pour lui, et il ne les aimait pas – ou du moins, il ne savait pas comment les gérer. Il n'entretenait jamais de relations suivies et il n'avait rien à lui offrir, à part une introduction à son style de vie et un week-end plein de plaisir intense et d'orgasmes. Les règles stipulaient peut-être qu'ils n'étaient pas autorisés à jouer ensemble dans le club, mais il avait l'intention de l'emmener chez lui, où il n'y aurait pas d'autres restrictions que ses propres limites. Cependant, la perspective de la renvoyer à la fin du week-end lui faisait l'effet d'un tisonnier brûlant en plein cœur.

Il la vit écarquiller les yeux en entendant le cri d'une femme qui jouissait violemment quelque part dans la fosse en contrebas. Ses tétons étaient tendus sous le tissu de sa robe, et il sentait presque son excitation. Il avait envie de plonger les doigts sous sa robe, entre ses plis qu'il savait détrempés. Apparemment, sa petite poupée avait un penchant pour le voyeurisme et il avait hâte de la laisser observer quelques scènes ce soir. Pendant qu'il était dans le vestiaire, il avait consulté sa liste de limites souples et fermes, satisfait de la plupart de ses choix même s'il avait quelques questions à lui poser à ce sujet plus tard.

Elle sortit la langue pour s'humecter les lèvres et il regretta qu'elle ne soit pas à genoux devant lui, à utiliser cette même langue pour le goûter et le taquiner. Tourmenté par tous ces fantasmes, il dut user de sa force pour ne pas la traîner hors du club et la baiser à en perdre la raison.

— Tu veux quelque chose à boire ? Comme nous ne jouerons pas ici, je peux te proposer un autre verre de vin, à moins que tu préfères autre chose ?

— De l'eau, ce serait parfait, s'il te plaît.

Elle ne pourrait rien tolérer d'autre que les deux verres de vin qu'elle avait bus pendant le dîner, si elle voulait garder ses esprits. Elle tenait à être capable d'assimiler et de se rappeler tout ce qu'elle verrait ce soir afin de pouvoir s'en souvenir lorsqu'elle écrirait demain. Elle avait prévu de laisser Maître Xavier et Rebecca s'adonner à des ébats fougueux dans le prochain chapitre.

Devon arrêta une serveuse avec un nœud papillon qui passait et il prit deux bouteilles d'eau sur son plateau.

— Merci, Cassandra, dit-il avant de renvoyer la fille, remettant l'une des bouteilles à Kristen. Ce sont les seules boissons autorisées dans la fosse. Beaucoup se promènent pieds nus et nous ne voulons pas qu'ils risquent d'être coupés par du verre brisé.

Elle baissa les yeux sur ses chaussures.

— Je dois les enlever ?

Prenant sa main et la conduisant vers le grand escalier, il sourit.

— D'habitude, je préfère que les soumises soient pieds nus, mais j'adore tes jambes, elles sont si sexy avec ces talons vertigineux. Je veux que tu les gardes, à moins qu'ils ne te gênent, bien sûr.

Cela dit, il avait clairement l'intention de s'envoyer en l'air avec elle alors qu'elle ne porterait que ces chaussures.

Avec un signe de tête à l'attention d'un des agents de sécurité, en haut des marches, il désigna le bracelet jaune de Kristen avant de passer devant lui. En tant que propriétaires, Devon, Ian et Mitch étaient les trois seules personnes qui n'avaient pas de passes à faire vérifier avant de descendre dans la fosse, et son bracelet indiquait qu'elle n'était pas autorisée à participer à une scène.

* * *

En descendant les escaliers, Kristen lui tenait le bras d'une main et la rampe de l'autre.

— J'ai toujours aimé porter des talons hauts. J'y suis

tellement habituée et je peux les porter pendant des heures avant d'avoir envie de les enlever.

Elle avait découvert que les chaussures du créateur Manolo Blahnik étaient extrêmement confortables, malgré la hauteur des talons, et elle en possédait quelques paires. Elles étaient rapidement devenues son principal plaisir lorsque les ventes de ses livres avaient augmenté, lui assurant un compte bien garni. Elle n'était pas étonnée que Tom ne lui ait jamais demandé combien elle avait sur ce compte, uniquement à son nom. Il n'aurait jamais imaginé que ses livres soient un jour populaires au point qu'elle puisse vivre des ventes et avoir encore de l'argent pour s'offrir quelques plaisirs. Il avait été sous le choc en découvrant le montant pendant la procédure de divorce.

Lorsqu'ils arrivèrent au bas des marches, Kristen vit accourir vers elle une femme de quelques années de plus qu'elle. Elle portait un soutien-gorge rose vif et une jupe plissée courte, quelques nuances plus claire que ses cheveux d'un rose éclatant qui tombaient sous ses épaules. La femme de petite taille s'arrêta juste devant eux et ouvrit la bouche pour dire quelque chose à Kristen, mais ses yeux s'arrondirent un peu et elle se ravisa. Se tournant vers Devon, elle baissa les yeux au sol.

— Je suis désolée, Maître Devon, pardonnez mon impatience. Puis-je avoir la permission de parler à votre soumise ?

Il lui sourit.

— Permission accordée. Au fait, joyeux anniversaire.

Après quoi, il regarda Kristen et hocha la tête. Elle comprit qu'elle avait aussi le droit de s'exprimer.

— Merci, Monsieur.

La fille aux cheveux roses se tourna alors vers Kristen et commença à lui parler avec exubérance.

— Oh, mon Dieu ! C'est vous... enfin, vous êtes elle... Kristen Anders. Je vous ai reconnue grâce à vos photos de promotion.

Kristen comprit enfin.

— Vous êtes Shelby ?

— Oui ! Je n'en reviens pas qu'on se rencontre enfin. On a discuté en ligne pendant si longtemps que j'ai l'impression qu'on est déjà amies, mais c'est tellement génial de vous rencontrer en personne.

Elle avait toujours apprécié les conversations en ligne avec sa bêta-lectrice, mais maintenant, elle réalisait qu'elle aimait cette femme encore plus. Elle avait une personnalité pétillante qui évoquait les arcs-en-ciel et les chiots.

— C'est un plaisir de vous rencontrer, et joyeux anniversaire. Je ne vous remercierai jamais assez de m'avoir mise en contact avec Maître Mitch. Il m'a donné beaucoup d'informations qui vont m'aider pour mon prochain livre.

— Je suis heureuse d'avoir pu vous aider. Avez-vous commencé à l'écrire ? Qui avez-vous choisi comme héros ?

Kristen rit devant son enthousiasme. Cela faisait plusieurs semaines que ses bêta-lectrices essayaient de lui faire choisir le personnage principal de *Cuir et Dentelle*, mais elle ne leur avait pas encore annoncé l'heureux élu.

— Ce sera Maître Xavier.

Shelby poussa un cri fervent et tapa dans ses mains comme un enfant surexcité.

— Je le savais ! Je suis tombée amoureuse de lui pendant la scène que vous lui avez donnée dans la piscine avec Maître Greg et Annette, dans *Satin et Vices*. C'est vraiment un personnage de rêve.

* * *

Alors que les deux soumises discutaient, Devon leva les yeux et vit Brody approcher avec un grand sourire. Le geek portait son habituel t-shirt foncé et son jean près du corps, avec des bottes de cowboy marron. Il préférait les jeans élimés aux tenues en cuir, affirmant que c'était plus confortable pour lui, étant donné qu'il était né et qu'il avait grandi dans la région des ranchs, au Texas. S'arrêtant à côté de Devon, son ami lui tapa sur l'épaule.

— Tu en as de la chance, Devil Dog, fit-il en désignant Kristen. Elle est sexy, mais elle doit avoir un problème si elle te choisit au lieu de moi. Quand elle m'a dit non, j'ai même pensé qu'elle jouait dans l'autre équipe. Je dois admettre que j'ai été un peu surpris quand Jake m'a dit que vous sortiez ensemble ce soir. Je ne pensais pas que tu connaissais le sens de ce mot.

Devon frappa l'épaule de l'homme avec le revers de la main.

— Ça suffit, l'Intello.

Son ami ricana et changea de sujet, mais Devon savait qu'une fois que Kristen serait hors de portée de voix, Brody continuerait à lui rebattre les oreilles avec ça.

— Tu as parlé à Marco aujourd'hui ?

Gardant un œil sur les femmes à côté de lui, qui discutaient toujours des livres de Kristen et de son récent déménagement, Devon secoua la tête.

— Non, pas du tout. Comment va sa sœur ?

Le visage de Brody s'assombrit.

— Pas bien du tout. Les médecins leur ont dit ce matin de faire venir l'ambulance dès que possible. Elle n'a plus que quelques semaines à vivre, tout au plus.

La sœur de Marco, Nina, se battait depuis plus d'un an contre une tumeur au cerveau inopérable, mais un mois plus tôt, ils avaient appris que le cancer s'était propagé à la plupart de ses organes principaux. Devon allait devoir accorder un congé à leur ami pour lui permettre de passer le plus de temps possible avec elle.

— S'il est ici ce soir, c'est uniquement pour l'anniversaire de Shelby. Elle nous a demandé la semaine dernière si on pouvait fêter ça avec elle. Je n'ai jamais connu une langue aussi talentueuse que la sienne sur ma queue.

Les deux hommes éclatèrent de rire, puis Brody interrompit la conversation des deux femmes.

— Eh, la reine de la fête, ton banc à fessée est presque prêt. Si tu allais tenir compagnie à Maître Marco pendant quelques minutes ? Montre-lui un peu d'insolence pour qu'il ait hâte de te donner tes coups d'anniversaire.

Le sourire de Shelby illumina la pièce.

— Oui, Maître Brody.

Avant de se diriger vers le poste réservé à sa scène, elle embrassa Kristen et se tourna vers Devon.

— Merci, Maître Devon, de m'avoir laissé parler à votre soumise. À part le cadeau que me font Maître Brody et Maître Marco en jouant avec moi ce soir, je crois que c'était le meilleur que je puisse recevoir.

Devon tendit la main et tira doucement sur les cheveux roses de la fille.

— C'était un plaisir, ma belle. Profite de ton anniversaire.

Lorsque Shelby fit volte-face, Brody assena une claque sur les fesses de la jeune femme qui poussa un glapissement avant de s'éloigner avec un immense sourire sur le visage. Brody se tourna ensuite vers Kristen et lui fit un clin d'œil.

— Je suis un peu vexé que vous ayez choisi mon patron plutôt que moi. Je ne pense pas que ce soit déjà arrivé, mais je m'en remettrai tôt ou tard. Si vous demandez à Maître Devon, je suis sûr qu'il vous laissera regarder notre scène avec Shelby, dans un petit moment. Elle aura droit à ses fessées et à quelques orgasmes pour son anniversaire.

Kristen écarquilla les yeux et se mordit la lèvre inférieure tandis que ses joues s'embrasaient. Brody rit devant son expression.

— Maître Devon, je crois que ta soumise aime cette idée. Amène-la dans dix minutes au dernier banc, je te réserve une place devant.

Les yeux rivés sur sa soumise, Devon acquiesça.

— Tu dois avoir raison. Elle aime cette idée. On arrive dans un moment.

Il la regardait toujours lorsque Brody s'en alla, les laissant au pied de l'escalier. Quand elle passa une fois de plus la langue sur ses lèvres, il ressentit son besoin et récupéra la bouteille d'eau dans sa main, dévissant le bouchon avant de la lui rendre.

— Bois. Tu risques vite de te déshydrater, par ici.

Elle prit une gorgée, mais elle dut réaliser qu'elle avait très soif, car elle en avala plusieurs. Lorsqu'elle eut vidé la moitié de la bouteille, il la lui reprit et remit le bouchon.

— Viens, on va se promener un peu avant de rejoindre leur scène, vers le fond. Mais avant ça, les vestiaires sont juste derrière l'escalier. Tu as besoin d'aller aux toilettes ?

Maintenant qu'il le mentionnait...

— Oui, Monsieur. Je pense que je vais y aller.

Il leva la main pour lui caresser la joue et son pouce effleura sa lèvre inférieure pulpeuse.

— J'aime entendre le mot « Monsieur » sur tes lèvres. J'ai hâte que tu me le dises en me suppliant de te laisser jouir.

Elle resta bouche bée devant cette affirmation et il en profita pour glisser son pouce entre ses lèvres, le long de ses dents inférieures. Sa langue s'avança pour lui lécher le bout du doigt et la chaleur fit briller ses yeux. Son membre durcit douloureusement et il posa son autre main sur sa hanche, l'attirant jusqu'à ce qu'elle se retrouve contre lui, de la poitrine jusqu'aux cuisses.

Se penchant en avant, il remplaça son pouce par sa bouche et sa langue. Cette fois, il ne commença pas aussi langoureusement qu'il l'avait fait dans le parking. Au contraire, il plongea, recueillant sa passion intense comme elle recevait la sienne. Leurs langues s'affrontèrent, d'abord dans sa bouche, puis à sa surprise et pour son plus grand plaisir, dans la sienne. Elle l'explorait et le goûtait. Il prit ses bras et les plaça sur ses épaules, les laissant ainsi tandis que ses propres mains descendaient le long de son corps. D'une main, il soupesa l'un de ses seins tout en progressant vers ses fesses, plaquant son autre paume sur sa chair voluptueuse. Il se retint tant bien que mal de soulever le bas de sa robe pour l'empaler sur sa queue rigide.

Il était sur le point de frotter son érection douloureuse contre son clitoris lorsque le claquement d'un fouet fendit l'air, suivi d'un faible gémissement. Ce bruit fit sursauter Kristen et elle recula d'un bond, détachant sa bouche de la sienne, son souffle réduit à un halètement correspondant au sien. Même s'il voulait l'attirer à nouveau à lui, il savait qu'il risquait d'enfreindre la règle de son propre club interdisant de jouer avec les invités. Les baisers étaient une chose, mais il avait envie de lui faire tellement plus. Alors qu'ils reprenaient tous deux leur souffle, il la saisit aux épaules, la fit pivoter vers la porte des toilettes et la poussa tout doucement.

— Reviens vite, poupée. Je t'attends.

* * *

Kristen jeta un coup d'œil à Devon par-dessus son épaule avant de se diriger vers les toilettes des femmes, les jambes flageolantes. Seigneur, cet homme savait embrasser ! Avec son goût encore sur la langue, elle entra dans les toilettes, contourna une cloison qui séparait l'intérieur de la porte, et se figea devant le spectacle qui s'offrait à elle.

Chapitre Neuf

Alors que Kristen disparaissait dans les vestiaires, Devon entendit quelqu'un l'appeler en descendant les escaliers. Il leva les yeux pour voir son frère et son cousin qui s'approchaient avec des sourires amusés. Tous deux portaient des gilets de cuir à même la peau et des pantalons de la même matière. Si le cuir de Ian était noir, celui de Mitch était brun foncé. Devon leva les yeux au ciel devant leurs mines, sachant très bien ce qui allait se passer – et qu'il n'avait aucun moyen d'éviter.

— Alors, petit frère, j'ai entendu dire que tu avais un rencard ce soir ? Est-ce que tu sais au moins ce qu'il faut faire dans ces cas-là ?

Bien sûr, Mitch se sentit obligé d'ajouter son grain de sel.

— Je ne pense pas qu'il soit au courant, Ian, étant donné que sa cavalière semble l'avoir abandonné.

— Elle est aux toilettes, crétin.

C'était dans des moments comme celui-ci qu'il détestait être si proche de sa famille. Ils ne manquaient jamais une occasion de l'emmerder, lui ou les autres.

— Alors, qui est la veinarde qui a réussi à te faire payer le dîner avant que tu la baises ?

— Va te faire foutre, Ian.

— Non merci, je suis plutôt du genre actif, rétorqua Devon.

Ian finit par céder :

— D'accord, d'accord, je vais être gentil. Alors, c'est qui ?

— Tu te souviens de la fille sur son ordinateur la semaine dernière, quand on était au pub ?

— La jolie brune sur laquelle tu bavais dans le miroir ?

Évidemment, Ian l'avait forcément remarqué puisque ce mec ne ratait jamais rien. Devon roula à nouveau les yeux et hocha la tête.

— Bon, d'accord. Mitch m'a raconté que tu l'avais retrouvée ici par hasard, tout à l'heure. Mais fais attention à ne pas finir dans un bouquin de chick-lit. Tout le monde découvrirait ta petite bite d'Irlandais.

Son frère et son cousin éclatèrent de rire, une fois de plus, et Devon s'apprêtait à les envoyer définitivement se faire voir lorsque la porte des toilettes s'ouvrit. Il s'attendait à ce que Kristen sorte, mais à la place, ce fut une petite soumise timide prénommée Colleen qui accourut, les yeux écarquillés par la panique.

— Maître Mitch, Maître Ian, dépêchez-vous, aidez-moi !

Aussitôt, elle se retourna et se rua dans les toilettes, Ian, Mitch, Devon et l'un des agents de sécurité sur ses talons.

Ian et Mitch réussirent à franchir la porte en premier, et avant même de tourner au coin de la cloison, Devon entendit son frère hurler de sa voix de dom la plus forte :

— Arrêtez !

Les cris et les vociférations des femmes dans la pièce

s'arrêtèrent net. Ils n'avaient rien entendu de cette agitation depuis l'extérieur du vestiaire à cause de la musique.

Déboussolé, Devon regarda la scène incroyable devant lui, essayant de comprendre ce qui se passait. Une soumise du nom de Heather gisait face contre terre, Kristen assise sur son dos. Son invitée avait tordu le bras de l'autre fille dans son dos et empoigné à pleine main sa chevelure rousse. Une autre soumise, Michelle, était assise sur le sol, les mains sur le ventre, essayant de reprendre son souffle tandis que Colleen attendait maintenant, dans un coin, à la gauche de Devon, les yeux toujours aussi hagards et les mains sur sa bouche. Elles étaient silencieuses, à présent, mais il entendait encore les femmes haleter, sur le sol.

Si Mitch et l'agent de sécurité étaient aussi perplexes que Devon, Ian était furieux. Mitch dirigeait le *Covenant*, mais Ian en était le dom en chef, si bien que le premier s'en remettait souvent à son cousin pour prendre la tête dans des situations comme celle-ci. Les hommes regardèrent les trois soumises qui se levaient. Kristen fit deux pas en arrière pour éviter les bras de Heather à nouveau libres.

— Salope ! hurla cette dernière.

— Assez, intervint Ian, sa colère évidente. À genoux !

Sans hésiter, Colleen, Heather et Michelle se jetèrent au sol et se présentèrent comme de rigueur, les genoux écartés à la largeur des épaules, la tête basse et les bras dans le dos, les mains autour de l'avant-bras opposé. La seule personne encore debout était Kristen, qui regardait les trois autres avec hébétude.

Devon avança et leurs regards se croisèrent. D'une voix basse et contrôlée, il lui dit :

— Je sais que c'est nouveau pour toi, poupée, mais je te suggère de te mettre à genoux aussi vite que possible.

Lorsqu'elle hésita, il ajouta :

— Maintenant.

***

Oh, merde ! Kristen savait qu'elle avait commis une grosse erreur cette fois. Elle tomba à genoux, reproduisant du mieux possible les postures des autres soumises. Une fois en position, elle entendit Devon murmurer :

— Désolé Ian, c'est nouveau pour elle.

— Alors, elle a intérêt à apprendre vite, sinon ses fesses vont rester rouges pendant un mois.

Il est sérieux, là ? Oui, apparemment. Est-ce que ça pourrait être pire ? Carrément. Elle prit conscience que si elle remontait d'un pouce, l'ourlet de sa robe donnerait à tout le monde un aperçu de son entrejambe entièrement nu. Elle avait désespérément besoin de l'ajuster, mais comme elle avait déjà bien assez de problèmes, elle la laissa telle quelle et pria pour qu'elle ne bouge plus. Pendant tout ce temps, elle gardait les yeux rivés sur le sol devant elle, même si elle mourait d'envie de voir ce qui se passait. Elle n'osait pas. La porte s'ouvrit à nouveau et elle entendit la voix de Mini.

— Je m'en occupe, Anthony. Attends dehors et empêche tout le monde d'entrer. Kent fait la même chose en haut.

La porte se referma, bloquant à nouveau la musique qui retentissait dans la pièce principale.

L'homme, Ian – qu'elle reconnaissait pour l'avoir vu dans le Pack de Six Sexy en même temps que Devon –, parla d'une voix grave. C'était une voix qu'elle commençait à associer aux doms.

— Quelqu'un veut bien m'expliquer ce qui se passe ici ?

Kristen et la fille, dans le coin, qui pleurait maintenant en silence, ne répondirent pas, mais les deux autres se lancèrent dans un discours désordonné.

— On était en train de parler, et cette salope est sortie de nulle part...

— Elle nous a agressées sans raison...

— Elle a essayé de me casser le bras...

— Silence ! aboya Ian, qui avait visiblement atteint les limites de sa patience. Michelle et Heather, allez chercher vos maîtres et attendez-moi devant le bureau à l'étage. Je vous conseille de vous dépêcher, vous ne voulez pas que j'arrive avant vous.

Kristen évitait toujours leurs regards, mais l'une d'elles dut essayer de parler à nouveau en se levant, car Ian ajouta :

— Non, en haut avec vos doms. Je ne vous le répéterai pas.

Comme les deux femmes franchissaient le seuil, toujours pieds nus, un autre homme entra et jeta un regard circulaire. À travers ses cils, Kristen le vit se mettre à genoux et prendre la fille en pleurs dans ses bras pour la réconforter. L'homme semblait avoir une trentaine d'années. Elle était plus jeune que les vingt-six ans de Kristen, mais ils formaient un joli couple.

— Que se passe-t-il, Ian ? Pourquoi ma soumise pleure ?

— C'est ce que je vais bientôt découvrir, Reggie.

Ian réduisit la distance qui le séparait de Kristen et elle vit ses pieds s'arrêter quelques centimètres devant elle. Quand il parla, sa voix n'était plus aussi dure qu'avant, mais elle sentait bien qu'il était toujours en colère.

— Lève les yeux, soumise.

Elle inclina la tête en arrière jusqu'à voir son visage, mais elle garda le silence alors que ses yeux la transperçaient.

— Tu veux bien me dire de quoi il s'agit ?

Le regard de Kristen passa de l'homme qui la dominait à la jeune fille éplorée dans les bras de son dom.

— Non, Monsieur, je ne veux pas. Pas pour le moment.

Elle s'attendait à ce qu'il lui crie dessus, mais au lieu de ça, Ian haussa les sourcils, prouvant sa subtilité en disant :

— Mini, peux-tu emmener Colleen dans le bureau et attendre avec elle à l'intérieur, à l'écart des autres, s'il te plaît ?

Mini s'avança vers le couple qui se levait.

— Venez avec moi, Mademoiselle Colleen. Je vais m'occuper de vous en attendant que Maître Reggie puisse vous rejoindre.

Colleen regarda Kristen, puis chacun des doms, des larmes coulant encore de ses jolis yeux. Ses lèvres tremblaient.

— S'il vous plaît, Maître Ian. Ce n'était pas sa faute. Elle voulait m'aider.

Ian regarda la soumise par-dessus son épaule et sa voix se radoucit.

— Monte à l'étage, ma belle. Tout va s'arranger. Je te le promets.

La jeune femme allait ajouter quelque chose, mais Maître Reggie lui donna un baiser rapide avant de la remettre entre les mains de Mini.

— Va avec Mini, ma chérie. On va arranger tout ça. Je monte dans quelques minutes.

Après le départ de la jeune soumise et du responsable de la sécurité, Ian recula légèrement et reprit d'un ton las :

— Lève-toi, maintenant, et dis-moi ce qui s'est passé, même si j'ai l'impression d'avoir déjà compris.

Kristen se leva, tirant sur l'ourlet de sa robe, avant de lever les yeux vers les quatre doms qui la fixaient du regard. Elle essaya de ne pas être intimidée, mais ce n'était pas facile, avec leurs postures raides et leurs mines sévères. Ian, Mitch et Devon avaient la même position, les bras croisés et les jambes écartés, tandis que Reggie avait les mains sur les hanches. Kristen déglutit vivement et prit une grande inspiration.

— Je suis désolée, Monsieur. Je ne voulais pas causer d'ennuis, mais quand je suis entrée pour aller aux toilettes, ces deux jeunes... Enfin, ces deux femmes, avaient plaqué la fille, Colleen, contre les casiers, et la rousse avait une main autour de son cou pour la retenir.

— Putain !

Les yeux de Kristen s'arrondirent et se dirigèrent vers Maître Reggie, qui leva la main en signe d'excuse. Il était évident que l'homme s'efforçait de maîtriser sa colère.

— Pardonne-moi, continue.

Elle acquiesça, les yeux rivés sur l'homme.

— Je ne voulais pas dire ça devant elle parce qu'elle était assez bouleversée comme ça. Elles étaient devant elle et je n'ai pas tout entendu, mais elles la trouvaient trop grosse et trop moche pour combler son dom. Elles disaient que sans l'argent de son père, elle n'aurait pas de Maître.

Elle fit la grimace lorsque Maître Reggie explosa de rage.

— Elles ont dit quoi ? Putain de sal...

Il interrompit son insulte en se rappelant qu'il y avait une femme dans la pièce.

— Bon sang, Ian ! J'en ai assez de ces deux garces. Je veux qu'elles dégagent d'ici ce soir.

Le regard de Ian ne quittait pas son visage.

— Reggie, calme-toi. Je n'ai pas besoin que tu fasses une autre crise d'asthme dans mon club. La dernière fois qu'on a dû appeler les ambulanciers dans le hall, je crois que l'un d'eux a déchargé dans son pantalon en voyant passer Shelby, avant de pleurer quand Maîtresse China a menacé sa virilité parce qu'elle trouvait qu'ils ne travaillaient pas assez vite.

À ces mots, les quatre hommes semblèrent libérés de leur tension, et à sa grande surprise, Mitch et Reggie se mirent à rire. La posture de Devon se relâcha un peu et il s'adossa contre le mur, les coins de sa bouche frémissant alors qu'il retenait son amusement. Elle avait l'impression qu'il aurait ri aux éclats avec les autres s'il n'était pas aussi furieux contre elle. Ian resta à sa place, à la regarder.

— C'est tout, ma belle ?

Kristen hocha la tête.

— C'est là que je suis intervenue et... enfin, vous connaissez la suite.

Les lèvres de Ian tressaillirent, mais il ne sourit pas.

— Reggie, va voir Colleen à l'étage, on te suit. Je vais remonter les bretelles de ces deux-là, et ensuite, leur inscription sera résiliée.

Au lieu de se diriger vers la porte, Maître Reggie s'approcha d'elle et prit sa main dans la sienne.

— Comment t'appelles-tu, ma belle ? Et à qui appartient le collier que tu portes ?

— Kristen, Monsieur. Et c'est le collier de Maître Devon.

Elle déglutit et ses yeux se tournèrent vers Devon avant de revenir sur l'homme en face d'elle. Elle devinait déjà qu'elle ne le porterait plus très longtemps.

Les yeux bruns de Maître Reggie s'adoucirent.

— Merci d'avoir défendu Colleen, Kristen. Je te suis reconnaissant d'avoir été là et d'être intervenue pour la protéger quand j'en étais incapable.

Son cœur se gonfla devant la gratitude qu'elle percevait dans ses yeux et sa voix, et elle lui sourit.

— Je suis contente d'avoir été là au bon moment. J'ai horreur des brutes.

— Moi aussi.

Il lui lâcha la main et se dirigea vers la porte, passant devant les autres hommes.

— Devon, rends-moi service, ne sois pas trop dur avec les fesses de ta novice ce soir.

Kristen se mordit la lèvre inférieure devant le silence de Devon et salua l'autre dom de la tête. Il ne la regardait plus, mais fixait le sol, et elle savait qu'elle avait de gros problèmes.

— Ma belle.

Elle se tourna vers Ian, qui ne semblait plus en colère – du moins pas contre elle. Sa voix et ses yeux bleus, si semblables à ceux de Devon, s'étaient adoucis alors qu'il lui parlait.

— Je n'excuse pas les bagarres dans mon club, mais de temps à autre – très, très rarement, je dois dire –, j'admets qu'il y a une bonne raison derrière. C'est l'une de ces fois-là. Mais la prochaine fois, essaie d'alerter la sécurité ou un Maître du Donjon et ne t'attaque pas aux agresseurs toi-même. Cette fois, tu as eu le dessus, mais ce n'est pas toujours le cas et je ne voudrais pas que tu sois blessée. Maintenant, si tu veux bien nous excuser, Maître Mitch et moi, nous avons des choses à régler, et je suis sûr que mon frère réfléchit déjà à des moyens de te punir de t'être mise en danger.

Sans attendre de réponse de sa part, Ian se retourna et sortit de la pièce, suivi par Mitch qui lui fit un clin d'œil et lui sourit avant de disparaître. Elle resta là, à attendre que Devon lui dise quelque chose. Il ne la regardait toujours pas et elle commença à s'agiter, consciente qu'elle avait gâché ce qu'il restait de leur soirée.

— Si tu me rends mon sac, j'appellerai un taxi pour me ramener à ma voiture.

Cette fois, ses yeux se posèrent sur elle et il se rapprocha pour la dévisager. La tête inclinée sur le côté, il esquissa quelques pas lents et mesurés.

— Pourquoi voudrais-tu partir ?

Elle se tordit les mains et les doigts devant elle.

— Eh bien, j'ai gâché le reste de notre soirée, à l'évidence. Tu dois être fâché contre moi, parce que je me suis crêpé le chignon avec ces filles dans ton club.

Devon pénétra dans son espace personnel, mais elle réussit à ne pas faire d'autre pas en arrière, même s'il ne restait pas beaucoup de place entre elle et les casiers. Lui saisissant les mains, il les porta à ses lèvres, embrassa le dos de l'une, puis de l'autre. Elle le regarda, stupéfaite qu'il soit si doux avec elle alors qu'il aurait dû la mettre à la porte.

— Où as-tu appris à faire ça, poupée ?

Elle était troublée et son rythme cardiaque s'accéléra à sa proximité.

— Faire quoi ?

— Botter le cul des soumises, à deux contre une.

Vraiment ? Il était sérieux ?

— Euh… Je t'ai dit que mon père était flic. Certaines des policières avec qui il travaillait ont mis en place un programme pour les adolescentes. Elles nous apprenaient à nous défendre et j'ai appris vite. Écoute, je suis désolée, Devon… Enfin, Monsieur. Je ne voulais pas causer de problèmes et les faire virer du club. Mais j'ai vu ce qu'elles lui faisaient et j'ai craqué, je crois.

Elle fut surprise lorsqu'il rejeta la tête en arrière et se mit à rire. Ce n'était pas un ricanement bref et léger, mais un véritable fou rire.

— Oh, poupée. Tu me fascines. Tu n'as pas créé de

problèmes, mais tu y as mis fin, au contraire. Je suis fier de toi. Nous avons reçu quelques plaintes concernant ces deux-là qui harcelaient d'autres participants. Elles avaient déjà reçu un avertissement. Si elles n'ont pas été virées avant, c'est uniquement parce que leurs doms sont très appréciés. J'aurais aimé être une mouche sur le mur pour voir la tête de Heather et de Melissa quand tu leur as sauté dessus en mode ninja.

— Ninja ?

— Hmm, hmm. Ma ninja à moi. Ça me plaît bien. Ça pourrait être ton nouveau surnom, quand on ne joue pas.

Son sourire s'effaça un peu et il espéra qu'elle ne s'en rendrait pas compte. Il devait arrêter de dire des choses comme ça, qui laissaient sous-entendre qu'ils allaient passer du temps ensemble après le week-end. Avant d'aller plus loin, il devait lui dire que cette relation n'était que temporaire. Quelques jours de plaisir mutuel, jusqu'à l'avoir purgée de son système, puis il passerait à autre chose. Il n'aurait pas cette conversation ici, dans les toilettes pour femmes du club, mais il devrait tout de même le lui expliquer sans attendre.

— Si on se dépêche, on peut encore voir la fin de la scène d'anniversaire de Shelby. Enfin, si tu veux rester bien sûr.

Évidemment qu'elle voulait rester. Elle avait envie de crier de joie, mais elle s'efforça de rester calme.

— J'aimerais bien.

Il lui serra les deux mains avant d'en lâcher une et de tirer sur l'autre.

— Super. Viens.

Kristen fit deux pas en avant, puis s'arrêta brusquement. Devon lui lança un coup d'œil interrogateur.

— Quelque chose ne va pas, poupée ?

— Hmm… Je n'ai pas eu l'occasion d'aller aux toilettes, du coup.

En riant, il lui lâcha la main et désigna l'autre partie de la salle, où se trouvaient les toilettes et les douches.

— Fais-toi plaisir. Je t'attends dehors. Essaie de ne pas t'attirer d'ennuis dans les trois prochaines minutes, d'accord ?

Chapitre Dix

Devon entraîna sa soumise devant plusieurs scènes. Ils auraient tout le temps de revenir les contempler à loisir, mais il voulait que Kristen voie celle de Shelby. Le triolisme figurait sur sa liste de limites souples et il voulait voir sa réaction. La jeune femme dont on fêtait l'anniversaire devait avoir les fesses cramoisies, maintenant, mais il y aurait encore assez de temps pour que sa petite poupée puisse assister à la fin de la scène et il savait que ce serait bon.

Les scènes de Brody et Marco étaient assez populaires auprès des participants, mais comme il arrivait que l'un ou l'autre travaille sur une mission, ce n'était pas toutes les semaines. Marco ayant passé beaucoup de temps au chevet de sa sœur, ces derniers temps, les deux ne devaient pas avoir fait de scène ensemble depuis plus de deux mois. Certains duos de doms ne faisaient jamais rien en solo, mais Marco et Brody n'avaient pas besoin l'un de l'autre pour profiter d'une femme, ce qui arrivait souvent. Cela ne voulait pas dire qu'ils n'apprécient pas leurs parties à trois quand l'occasion se présentait.

Se frayant un chemin à travers la foule rassemblée autour du trio, Devon parvint à trouver un emplacement idéal pour permettre à Kristen, si elle était placée en face de lui, d'avoir une excellente vue. Il comprit le moment où elle réalisait ce qu'elle regardait, car il sentit plus qu'il n'entendit son hoquet de surprise, alors qu'il lui maintenait le dos contre son torse. Il jeta un coup d'œil par-dessus son épaule et constata qu'elle avait les yeux écarquillés, d'appréhension et non de stupeur, lui sembla-t-il. Le pouls s'accéléra dans son cou, sa respiration aussi, et son visage devint écarlate. Approchant sa bouche de son oreille, il murmura :

— Tu aimes ce que tu vois, poupée ?

* * *

Kristen frissonna, mais ne répondit pas. Elle ne trouvait pas les mots. Devant elle se trouvait la situation la plus érotique qu'elle ait jamais vue. Elle n'avait jamais regardé de porno auparavant, et même si elle possédait un calendrier *Playgirl* grâce à Will, elle n'avait jamais vu de photos franchement érotiques. Même les films interdits aux moins de seize ans qu'elle regardait parfois ne montraient jamais de scènes telles que celle-ci. Shelby était pliée en deux à la taille, le haut du buste reposant sur un banc en cuir rouge. Elle était entièrement nue, ses fesses et le haut de ses cuisses aussi rouges que le banc. Elle était attachée, incapable de bouger les bras ou les jambes, les membres enchaînés. Une large sangle au bas de son dos la maintenait contre le rembourrage en cuir. La fille transpirait, gémissait et se tortillait autant que ses liens le lui permettaient, à savoir pas beaucoup. Mais ce furent les deux hommes avec elle qui attirèrent l'attention de Kristen, leurs corps bougeant en tandem l'un avec l'autre, presque en rythme avec la musique.

Un homme, sans doute Marco, était debout derrière Shelby, son pantalon en cuir délacé. Il enfonçait son membre recouvert d'un préservatif entre les cuisses de la jeune femme. Ses pieds étaient suffisamment écartés pour que son pantalon ne tombe pas plus bas. Leur position actuelle révélait la moitié supérieure de ses fesses, dures comme du granite. De face, il était énorme et Kristen ne pouvait s'empêcher de se demander comment il y parvenait sans déchirer la soumise en deux. Malgré le vacarme, Kristen était capable d'entendre le claquement des hanches exposées de Marco contre les fesses de Shelby, et elle fut surprise de constater que son propre clitoris palpitait de concert.

À la tête de Shelby se tenait Brody. Si les deux hommes étaient tous deux grands et bien bâtis, leurs cheveux et leur teint étaient parfaitement opposés. Marco était un Italien hâlé aux cheveux presque aussi noirs que ceux de Devon, tandis que Brody offrait un agréable mélange de surfeur et de dieu nordique, avec ses cheveux blonds et sa peau bronzée, mais plus claire. Les deux hommes avaient retiré leurs chemises, et le haut de leurs corps était tout aussi luisant que la peau de la fille. Tout en caressant le dos nu de la soumise avec sa main, Brody avait ouvert son jean qui pendait sur ses hanches et il plongeait son sexe dans la bouche accueillante de Shelby. Il n'était pas aussi épais que son homologue, mais tout de même bien membré.

Les gémissements de Shelby redoublèrent et Marco jeta un coup d'œil à son ami.

— Elle va bientôt jouir une quatrième fois, mec. Tu ferais mieux de finir vite si tu ne veux pas aller aux urgences ce soir.

Kristen vit Brody hocher la tête et augmenter le rythme de ses hanches. Elle se tourna légèrement vers Devon, sans toutefois quitter le trio des yeux. Sa bouche était toujours près de son oreille et il avait anticipé sa question :

— Shelby a tendance à jouir fort, et chaque fois, elle serre les dents. C'est une réaction involontaire de sa part. Les doms le savent et freinent un peu du côté bouche quand ils sentent qu'elle est sur le point de jouir. Marco va ralentir la cadence pour l'empêcher de dépasser les limites, et Brody va terminer avant elle, pour éviter de devoir faire recoudre sa queue.

Brody empoigna les cheveux roses de la fille.

— Allez, Shelby, prends-le... prends-le tout entier.

Les joues de la fille se creusèrent alors qu'elle le suçait de plus en plus fort, et Brody rejeta la tête en arrière, se crispant et rugissant au moment de l'orgasme. Pas une goutte ne tomba de la bouche de la soumise quand il ralentit ses hanches et se retira de ses lèvres. Elles étaient rouges et gonflées, ses yeux mi-clos et vitreux. Sans prendre la peine de refermer son jean après avoir éjaculé, Brody s'agenouilla à côté de la fille, lui caressa la tête et lui parla d'une voix trop basse pour que les autres puissent l'entendre. Elle hocha mollement la tête et Marco accéléra son propre rythme tout en se penchant pour attiser le clitoris de Shelby dans un mouvement rapide. Ses gémissements devinrent plus forts, puis se transformèrent en un enchaînement de mots désarticulés. Les hanches et les doigts de Marco ne ralentissaient pas, mais ce ne fut que lorsqu'il lui assena une forte claque sur les fesses avec son autre main qu'elle hurla, en proie à un orgasme si intense qu'il aurait pu faire dégringoler le toit sur leurs têtes. En tombant, elle entraîna Marco avec elle, son corps rigide alors qu'il jouissait dans la barrière de latex.

Autour d'elle, Kristen entendit des murmures approbateurs et élogieux envers le trio. La scène avait eu de nombreux spectateurs et elle s'attendait presque à ce qu'ils applaudissent. Elle sentit l'érection dure de Devon, ses hanches pressées contre ses fesses, et son vagin à vide se contracta avec envie. Tout son corps était tellement excité par ce qu'elle avait vu qu'il ne lui aurait pas manqué grand-chose pour jouir. Un, peut-être deux mouvements sur son clitoris et elle s'envolerait. Cette pensée l'étonna. Elle n'aurait jamais cru être si excitée en regardant d'autres personnes s'envoyer en l'air. Mais elle prenait conscience que ce n'était pas seulement du sexe. Il s'agissait d'un échange suave et érotique entre les trois personnes concernées, partagé avec ceux qui les avaient regardés. Elle ne trouvait pas les mots pour l'expliquer. Ce n'était pas vulgaire ni sale, mais charnel et beau. Une danse sensuelle aussi ancestrale que le temps.

La foule commença à se disperser alors que Brody et Marco détachaient une Shelby alanguie et comblée, frottant ses membres pour relancer sa circulation ralentie. Si elle n'avait pas marmonné en réponse aux questions que les deux hommes lui posaient, Kristen aurait pensé que la soumise était inconsciente. Des « joyeux anniversaire » lui furent lancés alors que les gens s'éloignaient, mais Kristen n'était pas sûre que la jeune femme les ait entendus. Elle se demandait si c'était ça, le fameux état second dont elle avait entendu parler lors de ses recherches.

Pendant que Brody restait avec Shelby, Kristen vit Marco s'éloigner du banc et se débarrasser de son préservatif usagé, le jetant dans un réceptacle à proximité. Il attacha son pantalon, puis il prit une couverture que quelqu'un lui tendait. Avec l'aide de Brody, il souleva Shelby et enroula la couverture autour de son corps nu. Ensuite, il la hissa dans ses bras sans effort, se retourna et quitta les lieux avec son frêle paquet. Ce ne fut qu'une fois que son ami se fut occupé de la soumise que Brody prit le temps de fermer son jean avant de commencer à nettoyer les environs. Une employée avec un nœud papillon rouge et or, un soutien-gorge et une mini-jupe noirs – l'uniforme du club – s'avança pour l'aider. À l'aide d'une serviette et d'un vaporisateur, elle entreprit d'essuyer le banc à fessée. Le vague parfum d'agrumes qu'elle avait senti auparavant inonda à présent les sens de Kristen. Elle avait lu quelque part que cette odeur pouvait être un aphrodisiaque, et maintenant, elle comprenait pourquoi. Elle venait compléter les effluves de cuir et de sexe sans les étouffer.

Une fois que Brody eut fini de ranger les lieux, il prit son sac noir, son kit personnel de « jouets », et se dirigea vers l'endroit où Marco était assis sur un canapé avec Shelby sur ses genoux. Elle sirotait une bouteille d'eau que l'homme aux cheveux noirs lui avait donnée. Laissant tomber le sac à ses pieds, Brody s'assit à côté d'eux, posa les jambes de la fille sur ses genoux et se mit à les masser. Quand elle eut cessé de boire, Shelby posa sa tête sur l'épaule de Marco et ferma les yeux.

Kristen n'avait pas bougé de l'endroit où elle se tenait et Devon déplaça son poids derrière elle. Une seconde après, elle sentit deux doigts glisser contre les lèvres de son sexe détrempé. C'était tellement inattendu qu'elle se crispa un instant avant de gémir à cette délicieuse sensation, mais les doigts quittèrent son corps aussi vite qu'ils étaient apparus. En se retournant, elle le vit enfoncer les doigts humides dans sa bouche, les sucer et les lécher avec gravité. Ses yeux irradiaient de chaleur. Cette vision l'étonna et l'excita encore plus, ce qu'elle n'aurait pas cru possible.

Après avoir goûté jusqu'à la dernière goutte, il retira ses doigts et se pencha vers elle.

— Ce n'est pas parce qu'on ne peut pas jouer que je ne peux pas toucher ce qui m'appartient. Le collier que tu portes indique que tu es à moi ce soir.

Il se lécha les lèvres et Kristen se contenta de le dévisager.

— Tu as un goût si délicieux, poupée, comme le plus pur des nectars. Je veux t'écarter les jambes et te dévorer pendant des heures jusqu'à être rassasié. Ça me fait tellement plaisir que leur scène t'ait excitée.

Si ses mains n'étaient pas venues lui tenir la taille, elle aurait fondu sur le sol en une flaque de désir. Elle baissa les yeux et son visage rouge devint encore plus écarlate. Devon plaça sous son menton les deux doigts qui, un instant auparavant, étaient dans sa bouche. Elle pouvait sentir sa propre odeur. Il exerça une légère pression pour la contraindre à le regarder de nouveau.

— Ne sois pas gênée, poupée. Ton excitation n'a rien de honteux, même si elle ne suit pas les normes de la société. Ici, dans ce monde, c'est tout à fait normal. Il n'y a pas de bonne ou de mauvaise façon pour les doms et les soumis d'apprécier le sexe et toutes ses facettes possibles, tant que c'est sans danger, qu'ils sont sains d'esprit et consentants. Tu comprends ?

Elle hocha la tête.

— Oui... oui, Monsieur, mais...

— Mais quoi, poupée ?

Bien qu'elle ait chuchoté, c'était assez fort pour qu'il l'entende, debout si près d'elle.

— Est-ce qu'elle a vraiment joui quatre fois ?

* * *

De toutes les questions qu'il s'attendait à ce qu'elle lui pose, celle-ci était bien la dernière. Devon laissa échapper un éclat de rire avant de lui répondre :

— Je n'en doute pas, et chaque fois était sûrement aussi intense que la précédente. Tu n'as jamais eu d'orgasmes multiples ?

Elle secoua la tête, un peu gênée, en se disant qu'elle n'était pas comme la plupart des femmes.

— Non, Monsieur.

Il ne fut pas déconcerté par sa réponse. Il songea à sa liste de limites et au point d'interrogation qu'elle avait placé à côté de « jouir sur commande ».

— D'accord, alors j'ai une autre question, et je ne te demande pas ça pour te mettre mal à l'aise. J'apprends ce que je dois savoir pour pouvoir m'occuper correctement de toi le moment venu. Et je te garantis que le moment viendra.

Elle baissa le menton vers le sol, mais ne dit rien.

— As-tu déjà eu un orgasme lors d'un rapport sexuel ?

Quand elle secoua la tête, il se renfrogna.

— J'ai besoin de réponses verbales, poupée. Je ne veux pas avoir à deviner ce que tu veux dire ni qu'il y ait des malentendus entre nous. Tu dois me le dire en langage clair. As-tu déjà eu un orgasme pendant un rapport sexuel ?

Kristen essaya de détourner le regard, mais il le lui refusa.

— Non, Monsieur. Pas pendant les rapports sexuels. En fait, les seuls orgasmes que j'aie jamais eus sont ceux que je me suis donnés quand j'étais seule. Mon ex disait que c'était parce que j'étais frigide et que je n'arrivais pas à me détendre pendant l'amour.

Devon grogna.

— Et une raison de plus de mépriser la sous-merde à laquelle tu étais mariée.

Son amusement était évident dans son sourire lorsqu'elle répondit :

— Tu réalises qu'à chaque fois que tu mentionnes mon ex, tu trouves une nouvelle insulte ?

— Non, je ne m'en étais pas rendu compte, ricana-t-il. Mais comme j'ai développé un langage plutôt coloré au fil des ans, je suis sûr que je ne serai jamais à court de nouveaux termes pour le qualifier. Enfin, pour l'instant, je ne veux plus parler de lui. Je ne veux pas qu'il s'immisce entre nous, ni ce soir ni à aucun autre moment. Alors, je veux que tu oublies que tu as été avec lui. Je vais te traiter comme une vierge et repartir de zéro. Je vais te séduire, t'exciter, et quand j'aurai fini, tu auras la conviction que tu n'es pas frigide. Tu sauras aussi ce que c'est que d'avoir des orgasmes multiples parce que je ne m'arrêterai pas avant d'avoir l'assurance que tu n'en peux plus.

* * *

Devon passa l'heure suivante à escorter Kristen dans la fosse. Ils participèrent à des conversations et elle fut présentée à des participants, mais bien souvent, il l'entraînait un peu plus loin tout en restant poli afin qu'elle puisse voir autant de scènes que possible. Il voulait l'observer pendant qu'elle assistait aux différentes pratiques afin d'avoir une idée de ce qui l'intéressait et de le comparer à sa liste de limites.

Il trouva une scène de flagellation et une autre de fessée qui l'excitèrent visiblement. Une scène de cire chaude l'avait intriguée, malgré sa méfiance lorsqu'elle avait vu pour la première fois l'épais liquide couler sur les seins volumineux et le ventre de la soumise avant de se poser sur son clitoris, lui déclenchant un orgasme expressif. Lorsqu'ils regardèrent Maîtresse China fouetter un soumis attaché à une croix de Saint-André, Kristen fit la grimace en voyant la lanière laisser des zébrures rouges le long du dos, des fesses et des cuisses de l'homme nu. Devon sentit que c'était un peu trop pour elle, lors d'une première visite, et ils ne s'attardèrent pas.

La réaction la plus intéressante fut lorsqu'ils s'arrêtèrent devant une nouvelle scène qui commençait. La femme était assise nue sur une chaise de bondage tandis que son dom lui attisait les tétons pour les préparer à recevoir les pinces qu'il tenait dans son autre main. Lorsque le dom plaça les pinces, Kristen blêmit et se mit à paniquer, sa respiration soudain plus rapide. Devon était sur le point de l'éloigner de la scène lorsqu'il vit ses mains monter par réflexe vers sa propre poitrine comme si elle essayait de repousser de ses mamelons des pinces invisibles. Il l'attrapa par les épaules et l'écarta de la scène. Elle n'avait pas réagi spécialement avant de voir les pinces, et son rejet viscéral de cet outil BDSM le dérangeait. Il y avait une histoire là-dessous. Après l'avoir calmée, il était déterminé à la faire parler. En attendant, le mieux qu'il puisse faire était de l'étreindre sans un mot jusqu'à ce que sa respiration ralentisse et que sa panique retombe.

* * *

Kristen essaya de contrôler sa respiration tandis que Devon la serrait contre lui. Il devait la prendre pour une mauviette inexpérimentée. Elle avait cru qu'elle supporterait de voir le dom mettre des pinces sur les tétons de sa soumise, mais dès que la fille avait crié de douleur, quelque chose en elle avait basculé. Peu importe que la fille soit à présent en train de gémir de plaisir. Si Devon ne l'avait pas éloignée de la scène, elle aurait sûrement vomi ou se serait évanouie, ce qui n'était clairement pas le moyen de faire bonne impression.

Elle se laissa conduire vers un coin salon plus proche du milieu de la salle et fut surprise lorsqu'il s'assit dans un fauteuil en cuir à dossier évasé en l'attirant sur ses genoux. Le fauteuil était orienté de telle sorte qu'elle ne puisse pas voir la scène qui l'avait bouleversée, et elle sut qu'il l'avait choisi exprès. Il ajusta ses hanches, l'installant confortablement, puis il fit signe à une serveuse de lui apporter de l'eau. Prenant la bouteille, il la déboucha et la porta à ses lèvres, ne lui permettant que de petites gorgées à la fois.

— Doucement, poupée. Ne bois pas trop vite, sinon tu vas être malade.

Elle acquiesça avant de prendre quelques gorgées supplémentaires. La bile qui était remontée au fond de sa gorge commençait à disparaître.

— Excuse-moi. Je ne sais pas ce qui m'a prise, pourquoi j'ai réagi comme ça.

— Au contraire, je crois que tu sais.

Elle leva les yeux vers lui, puis les détourna à nouveau, mais il refusa qu'elle se cache. D'un geste tendre, il lui prit le menton et lui fit tourner la tête pour qu'elle n'ait pas d'autre choix que le regarder. Elle voyait bien qu'il n'était pas en colère, mais inquiet.

— Dis-moi, poupée. Dis-moi ce qui t'est arrivé.

Elle essaya de secouer la tête alors que ses yeux s'emplissaient de larmes, mais il lui tenait toujours la mâchoire.

— Je ne peux pas.

Ses yeux inquiets s'adoucirent en signe de compassion. Sa voix était profonde, exigeante, mais attentionnée.

— Tu peux, poupée. Fais-moi confiance. Il n'y a rien que tu puisses dire que je ne comprendrais pas. Dis-moi, pour que je t'aide à guérir.

Kristen cligna des paupières à plusieurs reprises et prit une grande inspiration.

— Je ne peux pas te regarder quand je le dis. Je ne l'ai jamais dit à personne, et c'est embarrassant.

Il lui caressa la joue avant d'attirer sa tête pour la poser sur son épaule. Puis il l'embrassa sur le front.

— Ne sois pas gênée. J'ai ce mode de vie depuis plus de dix ans, et j'ai à peu près tout entendu. Il n'y a plus grand-chose qui me surprend. Ferme les yeux et prends ton temps. Ce n'est pas urgent, mais tu me l'auras dit avant qu'on se relève. Tant pis si tes fesses deviennent tout engourdies, je leur donnerai une bonne fessée pour les réveiller.

Elle hoqueta, puis gloussa comme il l'avait prévu, et la tension qu'elle ressentait s'apaisa. Elle ferma les yeux et se laissa aller entre ses bras. Après une autre inspiration, elle commença à parler.

— Je t'ai dit tout à l'heure que je suis sortie avec un mec à la fac, avant mon ex. C'est lui qui s'est lassé que je dise « non » aux rapports sexuels, mais nous avons quand même fait quelques petites choses.

Devon ne dit rien et continua à caresser ses épaules et son dos, sa joue dans ses cheveux.

— On est sortis ensemble pendant trois mois environ, et tout allait bien jusqu'à ce qu'un soir, on aille à une fête. Derek a un peu trop bu. Plus tard, on s'est retrouvés seuls dans sa chambre d'étudiant et on s'est embrassés, tout ça... J'avais retiré mon haut et il a baissé mon soutien-gorge pour pouvoir... Mon Dieu, c'est trop gênant.

Devon resta silencieux, la laissant parler à son rythme.

Elle marqua une pause pour respirer avant de poursuivre :

— Bref, il me suçait et me léchait les seins quand il a commencé à être un peu brutal. Il n'arrêtait pas d'essayer de défaire mon pantalon. Je n'avais jamais eu peur de lui avant, mais ce soir-là, je crois qu'à cause de l'alcool, il est devenu agressif, et j'ai eu peur. J'ai essayé de le repousser et il m'a mordu le téton très fort. Je pense que si je n'avais pas crié à tue-tête en le frappant, il me l'aurait arraché avec les dents.

Elle ignorait quand elle s'était mise à pleurer, mais les larmes ruisselaient sur ses joues et elle s'interrompit pour reprendre son souffle. Les mains de Devon ne cessaient de lui caresser le dos, les jambes et les bras, et ces mouvements constants contribuèrent à la calmer. Ils avaient beau se trouver dans un club bondé, elle avait l'impression qu'ils n'étaient que tous les deux, loin des autres. Il murmurait, compatissant pour l'épreuve qu'elle avait traversée et content qu'elle lui en ait parlé. Ses lèvres effleuraient son front. Elle sentit la tension dans son corps, avec la colère évidente qu'il éprouvait envers l'homme qui l'avait blessée, mais il la garda sous contrôle.

— J'ai récupéré mon chemisier et j'ai couru jusqu'à ma chambre. Dieu merci, mon coloc était rentré chez lui pour le week-end. Quand j'ai regardé, les marques de ses dents étaient assez profondes pour me faire saigner. C'était trop douloureux et j'en ai pleuré toute la nuit. J'ai eu mal pendant presque un mois. Je ne supportais pas de porter mes soutiens-gorge, parce que mon mamelon était hyper sensible. Mais c'était pire sans, s'ils frôlaient constamment le tissu, alors j'ai dû porter des brassières de sport rembourrées jusqu'à ce que je guérisse, même si ce n'était guère mieux. Et pour ne rien arranger, Derek est venu me voir le lendemain comme je ne répondais plus à ses appels ni à ses textos. Il ne se souvenait même pas de l'avoir fait. Il a dit que je devais le tromper, parce que ce n'était pas lui, et qu'il dirait à tout le monde que j'étais une salope si je le dénonçais.

— Alors, tu ne l'as jamais dit à personne ? Tu n'es jamais allée chez le médecin ?

Il avait parlé tout contre sa tempe, sans cesser de la couvrir de ses lèvres avec une infinie douceur.

Elle secoua la tête.

— Je sais que j'aurais dû, mais j'avais trop peur et trop honte. Bref, j'ai rompu avec lui à ce moment-là. J'étais contente qu'on n'ait pas de cours ensemble, même si je le voyais encore de temps en temps sur le campus. Trois jours plus tard, il avait une nouvelle copine. Je ne lui ai plus jamais reparlé. Quand Tom et moi, nous avons commencé à sortir ensemble et que j'ai refusé qu'il me touche les seins, il m'a demandé pourquoi. Je lui ai répondu qu'ils étaient trop sensibles et il n'a pas insisté, après ça. Je peux les toucher, et j'ai fini par arriver à un point où je pouvais le laisser les toucher tant qu'il était tendre, mais je me figeais si ses dents entraient en contact. Je crois que c'est une des raisons pour lesquelles je suis nulle au lit. Je pense que je ne serai jamais capable de me détendre suffisamment pour combler un homme.

Sans prévenir, Devon lui attrapa les cheveux et tira sa tête en arrière pour pouvoir la regarder en face. Il fronçait les sourcils, ses yeux irradiaient de colère, et cette fois, c'était elle qu'il visait. Il ne lui faisait pas de mal, mais un soupçon de peur la traversa.

— Poupée, je ne vais le dire qu'une fois, et si je dois me répéter, je te jetterai en travers de mes genoux et je m'assurerai que tu ne puisses plus t'asseoir pendant une semaine. Je ne tolérerai pas que tu te rabaisses, *jamais*, surtout parce que tu es en train de vivre un syndrome de stress post-traumatique. Tu sais ce que c'est ?

Elle en avait entendu parler, mais elle croyait que cela n'arrivait qu'aux soldats de retour du combat ou aux témoins de meurtre ou de quelque chose de tout aussi grave. Il attendait une réponse, alors elle hocha la tête du mieux possible. Il n'avait pas relâché sa poigne dans ses cheveux.

— Ce qui t'est arrivé, ce n'est pas ta faute. C'était dangereux, malsain et non consenti. Personne – et je dis bien *personne* – ne devrait avoir à endurer ce que tu as subi. Un homme à qui tu aurais dû pouvoir te fier t'a trahie. Il a pris ta confiance et l'a détruite. Je ne veux plus jamais t'entendre dire que tu es nulle au lit ou que tu ne peux pas rendre un homme heureux. Ce que tu as vécu entre ces deux connards a peut-être abîmé ta passion et ta confiance dans les hommes, mais j'ai eu des aperçus de ta fougue et je sais qu'elle est là, à attendre de remonter à la surface. Ce salaud t'a blessée physiquement et mentalement. Et le microbe avec qui tu étais mariée n'a jamais pris le temps d'apprendre à te connaître, ton corps comme ton esprit. Il n'a jamais appris ce qui te plaisait et ce qui t'effrayait comme un amant devrait le faire. Quand je suis avec une femme, son plaisir, ses désirs, ses besoins et ses orgasmes sont ce qui compte le plus pour moi. Mon propre besoin de jouissance arrive tout en bas d'une longue liste. C'est presque un contre-coup, et je ne me le permets pas tant que ma soumise n'est pas entièrement comblée, qu'elle ne peut pas supporter un orgasme de plus. Je ne suis satisfait qu'après lui avoir donné tout ce que je pouvais et avoir pris tout ce qu'elle avait en retour. Je veux être celui qui te redonnera confiance. Je veux que tu voies et que tu ressentes à quel point les jeux érotiques peuvent être bons. Reste avec moi ce soir... et tout le week-end. Je veux te donner des orgasmes dont tu ne soupçonnais pas l'existence. Je ne peux pas te donner plus. Je ne peux pas t'offrir l'éternité – je n'ai pas ce qu'il faut pour ça –, mais ce week-end, je peux te donner la chance d'apprendre ce qui te plaît et comment le sexe peut être incroyable si tu es avec un homme qui place tes besoins et ton plaisir avant les siens. Je veux t'apprendre ce que c'est de se sentir choyée. Si ce n'est pas ce que tu veux, dis-le-moi maintenant et je te ramènerai chez toi. Mais ne te prive pas de la chance d'explorer ta sexualité. N'ignore pas le désir que je peux voir dans tes yeux et dans ton langage corporel. Si ce n'est pas avec moi, trouve quelqu'un en qui tu peux avoir confiance et réalise-le.

Kristen dévisagea l'homme qui la tenait captive, non seulement avec ses mains, mais aussi avec ses mots. Elle savait qu'il avait raison. Elle était une femme passionnée, mais cette passion avait été enterrée profondément en elle et aucun autre homme n'avait cherché à lui donner la première place... jusqu'à Devon. Avait-elle envie de lui ? Sans aucun doute. Lui faisait-elle confiance ? Elle ne savait pas pourquoi, mais la réponse était oui. Oui, elle lui confierait son esprit et son corps. Elle espérait seulement qu'il ne lui ferait pas perdre son cœur, parce qu'elle ne pourrait pas revivre cette douleur. C'était ce qu'elle croyait vouloir la semaine passée – un simple plan cul, rien à long terme. Et s'il était prêt à lui apprendre et à la laisser explorer, elle prendrait le temps qu'il lui offrirait. Quand le moment viendrait et qu'ils emprunteraient des chemins différents, elle le remercierait pour tout ce qu'il lui avait donné.

* * *

Devon entendait presque le cerveau de Kristen enregistrer tout ce qu'il avait dit. Il la désirait plus qu'il n'avait jamais

désiré une femme, mais c'était sa décision et il la respecterait, même si cela devait le tuer. Elle le regardait dans les
yeux et il sentit son membre réagir au moment où il comprit
qu'elle avait pris sa décision. Il savait quelle serait sa
réponse, mais il avait besoin d'entendre les mots et il refusait
de continuer sans cela.

— Apprenez-moi, Maître.

Chapitre Onze

Devon se leva et remit Kristen sur ses pieds, lui tenant les hanches jusqu'à être certain qu'elle était bien stable. Il la prit par la main et l'entraîna vers le grand escalier, à travers le bar et les doubles portes en bois. Il n'avait toujours pas dit un mot, ni à personne d'autre en chemin, et plusieurs personnes parvinrent de justesse à s'écarter avant qu'il ne les bouscule. Il voulait la déshabiller et il ne pouvait pas le faire ici, pas avec les règles en vigueur. Alors qu'ils traversaient le hall en direction de la porte d'entrée, il l'entendit parler derrière lui :

— Devon, attends, j'ai besoin de mon sac à main. Il est toujours dans ton casier.

Il ne ralentit pas, mais tourna la tête pour lui répondre :

— Tu n'en auras pas besoin. On le récupérera demain matin.

Il était trop impatient pour s'arrêter. Il voulait passer des heures à lui prouver ce qu'il disait. Elle serait comblée plusieurs fois avant qu'il ne trouve son propre plaisir, et il se tuerait à la tâche s'il le fallait.

Ouvrant la porte extérieure, il réduisit un peu son

rythme pour qu'elle ne perde pas l'équilibre dans les escaliers avec ses talons aiguilles. Au lieu de se diriger vers sa voiture, il tourna en direction du portillon dans la clôture qui séparait le club du reste de la propriété. Alors qu'ils s'approchaient, Beau, le grand labrador de Ian, accourut pour les saluer, heureux que quelqu'un veuille jouer avec lui. *Désolé, mon pote,* pensa Devon, *j'ai de plus grands projets ce soir, et ils n'incluent pas une balle en caoutchouc couverte de bave de chien.*

* * *

— Où est-ce qu'on va ? demanda Kristen en regardant le chien noir, qui faisait à présent des bonds de l'autre côté de la clôture. Est-ce qu'il mord ?

Devon présenta la main au scanner de sécurité qui déverrouilla la porte au lieu du grand portail.

— Mon appartement est dans le dernier bâtiment. Il ne mord que quand on lui dit de le faire ou s'il y a une menace.

Avant d'ouvrir le portail, il s'adressa au chien tout fou :

— Beau, *pfui, fuss,* lança-t-il en langue étrangère, prononçant « foui » et « fouss ».

Le chien s'apaisa et s'assit pendant que les deux humains entraient dans son territoire et que son préféré refermait le portillon. L'impatience de l'animal était évidente, à en juger par les frémissements de sa petite queue touffue tandis que le reste de son corps demeurait immobile. Lorsqu'ils commencèrent à traverser l'enceinte, il se mit au pas, son corps velu presque collé à la jambe droite de son humain.

Kristen, une amoureuse des chiens, regardait avec étonnement l'animal suivre le pas de Devon.

— Qu'est-ce que tu lui as dit ?

Il ralentit un peu sa foulée lorsqu'il se rendit compte qu'elle courait presque pour le suivre.

— Il s'appelle Beau. Les deux mots que j'ai employés sont « non » et « au pied » en allemand. Ian l'a trouvé quand il était chiot et l'a fait dresser par un spécialiste des chiens de garde et de sécurité. Ses ordres sont donnés en allemand pour que personne d'autre ne puisse lui en donner. Il ne reconnaît que quelques mots d'anglais à force de nous côtoyer, mais ils sont tous inoffensifs.

Kristen était impressionnée.

— C'est formidable. Il faudra que je m'en souvienne pour l'un de mes livres.

Devon s'arrêta net et elle faillit trébucher avant qu'il ne la rattrape par le bras et la stabilise.

— Qu'y a-t-il ?

Il avait la mine grave, à la limite de la colère.

— Que les choses soient parfaitement claires. Ce qu'il y a entre nous, ce que nous allons faire, ce n'est pas de la recherche, Kristen, c'est bien réel. Je ne veux pas être une histoire dans l'un de tes livres. Si c'est la raison pour laquelle tu es avec moi, dis-le maintenant. Si je découvre plus tard que tu m'as utilisé pour cette raison, je te jure que tu me le paieras.

C'était ce qu'il croyait ? Avant de perdre son sang-froid, elle prit un moment pour réfléchir à la situation de son point de vue. Bien sûr, elle était venue au *Covenant* pour faire des recherches la première fois, mais elle était revenue avec lui parce qu'elle le voulait. Parce qu'elle en avait très envie. Elle tendit la main vers sa joue et elle vit son visage sévère se détendre.

— Je comprends ton inquiétude et je ne peux pas dire que mon inconscient ne se rappellera jamais, pendant que j'écris, ce que tu m'as fait ressentir ce soir. Mais sache que je ne me servirai jamais de toi ni de qui que ce soit de cette façon, Devon. Je te le jure, je suis ici parce que j'ai envie de toi, pas pour mes recherches, mais pour découvrir la femme qui est cachée au fond de moi, ou du moins, je l'espère.

L'instant d'après, il se pencha et prit possession de sa bouche avec force et vigueur. Agrippant ses hanches, il l'attira à lui jusqu'à ce qu'il soit impossible de nier combien il avait envie d'elle. Quand elle gémit dans sa bouche et commença à frotter son corps contre le sien, il arracha sa bouche de la sienne et lui attrapa le poignet pour reprendre sa progression.

— Allez, viens, avant que je te jette par terre pour te baiser ici même. Ça ne me dérangerait pas, mais je suis sûr que tu seras plus à l'aise dans mon lit.

Riant devant son impatience, elle le suivit dans le dernier bâtiment, où ils entrèrent par une porte au rez-de-chaussée, elle aussi dotée d'un scanner. Encore une fois, la façade ne reflétait en rien l'intérieur. Il y avait une porte d'appartement en bois, quelques pas après l'entrée principale. Des marches recouvertes d'une moquette brune sur leur gauche conduisaient à un palier, au premier étage, et à une autre porte. Les murs de plâtre étaient peints dans un beige doux.

Devon désigna une porte beaucoup plus petite, à droite de l'appartement du rez-de-chaussée, et s'adressa au chien :

— Beau, *geh rein.*

Il l'avait prononcé « gay rayne », le mot allemand pour « rentre ».

— Ton maître va bientôt rentrer.

Le chien s'approcha de la porte à contrecœur, mais avec obéissance. Une lumière rouge sur un petit boîtier noir, en haut de la porte, passa au vert. Baissant la tête, Beau poussa la porte à charnière et disparut de l'autre côté. Peu après, la lumière verte redevenait rouge. Prenant la main de Kristen dans la sienne, Devon la conduisit dans les escaliers.

Il s'arrêta à la porte du rez-de-chaussée et appliqua sa main devant un autre scanner pour la déverrouiller. Kristen jeta un œil au palier du haut et sourit en remarquant une autre porte pour chien dans le plâtre. Devon ouvrit enfin son appartement et lui fit signe de le précéder. En découvrant son salon, elle eut du mal à croire qu'ils se trouvaient dans un vieil entrepôt. Les murs et le plafond de trois mètres de haut étaient recouverts de placoplâtre et la pièce spacieuse était joliment décorée. Les murs étaient d'un vert mousse clair tandis que les meubles étaient tout en bois aux teintes foncées. Un grand canapé en cuir marron en forme de L occupait deux des murs du salon, tandis que deux fauteuils inclinables au revêtement discret complétaient le coin salon. Les grands tableaux encadrés sur les murs, la table basse, les guéridons, les lampes et les coussins du canapé étaient merveilleusement coordonnés.

Deux grandes fenêtres horizontales étaient disposées en haut du mur, au-dessus de l'extrémité la plus courte du canapé, laissant entrer une abondante lumière tout en empêchant de voir depuis l'extérieur, sauf à grimper sur une échelle. Des rideaux dans le même tissu que les coussins encadraient les fenêtres. En face du canapé le plus long trônait un imposant meuble télé avec un écran plat de soixante pouces, une chaîne stéréo sophistiquée, une console de jeu et de nombreuses photos de famille et d'amis. Au-delà du grand coin salon se trouvait un bar avec six tabourets, mais sans la moindre bouteille d'alcool sur l'étagère.

Rattachée au salon, toujours dans le même espace à aire ouverte, c'était la salle à manger avec une table et des chaises en teck pour huit personnes, ainsi qu'un buffet et un meuble avec vitrine assortis. Deux magnifiques lustres en fer forgé, semblables à ceux du club, étaient suspendus au plafond. Après la salle à manger, on accédait à une cuisine spacieuse avec des appareils électroménagers en acier inoxydable, des placards en chêne et des plans de travail en granite noir. Les murs de la cuisine étaient de couleur ivoire. En face de la porte d'entrée, et entre le salon et la salle à manger, un couloir menait au fond de l'appartement, où devaient se trouver les chambres et au moins une salle de bain. L'appartement tout entier semblait plus vaste que la maison à trois chambres dans laquelle elle avait grandi.

En se retournant, elle surprit le regard de Devon.

— C'est magnifique chez toi.

Il répondit avec un sourire penaud.

— Merci, mais je ne peux pas m'en attribuer tout le mérite. C'est vrai, je suis un mec qui a passé la plupart de sa vie d'adulte sur des bases militaires, ou à dormir à même le sol dans des endroits que tu n'imaginerais même pas, en mission. Tu me vois choisir des rideaux ou des coussins de canapé ? Quand ma mère a vu que ma table était un carton, mon canapé dépareillé et mes chaises pliantes, elle a engagé une décoratrice d'intérieur pour qu'elle vienne tout remettre à neuf. Voilà le résultat, approuvé par maman. L'appartement de Ian n'était pas beaucoup mieux que le mien à l'époque, et il a eu droit à un traitement royal, lui aussi.

Il fit quelques pas vers le couloir et ajouta :

— Mets-toi à l'aise, je reviens tout de suite.

Alors que Devon disparaissait au fond de l'appartement, elle continua son exploration. Repérant les photos, elle s'approcha du meuble télé pour mieux les voir. Il y avait deux photos du Pack de Six Sexy. Sur l'une d'elles, ils portaient tous des treillis de camouflage militaire et tenaient des armes énormes, tandis que sur l'autre, ils jouaient au basket à trois contre trois. La photo semblait avoir été prise à l'extérieur de l'enceinte. Il y avait une photo de Mitch, Ian et Devon habillés tout en cuir, dans le hall du *Covenant*. Ils avaient l'air plus jeunes de quelques années et elle se demanda si elle avait été prise lors de l'inauguration du club. Elle passa à un autre groupe de photos. La première montrait un Devon beaucoup plus jeune, en uniforme bleu marine, encadré par un homme et une femme plus âgés, vraisemblablement ses parents.

En l'entendant revenir derrière elle, elle s'apprêta à se tourner vers lui, mais quelque chose l'arrêta. Concentrée sur la photo, elle observa attentivement l'homme plus âgé qui lui semblait si familier. Devon la rejoignit et elle se rendit compte qu'il avait enfilé un pantalon de survêtement et qu'il était pieds nus.

— Ce sont mes parents, Chuck et Marie.

Les noms ne lui disaient rien, alors elle passa à la photo suivante qui représentait quatre garçons, dont trois étaient adolescents. Deux avaient l'air jumeaux et elle se dit que l'un d'eux devait être Devon. Elle désigna le garçon sur la gauche.

— Et là, c'est toi ?

* * *

Devon acquiesça, puis lui prit la main et l'entraîna vers le canapé où ils s'assirent côte à côte.

— Oui, c'est moi. Juste avant que Ian ne parte à la formation de base.

— Et les deux autres ? J'imagine que ce sont tes autres frères.

Se tournant vers elle, il fit courir un doigt le long de son bras nu tandis que son autre main jouait avec ses cheveux.

— John est celui qui me ressemble, et Nick, c'est le petit gars.

Il savait qu'elle lui posait toutes ces questions par nervosité, plus que par simple curiosité, mais il ne parlait pas souvent de sa famille. S'il ne reprenait pas le contrôle de la situation, son cerveau risquait de passer outre ce que son corps désirait si manifestement. Alors qu'elle semblait sur le point de l'interroger à nouveau, il plongea les doigts dans ses mèches soyeuses avant de la saisir pour attirer sa bouche à lui.

— Je n'ai plus envie de parler.

Plaquant ses lèvres sur les siennes, il prit ce qu'il désirait tant... elle.

Chapitre Douze

Il l'inspira avidement et Kristen en adora chaque seconde, mais lorsqu'elle essaya de rapprocher son corps du sien, il s'écarta à nouveau. Sans un mot, il se leva et l'attira à lui avant de l'emmener dans le couloir en direction de sa chambre. Elle était décorée comme le reste de son appartement, mais elle le remarqua à peine. Ce qu'elle ne pouvait pas manquer, en revanche, c'était le point central de la pièce : un lit à baldaquin en chêne noir, recouvert d'une couette grise et marron à motifs.

Devon lui lâcha la main, la laissant debout à côté du lit tandis qu'il s'asseyait dessus et se penchait sur le côté, le haut de son corps sur un coude.

— Déshabille-toi pour moi, poupée. Je veux voir tout ton corps succulent et que tes yeux restent sur les miens pendant tout ce temps. Défais ta robe et laisse-la glisser lentement le long de ton corps. Ne révèle qu'un centimètre à la fois. Ne réfléchis pas. Suis mes ordres et concentre-toi sur ton ressenti. Sens comme tu es belle à mes yeux. Tu ne sais pas combien j'ai envie de toi, mais tu le sauras bientôt.

Elle déglutit et sentit son pouls augmenter. Sa voix

séduisante était hypnotique. Elle pouvait y arriver. Après tout, c'était ce qu'elle voulait, elle aussi, comme elle ne cessait de se le répéter. Hésitant à peine une seconde ou deux, elle referma les doigts sur la fermeture éclair latérale de sa robe et commença à la baisser. Lentement. Son regard resta fixé sur ses yeux bleus et elle réalisa qu'ils ne quittaient pas les siens, eux non plus – il ne regardait pas son corps, mais son âme. Sa confiance monta de quelques crans. Lorsque la fermeture éclair s'arrêta à sa taille, sa main remonta jusqu'à la fine lanière qui maintenait la robe en place et elle la fit descendre le long de son bras droit, centimètre par centimètre. Elle vit ses narines se dilater comme s'il cherchait son odeur, mais son regard demeurait résolument sur son visage.

Alors que le tissu de la robe glissait sur ses tétons raidis, les rendant encore plus durs, son souffle resta suspendu et une bouffée d'excitation vint humidifier l'intérieur de ses cuisses. Au moment où la robe lui arriva à la taille, elle avait envie de l'arracher jusqu'au bout, de glisser sa main entre ses cuisses et de se soulager de la pression intense qui s'y accumulait. À deux mains, elle fit glisser la robe sur ses hanches voluptueuses, et après les avoir franchies, la robe s'affaissa en tas sur le sol. Avec un pas sur le côté, elle se délesta du tissu.

Ce ne fut qu'à ce moment-là, alors qu'elle se tenait complètement nue devant lui, que Devon baissa enfin les yeux pour découvrir son corps.

— Tourne-toi entièrement.

C'était plus déconcertant encore que lorsqu'elle l'avait fait entièrement habillée, au restaurant. Cependant, cette fois, ce ne fut pas sa main qui la toucha, mais son regard affamé. Une fois qu'elle fut revenue à son point de départ, Devon se leva et tendit le bras vers elle. Sans hésiter, elle plaça sa main dans la sienne et se laissa attirer sur le grand lit.

— Allonge-toi sur le dos au milieu du lit, poupée. Les jambes jointes et tendues. Mets tes mains au-dessus de ta tête et attrape les poteaux de la tête de lit. Ta confiance jusqu'à présent me touche, mais je ne pense pas que tu sois prête à ce que je t'attache à ce cadre. Par contre, si tu retires tes mains sans ma permission, il y aura des conséquences. C'est compris ?

Après s'être positionnée comme il le lui avait ordonné, elle passa la langue sur ses lèvres et hocha la tête.

— Oui, Monsieur, je comprends.

— C'est bien. Tu es absolument magnifique, poupée.

Elle rougit en le voyant saisir l'ourlet de son propre t-shirt et le soulever par-dessus sa tête, l'abandonnant avec sa robe. Ses yeux s'écarquillèrent devant le spectacle qui s'offrit à elle et, une fois de plus, elle s'humecta les lèvres. C'était plus fort qu'elle. Son torse était sculpté à la perfection. S'il avait vécu à l'époque de Michel-Ange, la statue se serait appelée *Devon* au lieu de *David*. Ses amis et lui constituaient peut-être un Pack de Six Sexy dans son esprit, mais l'homme devant elle présentait un sacré pack de huit en guise d'abdominaux. Ce n'était pas un corps affûté uniquement en salle de sport, même s'il passait manifestement du temps à s'entraîner avec des poids. Il y avait une fluidité dans ses muscles lorsqu'ils bougeaient qui provenait de la natation ou d'autres activités de cardio. Elle aurait parié qu'il aimait l'alpinisme et les sports extrêmes. En voyant l'intérêt qu'elle portait au tatouage noir au-dessus de son cœur, il y frotta sa main, sans toutefois lui expliquer la signification des lettres et des chiffres.

Sans quitter son pantalon de survêtement, même s'il ne cachait en rien son érection impressionnante, il se glissa sur le lit et s'allongea sur le côté, tout près d'elle, au niveau de sa poitrine. Une main sur son ventre, il se mit à décrire de petits cercles sensuels qui lui donnèrent la chair de poule. La chaleur émanait de ses doigts et pénétrait dans son corps tandis qu'il agrandissait progressivement les cercles jusqu'à effleurer le dessous de sa poitrine et le dessus de son mont de Vénus épilé, sans jamais la toucher là où elle le souhaitait. Même s'il regardait toujours sa main, il sentit qu'elle fermait les paupières.

— Ouvre les yeux, poupée. Suis ma main. Regarde comment ton corps réagit à mon contact.

Elle fit ce qu'il lui ordonnait et remarqua la lourdeur de ses seins, ainsi que l'élancement sans cesse croissant dans son clitoris. Elle essaya de frotter ses cuisses l'une contre l'autre pour créer une friction nécessaire, mais il décolla immédiatement la main de sa peau pour lui donner une claque sur la cuisse. Ses hanches tressaillirent de surprise.

— Ne bouge pas, poupée. Ce n'est pas à toi de te donner du plaisir. C'est mon travail, et je le ferai à mon rythme.

L'impact ne lui avait pas fait mal, mais elle avait sursauté. Elle était étonnée, à vrai dire, autant que par son excitation grandissante. Soudain, la main de Devon remonta le long de son buste et soupesa son sein, le plus proche de son visage. Il le souleva tout en massant sa chair sensible et en souligna le contour du bout du doigt avant de déplacer sa main pour faire la même chose de l'autre côté. Tout en s'occupant de son second sein, il pinça les lèvres et souffla sur le mamelon du premier, à une distance d'environ cinq centimètres. La sensation propagea des éclairs jusqu'à son clitoris, et involontairement, elle se cambra. De l'index, il entreprit ensuite de tracer des cercles nonchalants autour de ses seins, passant de l'un à l'autre, de leur base jusqu'aux mamelons, sans jamais glisser sur les pointes dures. Kristen haletait presque, et pour la première fois depuis son horrible expérience à l'université, elle avait envie de supplier un homme de lui toucher les seins.

Devon n'interrompit pas sa danse sensuelle.

— Détache ta main gauche et passe ton pouce et ton index sur ta vulve. Je sais qu'elle est détrempée. Ne te touche pas le clitoris et ne les enfonce pas en toi. Je veux juste que ce soit agréable et moite.

Elle retira ses doigts de la colonne du lit et obéit à ses ordres. En gémissant, elle les passa dans ses replis, recueillant autant d'humidité que possible. Lorsqu'elle leva les doigts pour les lui montrer, il lui donna d'autres instructions.

— Maintenant, joue avec ton téton gauche. Fais-le rouler entre ton pouce et ton index et tire dessus.

Elle repensa à un ordre similaire que Maître Xavier lui donnait dans ses fantasmes, et sa respiration s'accéléra en même temps que le besoin douloureux entre ses cuisses. Oh, elle se rappelait très bien comment ce scénario avait fini. À la seconde où ses doigts humides se refermaient sur son téton gauche, la langue chaude de Devon frôlait le droit. Les sensations combinées lui arrachèrent un cri et Maître X disparut définitivement de son esprit.

La langue de Devon vénérait son mamelon sans relâche, au rythme de ses doigts, de l'autre côté. Si elle accélérait, il accélérait... si elle ralentissait, il ralentissait. C'était peut-être lui qui donnait les ordres, mais elle commençait à comprendre qu'elle avait aussi le contrôle.

— Mouille à nouveau tes doigts. Après les avoir remis sur ton téton, je veux que tu fasses la même chose avec ton autre main et que tu joues avec ce sein à ma place.

Elle s'exécuta. Une fois qu'elle eut pris le contrôle de sa poitrine, Devon glissa plus bas sur le lit.

— N'arrête pas de jouer avec eux, poupée, et écarte bien les jambes pour moi. Regarde-moi, regarde ce que je fais.

Elle ouvrit les cuisses et il passa par-dessus avant de s'y installer, repoussant ses chevilles vers ses hanches jusqu'à ce que ses genoux soient suffisamment repliés à son goût, les pieds à plat sur le lit. Elle était maintenant si exposée qu'il n'y avait plus de place pour l'imagination. Elle le regarda faire courir ses mains calleuses à l'intérieur de ses cuisses et s'arrêter au niveau de son sexe offert, l'encadrant avec ses deux pouces et ses index. Sa bouche était à quelques centimètres de là où elle la désirait ardemment. Tom n'avait fait que la toucher à cet endroit-là, il n'y avait jamais mis la langue. Devon était sur le point de lui faire quelque chose qu'elle n'avait connu que dans ses fantasmes. Elle attendit patiemment... Elle aurait voulu le supplier de faire autre chose que regarder fixement entre ses jambes tandis que ses propres doigts continuaient de pincer ses tétons. Enfin, il leva les yeux vers les siens.

— J'adore ton sexe nu, poupée. Il est si beau que j'en ai l'eau à la bouche. Dis-moi, depuis combien de temps tu fais ça ?

— Quoi donc ? M'épiler là en bas ?

— Oui, depuis combien de temps tu t'épiles là ? Tu faisais ça pour ce sale connard ou je suis le premier à te voir comme ça ? Je veux une réponse honnête, poupée.

Son sexe avide se contractait, au désespoir, cherchant quelque chose, n'importe quoi pour se remplir.

— J'ai essayé pour la première fois il y a six mois, pour mes recherches. Ça m'a plu, alors j'ai continué. Donc, la réponse à ta question est que tu es la seule personne à l'avoir vu comme ça, en effet.

Il répondit avec un sourire malicieux :

— Je suis ravi de l'apprendre, poupée.

Franchissant l'espace qui les séparait encore, il tendit la langue et la passa sur toute la longueur de sa fente ruisselante. Elle cria aussitôt son prénom et ses hanches se décollèrent du lit, mais il les agrippa pour les plaquer, immobiles.

— Ne bouge pas, poupée, sinon je ne te laisserai pas jouir. Et je ne t'ai pas dit d'arrêter de jouer avec tes magnifiques seins.

— O-Oui, M-Monsieur, souffla-t-elle.

Ses doigts reprirent leurs manœuvres, et cette fois, quand il la lécha comme si elle était un cornet de glace, elle parvint de justesse à empêcher ses hanches de bouger.

— Hmm, directement à la source. C'est tellement mieux que de lécher ton doux nectar sur mes doigts, même si ça m'a beaucoup plu. Tu peux jouir quand tu veux, poupée.

Devon continua à lui donner du plaisir avec sa langue, alternant entre les pénétrations franches et les effleurements, tandis que son pouce s'aventurait sur le renflement de son clitoris. Elle gémit. La première fois qu'il avait plongé sa langue en elle, ses yeux s'étaient révulsés et son corps s'était mis à grimper en flèche. Le sexe oral était meilleur qu'elle ne l'avait imaginé. Il lui avait dit, plus tôt dans la soirée, qu'il voulait la dévorer pendant des heures, et maintenant, elle le laissait faire avec joie.

L'une de ses mains vint se poser sur son pubis et, à deux doigts, il exposa son petit bijou à sa bouche tandis qu'il en enfonçait deux autres, de son autre main, dans son fourreau chaud et humide. Ses doigts inquisiteurs cherchèrent et trouvèrent un point spécial, où elle eut l'impression qu'il lui massait le clitoris depuis l'intérieur. Entre la stimulation de ses mamelons, de son clitoris et de son point G, ce fut plus qu'elle ne pouvait le supporter et elle lâcha un cri en se disloquant. Des éclats de lumière blanche fusèrent derrière ses paupières closes. Son corps trembla et ses jambes flageolèrent. Ses muscles internes comprimèrent les doigts intrusifs avec force, refusant de les libérer. La langue de Devon ne faiblit pas, recueillant chaque goutte de son plaisir, et quelques instants plus tard, elle bascula à nouveau, criant encore plus fort cette fois.

Alors qu'elle commençait à redescendre sur Terre, il posa à nouveau la bouche sur son clitoris et ses doigts se remirent à œuvrer pour l'envoyer au septième ciel une troisième fois. Elle n'en revenait pas de sentir son corps repartir chaque fois de plus belle. Elle ne pensait pas pouvoir supporter un autre orgasme, surtout s'il était aussi intense que les deux premiers. Ses mains avaient quitté sa poitrine, quelque part pendant sa première extase, et maintenant, ses deux poings se cramponnaient à la couette tandis qu'elle le suppliait.

— N-Nooon, pas encore, je t'en prie !

— Oh, si, poupée, gronda-t-il contre son intimité. Encore !

Sa bouche et ses doigts étaient implacables. Qu'elle le veuille ou non, elle allait bientôt jouir à nouveau. Son troisième orgasme fut le plus explosif qu'elle ait jamais ressenti. Elle serait surprise s'il ne la tuait pas. D'ailleurs, ce serait une sacrée façon de partir en beauté.

Dix minutes plus tard, l'esprit hébété de Kristen commençait à s'éclaircir alors qu'elle se blottissait dans les bras de Devon. En moins d'une heure, cet homme avait prouvé que son abruti d'ex avait tort. Elle était loin d'être frigide. En fait, elle était même un volcan indomptable entre les mains d'un homme qui savait donner du plaisir à une femme. La tête sur son torse, elle baissa les yeux sur le corps de Devon et constata qu'il portait toujours son pantalon de survêtement avec son érection saillante à l'intérieur. Elle prit conscience que malgré ses trois orgasmes puissants, lui n'avait pas encore joui.

— Devon... Je veux dire, Monsieur ?

Il lui embrassa le sommet de la tête.

— Oui, poupée ?

— Tu n'as pas... Je veux dire... tu ne veux pas... hmm ?

Il laissa échapper un petit rire.

— Ne t'inquiète pas pour moi, la soirée ne fait que commencer. Tu es revenue sur Terre ?

Relevant la tête, elle lui sourit.

— Oui, et j'ai une requête.

— Tout ce que tu voudras, chérie.

Soudain, elle se sentit timide et rougit en demandant :

— Apprends-moi à te faire plaisir.

* * *

Si Devon avait souri à sa demande plutôt vague, il n'allait pas la laisser s'en tirer à si bon compte.

— Me faire plaisir comment ? Tu m'as fait plaisir toute la soirée.

Elle leva les yeux au ciel, mais aussitôt, il lui pinça une fesse.

— Aïe ! Ça fait mal !

Elle cligna des paupières, outrée.

— Alors, ne prends pas cet air excédé devant ton dom.

Il essayait de paraître sévère, mais elle était si adorable quand elle était fâchée contre lui.

— Bon, qu'est-ce que tu veux, poupée ? En langage clair, simple et cru.

— D'accord, dit-elle en expirant. Je veux que tu m'apprennes à te faire une fellation. C'est assez simple et sale pour toi ?

Il ne put se retenir de rire devant sa spontanéité.

— Assez simple, oui. Mais sale, pas vraiment. Enfin, nous travaillerons plus tard à l'enrichissement de ton vocabulaire coquin. Pour l'instant, avant d'aller plus loin, tu as une punition qui t'attend.

Elle poussa un cri en se redressant.

— Maintenant ?

Se mettant en position assise, il glissa un oreiller derrière son dos avant de s'appuyer confortablement contre la tête de lit.

— Oui, poupée, maintenant. J'ai attendu parce que je voulais que tes premiers orgasmes ne soient que le résultat du plaisir. Puisque j'ai prouvé que tu n'étais pas insensible, comme on te l'a dit dans le passé, il est temps de recevoir ta fessée. Viens t'allonger sur mes genoux.

Elle hésita et il lui laissa un moment pour se faire à l'idée de ce qu'elle était sur le point de lui céder. Il savait qu'elle se conformerait à son ordre, mais elle était nouvelle dans le BDSM. C'était sa première punition dans le monde des jeux érotiques et c'était à elle de décider si, oui ou non, elle voulait faire le dernier pas. Quand elle accepta finalement que c'était ce qu'elle voulait, elle remonta en rampant vers lui et s'allongea sur ses cuisses, les fesses en l'air.

Il caressa d'abord la peau claire de ses fesses, les pressant pour les réchauffer.

— Le compte est de seize, poupée. Je vais te laisser choisir cette fois-ci. Après les huit premières, tu pourras me demander de te donner le reste tout de suite, ou ta seconde option est de recevoir les huit autres au réveil, demain matin – parce que, naturellement, tu resteras dans mon lit toute la nuit. Est-ce clair ?

Il perçut la nervosité dans sa voix lorsqu'elle répondit :

— O-oui, Monsieur.

Dès que les mots furent sortis de sa bouche, il leva la main et l'abattit sur une fesse. *Clac.* Il se réjouit de l'entendre gémir sans bouger. Sa peau d'ivoire devint rose et il maintint sa main contre elle pendant un moment, pour y garder la chaleur. *Clac.* Celle-ci atterrit sur son autre fesse. Encore une fois, elle lâcha un petit cri, mais demeura immobile. Il savait qu'après le picotement, elle commencerait à éprouver autre chose, une sensation qu'elle ne serait pas en mesure d'expliquer.

Clac. Clac. Clac. Celles-ci furent plus vigoureuses et elle cria avant de se trémousser. Sa main fermement posée au milieu de son dos l'empêchait de se dérober. Il assena les trois suivantes à la jonction entre ses fesses et ses cuisses. *Clac. Clac. Clac.* Il marqua une pause lorsqu'elle se mit à sangloter et il passa la main sur ses fesses rouges, lui accordant le temps nécessaire pour contrôler sa respiration. Malgré ses cris, elle avait réussi à garder ses mains devant elle et à se cramponner à la couette. Il était content qu'elle ait résisté à ce qui aurait été une réaction naturelle pour une nouvelle soumise, à savoir tendre la main en arrière pour essayer de se protéger de la punition. Il glissa alors les doigts entre ses jambes et elle gémit lorsqu'il découvrit ce à quoi il s'attendait : elle était très excitée.

— Ça fait huit, poupée. Je continue ou je les garde pour demain matin ?

Kristen était troublée. Elle avait les fesses en feu, et tout ce qu'elle pensait, c'était qu'elle avait envie qu'il enfonce sa queue profondément en elle pour la prendre sans ménagement. Elle était trempée. Même si des larmes coulaient de ses yeux, elle voulait en finir et passer à son prochain orgasme. Attendre le matin pour recevoir les huit autres ne ferait qu'accentuer son attente toute la nuit.

— Je veux les recevoir tout de suite, Monsieur. S'il vous plaît.

— Très bien, je vais le faire rapidement.

Les suivantes furent plus sèches qu'avant. Tout en pleurant de douleur, elle haletait, de plus en plus mouillée par la chaleur qui suivait chaque coup. Quand la dernière fessée fut appliquée, elle poussa un soupir de soulagement. Il la laissa se reposer tout en caressant sa peau tendre. Une fois que sa respiration fut à nouveau maîtrisée et que ses larmes furent taries, il l'aida à se relever et elle s'agenouilla à côté de lui, sur le lit, refusant de s'asseoir.

Devon écarta les cheveux humides de son visage.

— Je suis fier de toi, poupée. Tu t'es très bien débrouillée pour ta première fessée. Maintenant, les raisons de ta punition ont été oubliées et nous pouvons passer à des activités plus agréables. Je crois que tu m'as demandé de t'apprendre quelque chose.

Ses joues striées de larmes se creusèrent quand elle lui sourit.

— Oui. Je t'ai demandé de m'apprendre à te faire une fellation.

* * *

Devon déplaça ses hanches pour s'allonger un peu, baissant la ceinture élastique de son pantalon de survêtement sur sa verge douloureuse.

— Je serai ravi de le faire, poupée. Mets-toi sur le lit et enlève mon pantalon jusqu'au bout.

Une fois qu'elle l'eut déshabillé, il écarta les jambes pour lui faire de la place.

— À genoux entre mes cuisses, poupée. Je veux voir tes fesses rouges en l'air pendant que tu me fais plaisir. Mets-toi à l'aise.

Quand elle fut en position, il referma le poing sur son sexe, dressé vers le plafond. Une goutte annonciatrice perlait déjà au bout.

— Lèche-la.

Il la vit se pencher en avant et tendre la langue pour effleurer son gland. Elle savoura son goût avant de le lécher à nouveau, puis encore une fois. Son inexpérience était évidente, mais plutôt que de le refroidir, ça le rendait plus dur encore.

— Enroule les doigts autour.

Il retira sa propre main tandis que la sienne prenait sa place.

— Serre plus, poupée. Aaaahh, oui. Comme ça. Maintenant, prends le gland entre tes lèvres tout en m'astiquant lentement.

Merde ! Son innocence allait vraiment le tuer.

— C'est ça. Bon, prends-moi dans ta bouche aussi loin que possible. Attention à tes dents.

Elle le fit entrer et sortir de sa bouche, un peu plus loin chaque fois, sa confiance plus forte à chaque passage.

— Utilise ta langue quand tu ressors. Putain ! C'est naturel chez toi, bébé. Je ne suis pas sûr de durer longtemps.

Sans qu'on le lui dise, elle augmenta le rythme et il sentit ses yeux rouler dans leurs orbites.

— Avec ton autre main, masse mes boules doucement.

Il enfouit la main dans ses cheveux et avança les hanches, enfonçant son membre au fond de sa gorge. Elle s'étouffa, puis recommença instinctivement en respirant par le nez. Sans aucun doute, il allait mourir de plaisir aux mains de cette femme.

— Poupée, je ne vais pas tenir beaucoup plus long-temps. Quoi qu'il arrive, je te promets que tu auras ma queue entre les cuisses ce soir, mais si tu ne veux pas que je jouisse dans ta gorge, tu ferais mieux de me le dire maintenant.

Refusant de s'arrêter, elle resserra sa poigne autour de son membre et sur ses bourses, le suçant de plus en plus fort. C'était tout l'encouragement dont il avait besoin et il poussa un rugissement en se laissant aller dans sa bouche. Il la sentit avaler plusieurs fois, le mouvement de sa gorge prolongeant son orgasme, lui soutirant un long gémissement guttural. Malgré l'extase, il était encore dur. Il la surprit en la prenant sous les bras pour la hisser jusqu'à ce qu'elle se retrouve à cheval sur ses hanches. Puis il se pencha et attrapa l'un des préservatifs qu'il avait disposés sur la table de nuit lorsqu'il était venu changer de pantalon. Elle se souleva sur ses genoux et il l'avança, alignant son sexe entre ses jambes. Dès qu'il eut enfoncé son gland, elle s'abaissa sans plus attendre. Elle était étroite, mais sa lubrification facilita son entrée. Il l'empoigna par les hanches et commença à les balancer de haut en bas en même temps que les siennes.

— Oh, mon Dieu, chérie. Tu es si bonne, putain.

* * *

Kristen n'arrivait pas à croire qu'un autre orgasme se préparait déjà en elle. Jamais de sa vie entière elle n'aurait pensé que le sexe puisse être aussi incroyable. C'était ce dont les femmes se vantaient, ce qu'elle écrivait elle-même dans ses livres. Elle se contracta autour de lui et il gémit. Aussitôt, elle recommença. En même temps, il posa le doigt sur son clitoris, et lorsqu'il y exerça une pression, elle cria, traversée par des vagues de délice. Avant qu'elle comprenne ce qui se passait, Devon les avait fait basculer pour se placer sur elle, où il reprit ses coups de reins débridés. *Putain, ce n'est pas possible !* Elle ne pouvait tout de même pas jouir à nouveau. Pourtant, il lui prouva qu'elle avait tort. Cette fois, elle l'emmena avec elle, et ensemble, ils se laissèrent aller au plaisir.

Chapitre Treize

Devon était assis dans son bureau. Il attendait que Boomer le rejoigne. Le plus jeune membre de l'équipe lui avait envoyé un texto pour lui dire qu'il aurait dix minutes de retard à cause d'un pneu crevé sur sa Jeep. Les dossiers et la paperasse s'accumulaient sur le bureau de Devon, exigeant une attention particulière, mais son esprit revenait sans cesse vers la brune à côté de laquelle il s'était réveillé ce matin. Il ne se souvenait pas de la dernière fois où il avait passé une nuit entière au lit avec une femme, mais cela faisait des années. En y repensant, ce devait être quand il était encore dans l'armée, et pas dans son propre lit, mais dans celui d'une chambre d'hôtel. Aucune autre femme, à l'exception de Jenn, de sa mère, de tante Marsha et de la décoratrice d'intérieur, n'était jamais venue dans son appartement, sur le domaine. Toutes ses rencontres sexuelles avaient lieu au club… toutes jusqu'à la nuit dernière.

Il s'était réveillé avec la main enjôleuse de Kristen caressant son torse et ses abdominaux avant de commencer à explorer plus bas. Au lieu de lui faire savoir qu'il était réveillé, il avait gardé les yeux fermés pendant quelques instants afin de profiter de ses initiatives. Elle était sur le point d'enrouler sa main douce autour de son membre rigide lorsqu'il l'avait surprise en la retournant sur le ventre, saisissant un préservatif pour se glisser en elle par-derrière. Leur corps-à-corps avait été rapide et charnel, mais pas assez satisfaisant, car il l'avait prise une fois de plus, quelques minutes plus tard, sous la douche. Pas avant d'avoir pris le temps de savonner et de caresser chaque centimètre carré de son corps pulpeux et de l'avoir fait hurler à pleins poumons, jouissant à nouveau pour lui. Il se demandait si Ian l'avait entendue dans son propre appartement, en dessous, malgré l'insonorisation qu'ils avaient installée dans les murs et les plafonds des logements. En une nuit et une matinée, il lui avait donné huit ou neuf orgasmes – il avait perdu le compte exact – et avait éjaculé quatre fois. Et pourtant, il aurait aimé qu'elle soit ici, dans son bureau, pour qu'il puisse la prendre à en perdre la raison. Kristen avait peut-être des défauts, mais elle n'était résolument pas frigide.

Il ne se lassait pas de sa bibliothécaire-ninja. Cette femme avait tant de facettes différentes qu'il ne pensait pas pouvoir toutes les découvrir, même s'il s'y employait toute sa vie durant. Pour une raison étrange qu'il ne pouvait pas s'expliquer, il n'avait pas retiré son collier de soumission après l'avoir déposée à sa voiture ce matin. Il avait remarqué qu'elle le touchait souvent, comme s'il s'agissait d'une punition, et cette pensée lui plaisait plus que de raison.

Elle s'était montrée si avide et réceptive, la nuit dernière, qu'il en avait été tout retourné. Jamais l'innocence d'une femme ne l'avait excité autant que Kristen. Il ne se rappelait pas non plus avoir été aussi à l'aise avec une femme avec qui il avait couché. Après qu'elle eut quitté le *Covenant*, la veille dans l'après-midi, il avait consulté ses antécédents, que Marco avait établis plusieurs jours auparavant. Il avait eu la surprise de constater qu'elle n'avait pas demandé de pension alimentaire pendant son divorce, même si son connard d'ex-mari, Tom Rydell, gagnait bien sa vie en tant que courtier en bourse. Sans compter qu'il l'aurait mérité, si elle l'avait fait pour se venger. La plupart des femmes ne se seraient pas privées pour prendre leur revanche sur un mari volage en se servant sur son compte bancaire. Kristen ne l'avait pas fait. En plus d'être elle-même bêta-lectrice pour d'autres auteurs, ses propres livres lui rapportaient de l'argent et c'était ce qui lui permettait de vivre confortablement. Elle faisait son propre chemin dans le monde et elle en était fière.

Devon n'avait jamais trouvé de femme aussi séduisante, au-delà de la simple attirance sexuelle, et malgré ses pensées, ou peut-être à cause d'elles, justement, il avait hâte de la revoir ce soir. Ils avaient prévu de dîner tard chez lui, et de prendre le dessert plus tard encore, puisqu'il travaillait jusqu'à dix-neuf heures environ. Il devait récupérer son sac de jouets dans son casier au club, conscient de ce que sa prochaine leçon allait impliquer.

Il entendit frapper à sa porte et leva la tête pour voir Boomer entrer et s'asseoir sur l'un des fauteuils en cuir de l'autre côté de son bureau.

— Salut, Devil Dog, désolé d'être en retard. J'ai dû rouler sur un clou hier soir. Ce matin, mon pneu était plus à plat qu'un animal écrasé.

Jetant un coup d'œil à la petite horloge artistique, montée dans une ancre en laiton qui trônait sur son bureau, Devon lui répondit :

— Pas de problème, vieux. Ce sont des choses qui arrivent. On a encore quelques minutes avant de devoir partir à l'aéroport pour retrouver le roi Rajeemh et sa charmante progéniture.

Il avait prononcé sa phrase avec sarcasme, levant les yeux au ciel. Le roi Rajeemh était le souverain du petit pays nord-africain de Timasur, près du Mali. Cet homme possédait plusieurs maisons dans le monde, mais celle de Clearwater Beach, située en bord de mer, était l'une de ses préférées. Sa famille et lui y venaient plusieurs fois par an et faisaient appel à Trident Sécurité pour prêter main-forte à leurs propres gardes du corps le temps de leur séjour. Pour un membre de la royauté, c'était un homme décontracté et aimable avec son personnel, tant qu'on ne l'insultait ou ne le trahissait pas. Son fils, le prince Raji, héritier du trône, était exactement comme lui. Mais sa fille, la princesse Tahira, c'était une tout autre histoire.

La jeune femme de vingt-trois ans à la beauté exotique était une enfant gâtée, ni plus ni moins. Elle traitait ses employés comme des insectes au bout de sa chaussure – à moins qu'ils ne présentent un intérêt pour elle. Elle avait également un faible pour les Américains et avait fait des propositions à tous les hommes de Trident Sécurité, en vain, ainsi qu'aux contractuels auxquels la société avait recours en cas de besoin. Bon sang, cette femme n'avait pas son pareil pour bouder et se venger quand elle n'obtenait pas ce qu'elle voulait.

Lors de son dernier séjour en Floride, c'était Brody qu'elle avait dragué sans vergogne dès que son père avait eu le dos tourné. Après que le geek l'eut repoussée pour la troisième fois, elle l'avait traîné, lui et le reste de la sécurité, dans tous les magasins de chaussures dans un rayon de cent kilomètres. Elle avait passé cinq heures à essayer toutes les paires qui lui plaisaient – pas une fois, ni deux, mais trois fois, en demandant à l'ancien SEAL son avis sur chacune, comme si Brody connaissait la différence entre un escarpin et une ballerine. Devon non plus n'y connaissait rien, et plus tard ce soir-là, Brody s'était déchaîné pendant une demi-heure, pestant contre la princesse et son obsession pour les chaussures. Ils avaient tous reçu une leçon dans ce domaine dont ils se seraient bien passés. Pour le faire taire, ils avaient dû supplier Shelby de faire une scène avec lui, ce à quoi elle s'était pliée avec joie.

— Pourquoi je me retrouve encore coincé sur cette mission ?

Boomer se plaignait depuis deux jours, depuis qu'ils avaient appris que la famille royale avait modifié son itinéraire à la dernière minute, après une visite à New York où le roi Rajeemh assistait à une conférence de l'ONU.

— Parce que c'est ton tour dans la rotation de la princesse.

— Rappelle-moi pourquoi Ian et toi, vous échappez à la corvée.

Devon sourit.

— Parce qu'on signe tes chèques de paye, crétin.

Le jeune homme fronça les sourcils.

— Je savais qu'il y avait une raison à la con. Est-ce que tu peux juste me tirer dessus maintenant et mettre fin à mes souffrances ? Tu sais que j'ai horreur de faire du shopping, sauf pour acheter une nouvelle arme ou un jouet pour le club.

Devon ricana et la mine renfrognée de Boomer se changea en un rictus, comme si une pensée soudaine lui venait.

— Alors, en parlant du club...

Oh-oh.

— Parle-moi de ce...

Il fit claquer ses doigts plusieurs fois.

— Hmm, comment l'Intello appelle ça, déjà ? Ah, oui... un rencard. C'est ça. Parle-moi de ton rencard d'hier soir. J'ai entendu dire qu'elle était canon et qu'elle a foutu le bazar dans les vestiaires.

Apparemment, Boomer était allé au *Covenant* après le départ de Devon et Kristen.

— Tu es sorti avec une fille ?

Les yeux des deux hommes se dirigèrent vers la porte ouverte du bureau pour découvrir Paula Leighton. Boomer se retourna afin que la femme ne puisse pas le voir et prononça le mot « désolé » du bout des lèvres. La trente-naire travaillait pour eux depuis trois mois, en tant que secrétaire, depuis que Madame Kemple avait pris sa retraite pour se rapprocher de ses petits-enfants, des triplés, à Miami. Cette femme travaillait pour eux depuis le début de Trident et était comme une mère de substitution pour eux tous. Elle leur avait été d'une aide précieuse lorsque Jenn était venue vivre avec Ian, offrant à la jeune fille une épaule féminine compréhensive et pleine de compassion sur laquelle s'appuyer et l'emmenant faire des achats pour sa chambre en résidence universitaire. Ils lui avaient organisé une grande fête au restaurant et lui avaient offert une belle indemnité de départ quand elle les avait quittés après avoir formé Paula. À présent, la femme aux cheveux gris leur manquait beaucoup.

Paula était efficace, le problème n'était pas là, seulement elle était trop curieuse au sujet de leur vie privée et essayait constamment de s'immiscer. Elle leur avait également fait savoir sans grande subtilité qu'elle ne verrait aucun inconvé-nient à sortir avec l'un des hommes qu'elle voyait tous les jours au bureau, même si elle semblait avoir une nette préférence pour Marco. En un sens, Devon se sentait désolé pour elle, parce qu'elle faisait de gros efforts pour s'intégrer, ce qui ne faisait qu'accentuer le fait qu'elle n'y était jamais parvenue. En y mettant les formes, les hommes lui avaient clairement laissé entendre qu'ils n'étaient pas intéressés par elle autrement qu'en des termes professionnels. Même si elle n'était pas laide, ils n'étaient pas bêtes au point de coucher avec une employée de la boîte. Si son attitude ne changeait pas, Devon devrait avoir une conversation avec Ian pour envisager de lui chercher une remplaçante. Pour l'instant, il ne voulait pas répondre à sa question indiscrète et choisit de botter en touche :

— Paula, qu'est-ce que tu fais ici un samedi ?

Il se rendit compte qu'il n'avait pas entendu l'alerte de son téléphone, qui s'était déclenchée à l'ouverture du portail, non seulement à l'arrivée de Boomer, mais aussi de Paula.

La femme agita la main comme si sa présence inattendue n'était pas un problème.

— Oh, j'ai oublié mon portefeuille dans mon bureau hier, après avoir payé quelques factures pendant le déjeuner, alors je suis passée le récupérer. Je comptais aller aux toilettes avant de partir. Alors, avec qui es-tu sorti hier soir ?

Devon se leva et prit son étui d'épaule pour l'enfiler avant d'y ranger son SIG Sauer 9 mm semi-automatique.

— Tu ne la connais pas.

Sa réponse était délibérément vague. Il attrapa ses clés et son téléphone portable sur son bureau avant de récupérer la veste de sport légère posée sur l'accoudoir de son canapé, à une courte distance, qui dissimulerait son arme en public. Ils n'avaient pas besoin de partir avant une dizaine de minutes, mais il ne voulait pas donner à Paula l'occasion de poser d'autres questions.

— Viens, Boomer. Je ne veux pas faire attendre la princesse.

Passant devant la femme en sortant, il ajouta :
— Bon week-end, Paula.

* * *

— Bon, ma chérie, on a commandé et les mimosas sont servis. Maintenant, vas-y, balance !

Kristen leva les yeux au ciel devant la franchise de Will et elle se rendit compte qu'elle jouait avec le collier en cuir toujours autour de son cou. Elle avait oublié de l'enlever ce matin et ne voulait plus le faire maintenant. Devon ne lui avait pas dit de le retirer et cela ne lui semblait pas correct de le faire sans sa permission.

— Je ne vois pas de quoi tu parles.

— Ne sois pas timide, Kristen, sinon je demande à Roxy de te donner la fessée.

Ils éclatèrent de rire au commentaire de Kayla et Roxy ajouta :

— Je ne sais pas, je crois qu'elle aimerait trop ça.

Les quatre repartirent de plus belle, riant si fort qu'ils attirèrent quelques regards parmi les clients de la *Gallery*, où ils s'étaient réunis pour le brunch du samedi. L'établissement était à mi-chemin entre la galerie d'art et le restaurant. C'étaient ses amis qui le lui avaient fait découvrir. On y servait de la bonne cuisine et des tableaux d'artistes locaux y étaient exposés, à vendre. Certains peintres avaient beaucoup de talent, et chaque fois qu'ils allaient y manger, les tableaux étaient remplacés par de nouveaux. Une peinture avait attiré l'attention de Kristen lorsqu'ils étaient venus pour la première fois et, à bien y penser, elle s'était rendu compte qu'elle était similaire à celle qui ornait le hall du *Covenant*. Elle se demandait maintenant si les deux avaient été réalisées par le même artiste et décida qu'elle en parlerait à Devon ce soir au dîner.

Kristen regarda ses amis et son cousin, et une fois de plus, elle fut reconnaissante pour sa nouvelle vie en Floride. Deux mois après leur mariage, Tom avait été muté au bureau de sa société, à New York, et ils avaient déménagé dans le New Jersey, de l'autre côté de l'Hudson, en face de Manhattan. Au début, elle était heureuse de suivre son nouveau mari partout, mais elle n'avait pas tardé à se sentir seule. Sa meilleure amie du lycée, qui avait également été sa demoiselle d'honneur, s'était installée définitivement en Arizona après avoir obtenu son diplôme là-bas. Les autres amis de Kristen, du lycée et de la fac, s'étaient dispersés dans tous les États, chacun avec une carrière différente et une nouvelle famille. Ses parents et beaux-parents travaillaient, ils avaient leurs propres vies. La plupart de leurs voisins de Ridgewood, dans le New Jersey, étaient des familles dont les deux parents travaillaient du lundi au vendredi, de neuf heures à dix-sept heures ou plus, si bien qu'elle n'avait pas noué de liens avec eux au-delà des conversations ordinaires. Elle s'était lancée dans l'écriture, et ses contacts humains n'avaient pas tardé à se limiter à son mari, quand il était à la maison, sa famille et sa meilleure amie au téléphone, ainsi qu'à son éditrice et ses bêta-lectrices en ligne, avec quelques rencontres avec les associés de Tom pour faire bonne mesure.

À présent, elle retrouvait des amis en chair et en os, et c'était merveilleux.

— Bon, de quoi veux-tu entendre parler en premier ? Le dîner, le club, ou après ?

Roxy répondit « le club » tandis que les deux autres lui demandaient ce qui s'était passé ensuite.

Elle gloussa et prit une autre gorgée.

— Je vais vous raconter, c'est plus facile de tout faire dans l'ordre.

Ses voisins de table grommelèrent avant qu'elle baisse la voix pour ne pas être entendue par les autres clients.

— D'accord, je passe rapidement sur le début. J'avais treize minutes de retard et il m'a promis de me donner une fessée pour chaque minute. Le dîner était super. J'ai pris le veau piccata et lui le steak pizzaiola. Une bonne conversation, pas de déception, beaucoup de plaisir, un faux pas mineur de ma part où j'ai donné l'impression de lui demander sa situation financière. Ça n'a pas semblé le déranger. Beaucoup de séduction, et il m'a fait goûter son plat. Je l'ai laissé me conduire au club dans sa voiture. J'étais un peu nerveuse, mais on a discuté de tout et de rien avant d'arriver.

Ses amis se moquèrent gentiment de son résumé expéditif et plutôt fade de la première partie de sa soirée. Elle prit une inspiration avant de poursuivre, avalant une gorgée de son champagne au jus d'orange pour se donner du courage.

— Bon, passons au plus intéressant. Quand nous sommes arrivés au club, il m'a ouvert la porte de la voiture comme un parfait gentleman et m'a embrassée sans retenue. Oh oui, cet homme sait embrasser.

Elle fit une pause alors que la serveuse déposait leur bruschetta en entrée.

— Le club était absolument incroyable. C'est tellement différent la nuit, avec l'éclairage d'ambiance et tout.

Roxy prit la parole.

— Sans compter tout le monde tout nu, ça doit y jouer dans le changement d'atmosphère.

Kristen fit la grimace, puis elle hocha la tête. En effet, cette partie s'était avérée un peu gênante.

— Oui, ça m'a fait peur au début. On me présentait à tous ces gens, dont certains montraient leurs parties intimes, et je ne savais pas où regarder.

— Il faut un certain temps pour s'y habituer. Quand j'ai commencé à emmener Kay dans notre club, c'est la nudité qui l'a plus perturbée que les scènes elles-mêmes. C'est difficile d'avoir une conversation décontractée tout en essayant de ne pas regarder le machin d'une fille ou le tralala d'un mec.

Ils éclatèrent de rire, attirant encore plus l'attention, mais c'était plus fort qu'eux. Will était presque en train de pleurer.

— Machin et tralala ? Ce sont de vrais termes médicaux, docteur ? Oui, Madame Smith, c'est normal que votre fils joue avec son tralala, et le machin de votre adolescente n'est pas encore en fleur, mais elle a besoin d'un soutien-gorge pour ses nénés.

Kristen faillit dégringoler de sa chaise, tellement hilare qu'elle en avait mal aux joues et au ventre. Les autres aussi étaient pliés en deux. Il leur fallut plusieurs minutes pour se reprendre en main, incapables de se regarder sans repartir dans un fou rire. Elle agita les mains devant ses yeux pleins de larmes.

— Oh mon Dieu, Will, tu n'as pas dit ça !

— Bien sûr que si, chérie. C'est pour ça que je suis là... Je sers à être beau pour les hommes et à faire rire mes copines. Maintenant, revenons aux détails croustillants, comme, par exemple, pourquoi tu portes toujours son collier. Je ne suis peut-être pas dans le délire, dit-il en montrant son cou, mais je sais ce que ça veut dire.

— Espèce de garce !

Surpris, Kristen et ses amis levèrent les yeux pour voir une femme furibonde plantée devant eux. Elle prit conscience avec stupeur que c'était la rousse qu'elle avait calmée la veille au soir. Heather ou Melissa – elle ne savait pas trop qui était qui. Quoi qu'il en soit, Kristen n'allait pas rester en position vulnérable. Elle se leva, tout comme Roxy et Will, à sa gauche et à sa droite, tandis que Kayla regardait depuis son siège, dans le coin.

— À cause de toi, j'ai perdu mon adhésion au club, salope.

Il y avait du venin pur dans ses mots et de la rage au fond de ses yeux, mais Kristen refusait de reculer, même si elles faisaient un esclandre en public. Elle avait tenu tête à cette femme la nuit passée et elle le referait s'il le fallait. Elle garda une voix calme et assurée, ce qui ne fit qu'agacer la rousse encore plus.

— Non, tu as perdu ton adhésion parce que *toi* et ta copine, vous avez intimidé une fille gentille et innocente qui avait trop peur de vous pour se défendre. C'est ce que font les garces dans ton genre. Mais je te l'ai dit hier soir et je te le répète... Je n'ai pas peur de toi, alors si tu veux essayer de te mesurer à moi, je me ferai un plaisir de te faire manger la poussière encore une fois.

Elle fit un pas en avant, mais Roxy fut plus rapide et s'interposa devant elle, face à la femme qui venait d'interrompre grossièrement leur brunch. Si elle ignorait que Roxy était une dominatrice dans le jeu BDSM, Kristen n'aurait peut-être pas remarqué l'autorité dans sa voix. Mais maintenant, elle décelait clairement l'intonation grave typique des doms, du genre à ne pas s'en laisser compter. Elle n'avait décidément aucune envie de se mettre à dos sa sauvageonne de copine.

— Heather, je ne sais pas si vous vous souvenez de moi, mais votre ami, Scott, est l'un de mes associés à l'hôpital. Et je doute que vous teniez à ce que j'aie une conversation avec lui sur votre comportement d'aujourd'hui, parce que d'après ce que je vois, j'imagine qu'il est déjà en colère contre vous. Maintenant, je vous suggère de partir, sinon j'appellerai Scott avant que vous n'ayez le temps de dire « oui, madame ». Est-ce que je me fais bien comprendre ?

Kristen vit Heather blêmir un peu plus à chaque mot prononcé par Roxy. La dominatrice mesurait un mètre quatre-vingts même en talons plats, ce qui lui permettait d'être intimidante quand elle le voulait. Elle dominait la soumise, maintenant si intimidée que Kristen s'attendait à la voir s'évanouir ou faire dans son pantalon. Sans un mot de plus, elle se retourna et quitta le restaurant, deux autres femmes un peu déboussolées dans son sillage. Roxy se retourna et regarda Kristen, ses yeux pétillants de malice.

— Dis donc, j'en déduis que tu ne nous as pas encore raconté le meilleur. J'ai hâte de t'entendre.

Alors qu'elles se rasseyaient toutes les trois, Kayla couva sa femme du regard en disant :

— J'adore quand tu te transformes en Wonder Woman protectrice. C'est tellement excitant.

Puis elle jeta un œil vers Kristen et fit signe à leur serveuse.

— Vas-y, balance, ça promet... Mademoiselle, un autre pichet de mimosa, s'il vous plaît.

Chapitre Quatorze

À sept heures moins le quart ce soir-là, Kristen découpait des tomates dans la cuisine de Devon pour la préparation de sa salade. De l'autre côté de l'îlot où elle travaillait, il lui tournait le dos en faisant sauter des pennes à la vodka dans une poêle. Il était beau, intéressant, le meilleur des doms, incroyable au lit, et maintenant, voilà qu'il cuisinait ! Qu'est-ce qu'une fille pourrait désirer de plus ?

Elle n'avait rien mangé depuis midi et son estomac grondait. Le reste du brunch s'était déroulé sans incident, tandis qu'elle racontait à ses amis les derniers détails de son rencart de la veille. Elle leur en avait dit suffisamment pour satisfaire leur curiosité, mais conservé soigneusement de nombreux détails pour elle.

Elle se sentait à l'aise avec Devon pendant qu'ils cuisinaient, puis dégustaient leur dîner, comme s'ils se connaissaient depuis bien plus longtemps. Il lui raconta sa journée – à assurer la sécurité d'un roi et d'une princesse capricieuse d'un petit pays d'Afrique –, et elle lui parla de son brunch à la *Gallery*, avec l'entrée en scène de Heather. Au début, il avait réagi comme s'il voulait commettre un meurtre, mais il se calma après qu'elle lui eut expliqué comment Maîtresse Roxanne avait pris le relais.

— Kayla, la femme de Roxy, m'a dit qu'elles avaient demandé à devenir membres du *Covenant* il y a quelques mois. Elles fréquentent actuellement un autre club, je crois que ça s'appelle *Heat*, mais comme Roxy est pédiatre, Kayla m'a expliqué qu'elles étaient intéressées par l'intimité que garantit votre club.

— Quel est leur nom de famille ? Je vais dire à Mitch de mettre leur demande en haut de la liste. Tant qu'il n'y a pas de contre-indication, elles seront approuvées dans les prochaines semaines. C'est le moins que je puisse faire, vu qu'elle a protégé ma soumise.

Son cœur eut un soubresaut à ces mots, « ma soumise ». Elle savait que ce n'était pas aussi possessif dans sa bouche, mais ça lui plaisait quand même.

— C'est London. Merci. Ce serait vraiment génial. Elles forment un couple adorable et je sais qu'elles apprécieront le geste.

— Il n'y a rien à apprécier. C'est ma façon de les remercier.

Ils étaient assis à la table du dîner, Devon d'un côté et Kristen à l'autre bout. Elle prit sa fourchette et la pointa vers lui avant d'attaquer son repas.

— Parle-moi de ta famille, puisque je t'ai parlé de la mienne hier soir. Tu as dit que tes parents s'appellent Marie et Chuck Sawyer. J'imagine que le vrai nom de ton père est Charles ou Charlie ?

Soudain, ce nom lui rappela quelque chose. Elle écarquilla les yeux et la fourchette glissa de ses doigts pour venir tinter contre son assiette.

— Oh. Mon. Dieu. Ton père est Charles Sawyer ? *Le* Charles Sawyer ? Je me disais qu'il me semblait familier. J'ai lu un article sur lui dans le magazine *People*. C'est le Trump de la Caroline et de la Virginie.

Il rit en secouant la tête d'un air amusé.

— Ne lui dis pas ça, papa ne s'entend pas avec Trump. Il le trouve trop égoïste.

Elle n'en revenait pas qu'il plaisante sur le fait que son père *milliardaire* – oui, avec un grand M – ne s'entend pas avec un autre *milliardaire*, comme s'il s'agissait de deux voisins en froid. L'homme en face d'elle était l'héritier d'une fortune dont quatre-vingt-dix-neuf virgule neuf pour cent de la population ne pouvaient que rêver. *Ça alors !* Elle reprit sa fourchette.

— Il me semble avoir lu que ta mère et lui ont grandi dans des familles de la classe moyenne et qu'il a commencé par une petite agence immobilière.

Il prit une bouchée de pâtes, qu'il mâcha et avala avant de répondre :

— Oui, c'est exact. Deux ans avant la naissance de Ian, papa a réussi à acheter son premier immeuble dans le cadre d'une saisie. C'est un homme malin, il apprend vite et certains diraient qu'il a beaucoup de chance. Quand j'avais trois ou quatre ans, il a fait des investissements judicieux et acquis un tas d'immeubles et de centres commerciaux en Caroline du Nord et du Sud. C'est à partir de là qu'il a bâti son empire. Il est le PDG de Sawyer-O'Toole, le nom de jeune fille de ma mère, mais maintenant, son personnel et le conseil d'administration gèrent les opérations quotidiennes pendant qu'il voyage avec elle.

— Alors, c'est comme ça que tu as eu l'argent nécessaire pour lancer tes entreprises ? Oh, attends ! C'est reparti, ne réponds pas.

Il fallait vraiment qu'elle arrête de trop parler. Décidément, elle n'avait pas de filtre ou quoi ?

— Non, ne t'inquiète pas pour ça. On a grandi confortablement, plus que mes parents quand ils étaient jeunes. Mais maman et papa ont toujours fait en sorte qu'on ne soit pas pourris gâtés. On devait mériter notre argent de poche et on fréquentait l'école publique. Je t'ai dit qu'on avait travaillé dans des pays pauvres où mes parents nous emmenaient. À quatorze ans, l'âge auquel il est légal de travailler, on a dû trouver un petit boulot ou bien faire du bénévolat dans une organisation à but non lucratif, en plus de nos semaines classiques d'élèves de lycée. Après le bac, il a fallu choisir entre un master à la fac, avec mention obligatoire, ou quatre ans dans l'armée. Mon père avait été militaire pendant quatre ans avant d'épouser ma mère, et il a toujours dit que c'était à ce moment-là qu'il avait vraiment mûri et qu'il était devenu un homme. Papa nous avait ouvert un compte en fidéicommis, mais on ne pouvait pas y accéder avant l'âge de trente ans. À dix-huit ans, on a commencé à recevoir une petite allocation mensuelle qui ne suffisait qu'à couvrir nos dépenses courantes. Si on voulait quelque chose de plus, il fallait que ça provienne d'un salaire durement gagné. Nick n'a même pas encore accès à tout son patrimoine, puisqu'il n'a que vingt-cinq ans. Quoi qu'il en soit, Ian et moi, on a utilisé une partie de notre argent pour acheter cette propriété, lancer notre entreprise, Trident Sécurité, et le club. Mon père nous a peut-être donné l'argent de départ, mais il a fait en sorte qu'on le gagne au fil des ans et qu'on sache ce que c'est que de travailler dur pour obtenir quelque chose. Dans la famille Sawyer, la vie n'est pas servie sur un plateau d'argent. Mes parents sont les personnes les plus formidables et les plus gentilles que je connaisse. Ils nous ont appris à être fiers de nous, de notre travail et du monde qui nous entoure.

Kristen était impressionnée par le dévouement de ses parents à élever leurs fils avec de bonnes valeurs.

— Waouh, j'ai connu une bande d'enfants gâtés à l'école qui auraient eu beaucoup à apprendre de tes parents. La plupart des gosses aujourd'hui s'attendent à ce que tout leur tombe tout cuit dans le bec sans avoir à travailler. Mais dis-moi, tes frères et toi, vous avez tous choisi l'armée plutôt que l'université ?

La tristesse assombrit ses traits réguliers et il déglutit péniblement. À l'évidence, il ne savait pas comment lui répondre. Elle était sur le point de changer de sujet pour éviter qu'il ne soit mal à l'aise quand il se leva, se dirigeant vers le meuble télé où il prit la photo des quatre frères qu'elle avait regardée la veille.

— Ian est entré à l'armée juste après le lycée, mais moi, j'ai choisi la fac. L'Université de Caroline du Nord à Chapel Hill, spécialité commerce. Ian a deux ans de plus que moi. Il était parti sauver le monde pendant que je faisais la fête après les cours. J'ai quand même décroché une mention bien au premier semestre, et j'aurais pu faire mieux si mon cours de stats ne commençait pas si tôt le matin.

Il s'assit à côté d'elle et lui tendit la photo encadrée. Il semblait avoir oublié qu'il lui avait déjà expliqué qui était qui, la nuit dernière, reprenant chacun des quatre jeunes garçons sur la photo :

— Là, c'est Ian, juste avant son départ pour la formation de base. C'est moi, et le petit gars, c'est Nick, qui avait environ six ans à l'époque. Et lui, c'est mon autre frère, John.

L'intonation étrange de sa voix à la mention de John poussa Kristen à se pencher plus attentivement sur la photo. Devon et John avaient chacun un bras autour des épaules de leur frère aîné, tandis que Ian tenait Nick sous les aisselles, de sorte que les pieds du garçon étaient suspendus dans les airs. Ils arboraient tous les quatre des mimiques en regardant l'objectif.

— Vous vous ressemblez comme deux gouttes d'eau. C'est ton jumeau ?

— Beaucoup de gens nous confondaient, mais non, ce n'était pas mon jumeau. Mon jumeau irlandais, on pourrait dire, puisqu'il avait onze mois de moins que moi.

Elle ne put s'empêcher de remarquer qu'il employait le passé.

— Et Nick a été un bébé surprise. Enfin bref, John et moi, on traînait beaucoup avec les mêmes personnes, puisqu'on était très proches en âge, mais il avait un an de moins à l'école. Au lycée, on faisait la fête comme la plupart des jeunes, en trouvant des moyens de se procurer de la bière et de l'alcool fort sans se faire prendre. Je savais qu'il buvait beaucoup le week-end, mais comme tout le monde, à vrai dire. La plupart du temps, on se débrouillait pour que nos parents ne le sachent pas, mais quelquefois, on n'était pas aussi vigilants qu'on le croyait et on se faisait punir. Maman donnait à la femme de ménage quelques jours de congés payés, et on devait nettoyer la maison de fond en comble, en plus de notre gueule de bois. Je ne savais pas ce qui était le pire, le vrombissement de l'aspirateur sur une tête en vrac ou le récurage des toilettes utilisées par cinq garçons.

Il laissa échapper un petit rire ironique et secoua la tête à ce souvenir. Son repas oublié, il prit une profonde inspiration et continua.

— John est devenu alcoolique sans que je m'en rende compte. Aucun de nous ne le savait. Je ne pensais pas qu'un jeune de dix-sept ans pouvait l'être, mais j'avais tort.

Il soupira avant de continuer et Kristen eut l'impression qu'il ne parlait pas souvent de ce sujet. Elle avait le cœur serré en voyant qu'il lui confiait son passé et ses émotions les plus intimes.

— J'étais retourné à la fac pour mon deuxième semestre. Les fêtes de Noël et du Nouvel An avaient été géniales. Ian n'a pas pu venir, mais il nous a appelés depuis l'étranger, je ne sais plus où, le matin de Noël. Bien sûr, ça a fait la joie de ma mère et de Nick. Je suis donc retourné en cours et j'ai repris mes habitudes, je traînais à nouveau avec mes amis. Je m'étais mis avec une fille juste avant les vacances et on a recommencé là où on s'était arrêtés. On était en train de s'embrasser dans ma chambre un vendredi soir, après quelques heures dans un bar du coin. Quelqu'un a frappé à ma porte. Elle était à moitié nue, on riait et on s'amusait comme des jeunes de dix-neuf ans, alors j'ai crié aux gens de l'autre côté de la porte d'aller se faire foutre. Mais les coups se sont accentués, de vrais coups de poing cette fois, alors je me suis levé en colère pour aller ouvrir. C'était mon père et mon oncle Dan, le père de Mitch. À leurs visages, j'ai pensé que c'était Ian, mais non. C'était John. Il avait séché les cours ce matin-là, après le départ de maman, papa et Nick. Je ne me souviens pas pourquoi, mais la femme de ménage était en congé ce jour-là aussi. Papa a oublié quelque chose dans son bureau et il est passé le récupérer à l'heure du déjeuner. Il a trouvé John sur le sol de la cuisine avec une bouteille et demie de vodka vide. Il avait tellement bu qu'il s'était évanoui, puis il avait vomi et s'était étouffé. Les ambulanciers n'ont rien pu faire. On a découvert plus tard que son alcoolémie était quatre fois supérieure à la limite légale. Et moi, j'étais en train de m'amuser, de faire la fête et d'embrasser une fille en essayant d'accéder à sa culotte, pendant que mon petit frère se trouvait sur la table d'un médecin-légiste.

Instinctivement, il se frotta le côté gauche de la poitrine.

— C'est ce que représente mon tatouage, au-dessus du cœur. Ses initiales et ses dates de naissance et de décès.

Pendant toute son histoire, Kristen avait rapproché sa chaise. À présent, elle tenait son autre main dans la sienne.

— Ce n'était pas ta faute. Les alcooliques sont généralement assez doués pour cacher leurs problèmes. John n'a pas fait exception. Tu ne peux pas t'en vouloir.

— Une partie de moi le sait, maintenant, mais de l'autre côté, je porterai toujours la culpabilité de savoir que mon frère était en train de devenir incontrôlable et que je ne l'ai pas arrêté. J'ai bien vu qu'il buvait beaucoup pendant les vacances d'hiver, mais j'ai refusé d'admettre qu'il avait un problème. Quoi qu'il en soit, il a fallu trois jours pour rapatrier Ian de l'armée, puis nous avons enduré toute la période des veillées funèbres et des obsèques irlandaises. Le soir de l'enterrement, quelques membres de la famille sont revenus à la maison après la cérémonie et la réception au restaurant. Je ne sais pas pourquoi, mais je n'ai pas pleuré de toute la semaine. Je devais être engourdi. J'étais assis sur la terrasse avec le frère aîné de Mitch, DJ – enfin, Dan Junior – et Ian est sorti avec deux bières pour nous. J'ai pris une gorgée, peut-être deux, et j'ai vomi partout. Même l'estomac vide, j'ai continué à avoir des haut-le-cœur pendant près d'une heure, puis je me suis effondré et j'ai pleuré. Ian s'est assis dans l'herbe avec moi et il ne m'a pas lâché jusqu'à ce que je reprenne le contrôle. Je n'ai pas touché une seule goutte d'alcool depuis.

Devon prit une grande inspiration alors qu'une larme roulait sur sa joue gauche. Kristen retira sa main de son bras pour l'essuyer du bout du doigt.

— Je n'arrive pas à croire que je t'aie raconté tout ça. Mon équipe connaît les grandes lignes de ce qui s'est passé, mais je n'ai jamais raconté l'histoire à qui que ce soit.

Elle se pencha en avant et effleura ses lèvres avant de se rasseoir.

— Je suis honorée que tu me l'aies dit. Je suis désolé que tu aies eu à traverser tout ça. Je n'ai pas de frères et sœurs, mais si j'en avais, je crois que je n'aurais pas survécu à ce deuil sans sombrer en dépression.

Visiblement gêné de pleurer devant elle, il se leva et commença à débarrasser la table.

— Eh bien, pendant un moment, j'ai cru que je ne survivrais pas, moi non plus. Je ne suis pas retourné en cours après les funérailles. John voulait suivre Ian dans l'armée. Comme il ne pouvait plus le faire, j'ai pensé que je devais y aller à sa place. Quelle que soit la raison, c'est la meilleure décision que j'ai prise, et je ne l'ai jamais regrettée. L'armée m'a donné un but et un moyen de contrôler la culpabilité que je ressentais.

En le suivant dans la cuisine, elle commença à ranger les restes dans un récipient qu'il lui tendit pendant qu'il remplissait le lave-vaisselle et s'attaquait aux casseroles sales.

— C'est pour ça que tu as adopté ce style de vie ? Pour le contrôle ?

Il hocha la tête.

— Ian pensait que ça m'aiderait à surmonter cette épreuve, et d'une certaine façon, ça a été efficace. En tout cas, ça m'a donné un exutoire pour libérer le chagrin qui s'était accumulé au fil du temps.

Ils terminèrent de nettoyer en silence. La simplicité et la familiarité de leurs gestes lui donnaient envie de plus. Elle avait pourtant juré de ne pas le vouloir et Devon lui avait fait comprendre qu'il ne pouvait pas le lui donner. Une relation qui durerait toute une vie. Mais elle n'avait pas toute une vie avec lui. Elle n'avait que ce week-end.

Chapitre Quinze

Chassant ses pensées, Kristen se rendit compte qu'il l'observait, détendu contre le plan de travail de la cuisine, ses bras croisés sur son t-shirt gris et les chevilles jointes.

— Tu es perdue dans tes pensées, poupée ? Tu étais absente pendant une minute.

Comme elle ne voulait pas qu'il sache ce qu'elle pensait, elle essaya de balayer sa question.

— Rien d'important. Tu veux du café ?

Apparemment, le dom en lui n'appréciait pas sa réponse, car il fronça les sourcils et plissa les yeux.

— Déshabille-toi.

— Qu-quoi ?

Il n'avait toujours pas changé de position, mais sa posture n'était plus aussi décontractée.

— Je ne vais pas me répéter, Kristen. Tu m'as très bien entendu. Soit tu prononces ton *safeword*, soit tu fais ce que je te dis.

Hésitant une fraction de seconde, elle fit passer son chemisier sans manches vert émeraude par-dessus sa tête et l'abandonna sur le plan de travail à côté d'elle. Pendant ce temps, il la dévorait des yeux – c'était la seule partie de son corps qui bougeait. Elle sentait son regard déconcertant comme une caresse sur sa peau, lui donnant la chair de poule et accélérant son pouls. Après avoir enlevé ses sandales et son débardeur blanc, elle resta là, avec son soutien-gorge à imprimé floral et son string. Mais ce n'était pas assez pour le satisfaire.

— Tout, poupée. Tu as déjà gagné cinq fessées. Et par ton hésitation, cinq de plus. Si tu retardes encore le moment, je continuerai à en rajouter.

Merde ! Dix, ce n'était pas *trop* mal, mais comme il était visiblement contrarié, elle ne voulait pas le tenter. Ses fesses s'étaient à peine remises de la veille au soir. Elle se délesta du reste de ses vêtements et resta là, à attendre qu'il dise ou fasse quelque chose. C'était bizarre d'être debout, toute nue, dans sa cuisine, alors qu'il restait habillé. Une minute passa, puis une autre, mais il la regardait toujours en silence. Elle commença à s'agiter. Lorsqu'elle ouvrit la bouche pour lui demander si elle était censée faire quelque chose, il s'écarta brusquement de l'îlot, la faisant sursauter.

— Tourne-toi et pose ta poitrine et ton ventre sur le plan de travail. Mets ton front sur tes mains et écarte les pieds le plus possible.

Suivant ses instructions, elle étendit son buste sur l'îlot et la fraîcheur du granite provoqua un choc dans son organisme. Un moment de panique la frappa lorsqu'il quitta la pièce avant de revenir avec un sac noir, qu'il posa sur l'autre plan de travail derrière elle. Respirant lentement pour éviter l'hyperventilation, elle l'entendit fouiller et essaya de voir ce qu'il faisait, mais sa position actuelle le lui empêchait.

— Sais-tu pourquoi je suis en colère, poupée ?

Il ne lui criait pas dessus, mais l'intonation grave et

posée de sa voix était plus éloquente pour elle que n'importe quelle engueulade. Un frisson de peur mêlé d'excitation la troubla.

— N-Non, Monsieur.

— Quand je t'ai demandé où tu étais passée, absorbée dans ton cerveau complexe, quelle a été la réponse que tu m'as donnée, mot pour mot ?

Son esprit s'emballa. Qu'avait-elle dit, déjà ?

— Euh, je pense avoir dit que ce n'était pas important, Monsieur.

Elle se crispa lorsqu'il s'approcha derrière ses jambes tendues. Elle attendait qu'il la touche, qu'il lui donne une fessée, qu'il lui fasse quelque chose, mais il n'entrait en contact avec aucune partie de son corps. Plus il restait là sans la toucher, plus elle voulait qu'il le fasse, de la manière qu'il le voulait. Le suspense lui rongeait les nerfs. Au bout d'une minute, il reprit la parole :

— Ne me traite pas comme une merde, poupée. Quand je te pose une question, j'attends une réponse digne de ton intelligence. « Rien d'important », ce n'était pas une réponse intelligente. Si je voulais que tu me donnes une non-réponse, je n'aurais pas pris la peine de poser la question. Pour ton petit mensonge, tu en as gagné cinq de plus. Veux-tu revenir sur ta réponse maintenant ou préfères-tu que je te donne tes cinq fessées, puis que je t'attache les mains derrière le dos ? Je te laisserai debout ici pendant une heure avec un vibro entre les cuisses, un autre dans tes jolies fesses et un bâillon dans la bouche, pendant que j'irai m'asseoir sur le canapé devant un match.

Sérieusement ?

— Je voudrais...

Elle se racla la gorge avant de faire une nouvelle tentative :

— Je voudrais revenir sur ma réponse, Monsieur.

— Très bien, mais je te suggère de bien réfléchir. Tu n'as qu'une seule chance de m'impressionner.

Elle était si nerveuse qu'il lui fallut quelques instants pour se remémorer à quoi elle pensait avant que son grand méchant dom ne la rappelle à la réalité. Qu'étaient-ils en train de faire ? Elle se rappela qu'ils nettoyaient la cuisine et rangeaient la vaisselle. *Voilà !* Elle prit une profonde inspiration.

— Il m'est venu à l'esprit, Monsieur, que je n'avais jamais cuisiné, mangé et débarrassé la table avec un homme, à part mon père quand j'étais petite. Le fait que j'apprécie quelque chose d'aussi simple m'a surprise et j'ai eu envie de recommencer un jour. Je sais que tu... Je veux dire, on a décidé que c'était temporaire et je ne voulais pas que tu penses que je faisais des projets ou que je regrettais quoi que ce soit. C'était plus facile pour moi d'éluder la question. Je suis désolée, Monsieur.

Il posa les mains sur son dos nu et commença à caresser sa peau, de ses épaules jusqu'à ses fesses, puis dans l'autre sens.

— Alors, ce n'était pas si difficile, n'est-ce pas ? Je ne suis peut-être pas toujours d'accord avec tes réponses, mais je ne te permettrai pas de me mentir. C'est compris ?

— Oui. Excuse-moi de t'avoir manqué de respect avec ma première réponse.

Elle ne pouvait pas voir son visage, mais elle perçut le sourire dans sa voix.

— Merci, poupée. Au fait, moi aussi, j'ai apprécié de cuisiner et de faire la vaisselle avec toi. Ça m'a étonné. Je crois que je n'avais jamais fait ça avec une femme qui n'était pas ma mère. Ça n'est jamais arrivé avec ton connard d'ex ?

Un petit rire lui échappa.

— Tu plaisantes ? Cette tête de nœud ne saurait pas faire bouillir de l'eau sans un mode d'emploi de dix pages.

Il partit d'un grand éclat de rire.

— Cette tête de nœud ? C'est bien, poupée, tu apprends vite. Maintenant, oublions cet avorton et revenons à toi et moi. Je vais te préparer. Ensuite, je te donnerai ta punition. Quand ce sera fini, tout sera pardonné et oublié, et nous pourrons passer à autre chose pour le reste de la soirée.

Te préparer ? Que voulait-il dire par là ?

— Détends-toi.

Elle n'avait pas réalisé qu'elle s'était encore crispée.

— Je ne te causerai jamais de tort, tu le sais, n'est-ce pas ?

— Oui, Monsieur.

C'était la vérité, même si elle avait remarqué son emploi du mot « tort » au lieu de « mal ». L'avait-il fait exprès ? Quand il lui avait donné la fessée, la veille, ça lui avait fait mal au début, avant de céder la place au plaisir intense. Quand il avait terminé, elle ruisselait de désir.

À présent, il lui caressait les jambes, les bras et les hanches, en plus de son dos et de ses fesses, dans un mouvement circulaire apaisant. Elle commença à se détendre et finit par lâcher un profond soupir. Elle ne remarqua pas qu'il retirait l'une de ses mains jusqu'à ce qu'elle entende un bruit sec et sente un liquide frais au-dessus de ses fesses, qui coula dans son sillon. C'était froid et son corps eut un frisson, mais elle resta en place. La main qui lui caressait le dos descendit plus bas et ses doigts la séparèrent, faisant pénétrer le lubrifiant dans l'interstice caché et son orifice sensible. Les muscles de ses jambes et de ses fesses se contractèrent et il gifla sa fesse droite avec son autre main.

— Ne te crispe pas. Ce sera beaucoup plus facile pour toi si tu te détends.

Kristen prit une grande inspiration, essayant de faire comme il le disait. Il n'avait pas dit ce dont il s'agissait, mais ce n'était pas nécessaire. Ce matin, sous la douche, il lui avait annoncé qu'il allait bientôt la prendre par-derrière, mais qu'il devait d'abord la préparer pour cela. Elle ne s'attendait pas à ce que sa préparation commence dès ce soir. C'était l'une de ses limites souples et il semblait déterminé à la tester le plus tôt possible.

Alors qu'il ajoutait du lubrifiant, l'un de ses doigts s'aventura entre ses fesses. D'un côté, elle voulait l'arrêter, mais de l'autre, elle avait envie de dépasser ses peurs et les restrictions sexuelles qu'elle s'était imposées. Cet homme lui donnait une chance d'explorer ses fantasmes les plus intimes et les plus sombres, des fantasmes qu'elle aurait niés avant de le rencontrer.

— Ne te bloque pas, poupée. Je vais commencer à mettre mon doigt dedans. Tu vas ressentir une certaine pression et un inconfort, mais si tu as mal au point de ne plus pouvoir le supporter, dis le mot « jaune » et je relâcherai la pression avant de recommencer. N'oublie pas de respirer et de te calmer. Ça peut prendre un certain temps, mais je te promets que tu auras un plug dans ton trou vierge avant que nous allions plus loin ce soir.

Oh mon Dieu, elle savait qu'il le pensait, et ses mots faisaient vibrer son clitoris tandis que son esprit s'emballait. Elle n'avait jamais été touchée par un homme à cet endroit auparavant et cette sensation interdite l'effrayait et l'excitait en même temps. Elle croyait le vouloir. Son dom lui annonçait ce qu'il prévoyait, et ses seuls choix étaient de le laisser faire ou de prononcer son *safeword* pour tout interrompre. Ravalant sa peur, elle força ses muscles à se détendre.

— Oui, Monsieur.

— C'est bien.

Son doigt décrivit un cercle pour faire pénétrer le gel qui faciliterait le passage. Il commença à pousser et son corps résista naturellement à l'invasion. Cette fois, il assena un coup sur sa fesse gauche.

— Ne lutte pas. Tu vas me laisser entrer.

Elle gémit, sans savoir si c'était à cause de la chaleur qui se répandait à l'endroit où il lui donnait la fessée ou de la sensation du doigt qu'il introduisait dans son intimité. Chaque fois qu'elle commençait à contracter les muscles de son anus, il se retirait pour recueillir plus de lubrifiant avant de revenir à l'assaut, un peu plus loin. Il atteignit un point au-delà duquel elle n'était pas certaine de pouvoir supporter davantage la brûlure. Au même moment, il passa son autre main sous son corps et trouva son clitoris, qu'il pinça sans délicatesse. Cette sensation nouvelle la prit au dépourvu et elle en oublia la progression du doigt entre ses fesses.

Dès qu'elle se fut détendue, il poussa son doigt au-delà de l'anneau de muscles, embrasant les nerfs à l'intérieur. Un éclair de douleur la traversa, aussitôt remplacé par la sensation d'être remplie et d'avoir envie – non, d'avoir *besoin* – de plus.

Elle gémit et se déhancha, cherchant quelque chose, n'importe quoi pourvu qu'elle obtienne le soulagement qu'elle recherchait désespérément. Ce mouvement lui valut une autre claque.

— Reste tranquille, grogna-t-il. Tu vas prendre ce que je te donne, quand je te le donne, et pas une seconde plus tôt.

Son doigt semblait énorme alors qu'il le faisait entrer et sortir, sans jamais l'extraire complètement de son corps. Il faisait tourner sa jointure à chaque va-et-vient, l'étirant un peu plus. Elle haletait et transpirait, cherchant à s'éloigner de lui tout en poussant pour en avoir plus.

— Pitié, Monsieur.

— Pitié quoi, poupée ?

— Encore, Monsieur. Allez-y. Encore.

Elle était réduite à des phrases succinctes. Au-delà, il lui aurait fallu une certaine réflexion et elle ne pouvait pas réfléchir, seulement ressentir.

— Je pense que tu essaies de jouir par-derrière, chérie, mais je me sens un peu plus généreux.

Elle ne savait pas à quoi s'attendre, mais certainement pas à ce qu'il retire complètement le doigt. Elle cria sous l'effet de la perte soudaine et son souffle resta suspendu lorsqu'elle sentit quelque chose de plus grand lui succéder. Il versa un peu plus de lubrifiant entre ses fesses et entreprit de faire pénétrer ce qui – elle l'avait compris – était un plug anal. C'était énorme et elle ne pensait pas qu'il arriverait à l'introduire. Passant la main de l'autre côté de sa hanche, il lui pinça à nouveau le clitoris et le plug glissa à l'intérieur. Les sensations étaient trop fortes et elle hurla, pourfendue par un orgasme intense. Des taches blanches et noires clignotèrent devant ses yeux fermés et son corps trembla tandis que les vagues de plaisir se succédaient. Devon fit tourner le plug, à présent enfoncé en entier. Le souffle court, elle redescendit lentement des sommets de l'extase.

— Ts, ts, ts. Quelle vilaine soumise qui jouit sans permission. Tu devrais te contrôler, parce que ton compte vient de monter à quinze, poupée. Maintenant, reste là et reçois-les comme la gentille fille que tu peux être. Mais je dois te prévenir, si tu serres les dents, ce sera plus... intense, mais si tu te détends trop, tu risques de perdre le plug. Crois-moi, poupée, tu ne veux pas le perdre. Tu n'aimeras pas la punition si tu me fais cet affront.

— Oui, Monsieur, dit-elle avant de déglutir.

Elle le sentit reculer et anticipa la première fessée, qui ne vint pas. Au lieu de quoi, elle l'entendit chercher autre chose dans son sac. Son esprit passa en revue les possibilités, mais aucune d'entre elles n'était de bon augure. Elle était tellement inquiète qu'elle ne l'entendit pas approcher avant de sentir une douleur cuisante sur ses fesses. Elle ne put retenir le cri soudain qui s'échappa de sa bouche, mais elle parvint tant bien que mal à demeurer immobile. Sa respiration s'intensifia et elle commença à panteler. À présent, il faisait glisser l'objet avec lequel il l'avait frappée, le passant à l'intérieur d'une de ses jambes, puis l'autre.

— Au cas où tu te poserais la question, poupée, c'est une cravache.

Avant qu'elle puisse lui répondre, elle sentit l'appareil de torture la frapper à nouveau, juste au-dessus des cuisses, et elle se dressa sur ses orteils en contractant les muscles de ses jambes. Malheureusement, cela lui rappela le plug entre ses fesses. Les sensations de douleur et de plaisir se mêlaient en elle et elle était incapable de dire laquelle des deux gagnait la bataille. Le claquement de la cravache sur sa peau nue était plus un bruit sourd qu'une gifle, mais cela ne signifiait pas que ce foutu machin était indolore. Alors que la piqûre initiale s'atténuait, elle sentit monter un nouvel élancement dans son clitoris et elle s'inquiéta de ne pas être capable de retenir l'orgasme imminent. Au moment où le quinzième coup tomba, elle était à un cheveu de basculer. Elle l'entendit jeter la cravache sur le plan de travail derrière eux avant que ses doigts ne plongent entre ses cuisses, où il la découvrit mouillée, à sa grande honte. Il caressa délicatement ses replis.

— Tu as aimé ça, n'est-ce pas, poupée ? Tu veux que je te donne la permission de jouir cette fois-ci ?

— Oh, mon Dieu, oui ! Oui, Monsieur. S'il vous plaît, laissez-moi jouir !

— Puisque tu le demandes si gentiment...

L'un de ses doigts se déplaça plus loin et lui heurta le clitoris. Il n'en fallut pas plus pour la faire exploser en hurlant à gorge déployée. Elle n'aurait jamais cru qu'elle puisse s'évanouir sous l'effet d'un plaisir si intense, mais ce fut exactement ce qui se produisit.

** * **

Devon était allongé sur le côté, la tête dans sa main, appuyé sur un coude. Il était quatre heures du matin et il ne pouvait pas dormir. À la place, il regardait Kristen qui sommeillait à côté de lui. Elle était encore nue, ses longs cheveux étalés sur l'oreiller sous sa tête, et il résistait péniblement à l'envie de la toucher. Elle méritait de se reposer après ce qu'il lui avait fait subir cette nuit. Malgré cela, il avait besoin d'une connexion avec elle, alors il tendit la main et prit quelques mèches brunes entre ses doigts.

Attentif à la sensation de ses cheveux soyeux, il songea à tout ce qu'il lui avait dit ce soir, encore étonné d'avoir été suffisamment à l'aise pour lui dévoiler l'identité de son père. Si ses coéquipiers des SEAL connaissaient l'existence de son père, peu d'autres militaires à l'exception de quelques supérieurs étaient au courant. Et personne au club, sauf leurs coéquipiers, Mitch et Mini, ne se doutait que le père de Ian et Devon était *le* Charles Sawyer. La famille et les amis le surnommaient Chuck – même Jenn l'appelait papi Chuck, à son plus grand plaisir, car elle était ce qui se rapprochait le plus d'un petit-enfant à ses yeux –, mais pour le reste du monde, il était Charles.

Il s'était encore surpris lui-même lorsque les affreux événements entourant la mort de John s'étaient déversés de sa bouche de leur propre initiative, jusqu'à ce que toute sa culpabilité et son chagrin se retrouvent étalés au grand jour.

Il n'avait jamais raconté cette histoire dans son intégralité et il avait encore du mal à se faire à l'idée qu'il s'était confié à Kristen alors qu'il ne la connaissait que depuis quelques heures – sans compter leurs brefs échanges avant leur rendez-vous. Et bon Dieu, il avait pleuré devant elle... comment était-ce possible ?

En contemplant son visage angélique, il se dit que c'était parfait de l'avoir dans son lit, et ce sentiment la terrifia. Il lui avait dit, avant qu'ils ne commencent cette chose, cette relation, qu'il ne pouvait pas lui donner plus à long terme. Or en écoutant sa respiration lente et légère, il ne pouvait pas s'imaginer la laisser repartir. Plus il y pensait, plus il avait conscience qu'il n'y avait aucune raison de le faire. Peut-être n'avait-il jamais eu de vraie relation parce qu'aucune autre femme ne lui avait vraiment fait du bien, au-delà de quelques heures de plaisir mutuel. Tout chez Kristen le touchait à des niveaux dont il ignorait l'existence. Peut-être attendait-il simplement son heure, le moment où elle entrerait dans sa vie. Pour la première fois, il appréciait la compagnie d'une femme sur un autre plan que la seule domination/soumission. Le sexe était incroyable, mais à part ça, il aimait discuter et se blottir contre elle. Les activités quotidiennes normales étaient agréables, avec elle à ses côtés.

Il décida à ce moment-là qu'il voulait savoir où ils allaient ensemble. Il voulait essayer d'avoir une relation avec elle. Même si c'était un échec, il serait un homme meilleur simplement parce qu'il l'aurait connue. Et si leur couple fonctionnait, il avait devant lui tout un avenir rempli de bonheur... un bonheur qu'il ne connaissait pas, mais dont il avait éperdument envie.

Après qu'elle eut perdu connaissance quelques instants sur l'îlot de la cuisine, il l'avait soulevée dans ses bras et emmenée dans sa chambre, puis il avait exploré son corps en attendant qu'elle se remette. Il l'avait d'abord prise sur le dos, lui donnant un autre orgasme explosif avant de la retourner à genoux pour la pénétrer par-derrière. Dans cette position, il pouvait voir les marques rouges qu'il avait laissées sur ses fesses et le plug anal d'un bleu roi qui s'y trouvait toujours. Les traces s'estomperaient l'après-midi suivant, mais elle les ressentirait certainement au matin. Entre sa queue et le plug anal, elle était étirée de toutes parts et il ne leur avait pas fallu longtemps avant de jouir tous les deux.

Dans la salle de bain, il avait rempli d'eau chaude sa grande baignoire jacuzzi et s'y était installé avec elle après avoir retiré son plug. Au début, elle avait paru un peu gênée quand il avait pris le savon et un gant de toilette pour commencer à la laver depuis le cou jusqu'aux orteils, mais elle s'en était remise après une minute ou deux. Quatre orgasmes époustouflants avaient alangui son cerveau et ses membres, et elle s'était détendue, fermant les yeux pendant qu'il s'occupait d'elle. Il esquissa un sourire en repensant à la nuit précédente au club. Elle avait été stupéfaite lorsque Shelby avait connu quatre orgasmes d'affilée, dans un laps de temps de quinze à vingt minutes. À présent, sa petite poupée n'était plus choquée de rien.

Elle se mit à remuer à côté de lui et ouvrit lentement les paupières.

— Hmm, quelle heure est-il ?

Le sexe de Devon se réveilla lorsqu'il entendit sa voix séduisante et ensommeillée et la vit s'étirer comme un chaton paresseux avant de se lover contre lui. Il l'embrassa sur le bout du nez.

— Un peu plus de quatre heures.

Elle ferma à nouveau les yeux en marmonnant :

— Quoi ? Pourquoi es-tu réveillé si tôt ?

— Je réfléchis, c'est tout.

— À quelque chose de bien ?

Devon resserra le bras autour d'elle et l'étreignit rapidement.

— C'est toujours bien quand je pense à toi.

Elle leva la tête et le regarda.

— Vraiment ? Et qu'est-ce qui était si bien, *hmm* ?

Il s'avança pour glisser quelques mèches de cheveux derrière son oreille avant d'inspirer profondément. L'instant d'après, il se lança dans le vide :

— Je me disais que je ne voulais pas que ce week-end se termine.

Il se décala sur le côté afin de la regarder bien en face et poursuivit :

— La dernière fois que j'ai passé plus d'un week-end avec une femme, c'était la fille de la fac dont je t'ai parlé. Depuis, je n'ai jamais eu le temps d'avoir une relation ou, disons, je n'ai jamais voulu faire d'efforts. Toutes les femmes avec lesquelles je suis sorti savaient qu'il s'agissait d'une relation de domination/soumission temporaire et que le dimanche soir, tout serait terminé. Le lundi matin arrivait et je passais à autre chose sans le moindre regret.

Elle posa la main sur son torse nu. C'était pile sur son cœur, à l'endroit du tatouage, et même s'il ne voulait pas y voir de présage, il s'en réjouit. Au fond, c'était un peu comme si sa main était exactement à sa place.

* * *

— Est-ce que j'entends un « mais » quelque part ? murmura Kristen sans oser laisser l'espoir monter en elle à ces mots.

Il recouvrit sa main.

— Oui, tout à fait. C'est dimanche matin et je n'ai aucune envie d'enlever le collier de ton cou ni de te laisser franchir ma porte pour de bon ce soir. Tu n'as pas idée combien ça me terrifie, mais pas autant que l'idée qu'il s'agisse de notre dernier jour ensemble. Kristen, je sais que j'ai dit que c'était provisoire, et honnêtement, je ne sais pas si ça l'est toujours, mais tout ce que je sais, c'est que je veux voir où cela peut nous mener. Demain matin, j'aurai envie de te voir encore à mes côtés. S'il te plaît, dis oui.

Kristen ravala la boule dans sa gorge. Elle avait bien conscience que c'était un grand pas pour lui, puisqu'il avait utilisé son prénom à la place du surnom qu'elle attendait. Quant à son désir d'explorer ce qu'il y avait entre eux, elle pensait exactement la même chose. Elle ne voulait pas passer la porte et ne plus jamais le revoir.

— Oui, Devon. Oui, je veux te revoir après aujourd'hui et savoir où ça peut nous mener.

Avec un soupir de soulagement, il prit possession de sa bouche.

Chapitre Seize

Le mercredi matin, Devon était assis à son bureau et terminait la paperasse qui s'était accumulée depuis la semaine précédente. Cela faisait trois jours entiers qu'il n'avait pas vu Kristen et sa frustration commençait à gronder.

Ils avaient passé quelques heures à la plage, le dimanche après-midi, après ses aveux en tout début de matinée. Tout en pataugeant dans les eaux calmes, ils avaient pris le temps de parler un peu plus. Il avait répondu à ses questions sur ses aventures, ses voyages à l'étranger avec ses parents et sa formation de SEAL. Quant à elle, elle lui avait parlé de ses études d'anglais à l'université et du moment où elle avait découvert qu'elle pouvait gagner un peu plus en devenant bêta-lectrice pour d'autres écrivains.

— J'adore lire et j'ai découvert que j'étais une bonne correctrice. Je corrigeais tout, depuis les articles de magazine jusqu'aux mémoires universitaires en passant par des romans complets. J'ai même corrigé un manuel d'histoire de sept cents pages pour un professeur qui l'avait autoédité. C'était un excellent moyen de faire quelque chose que j'aimais et d'être payée pour ça. Ces revenus supplémentaires m'ont aidée pendant mes études.

Elle s'était laissé flotter sur le dos tandis qu'il restait près d'elle, les pieds sur le sol sablonneux et les mains sur ses chevilles pour qu'elle ne s'éloigne pas.

— Dis-moi, ma petite ninja, comment es-tu passée de bêta-lectrice à écrivain ?

— Un jour, je lisais le manuscrit d'un nouveau client. Il était tellement mauvais que j'étais prête à m'arracher les cheveux au deuxième chapitre. Je m'étonne encore de voir que certaines personnes, même après le bac, n'ont aucune notion de grammaire, de ponctuation et d'orthographe. J'étais au téléphone en train de râler auprès de Will et j'ai fait une remarque sur le fait que je pourrais écrire mieux que ces pseudo-auteurs. Il m'a demandé : Alors, pourquoi pas ? Et le reste, comme on dit, c'est de l'histoire. Avec l'aide d'un de mes clients, j'ai auto-édité mes deux premiers livres avant d'être contactée par mon éditrice actuelle. Les choses ont décollé pour moi à partir de là.

Lui tirant les pieds, il l'entraîna plus loin dans l'eau, à l'écart des regards indiscrets. Il avait envie de la toucher, mais il y avait un groupe d'enfants qui jouaient dans les eaux peu profondes et il ne voulait pas détourner leurs jeunes esprits.

— Et qu'est-ce que ton sale con pensait de tes écrits ?

Elle gloussa.

— Il trouvait que c'était un passe-temps ridicule et que je ne serais jamais l'auteure du prochain grand roman de la littérature américaine. Ce qu'il n'a pas compris, c'est que je ne faisais pas ça pour être la meilleure. Je le faisais parce que ça me plaisait, et si ce que j'écrivais apportait du plaisir à mes lecteurs, alors j'étais contente. Après nos fiançailles, il m'a dit qu'il ne voulait pas que sa femme travaille parce qu'il gagnait suffisamment pour nous faire vivre tous les deux. J'ai refusé d'abandonner les corrections. J'avais créé des liens avec plusieurs de mes auteurs et j'aimais aider les autres à développer leurs histoires. Il ne pensait pas que je pourrais gagner de l'argent en tant qu'auteure moi-même, et comme mon petit passe-temps m'occupait, il n'y voyait aucun inconvénient.

— Quelle ordure. Il était jaloux de toi, c'est tout. Au lieu d'être fier et de faire tes éloges à qui voulait l'entendre, il t'a rabaissée par jalousie.

— Je n'y ai jamais pensé de cette façon. Je me disais juste que... Oh, mon Dieu, Devon, qu'est-ce que tu fais ?

Elle gémit et ses yeux se révulsèrent.

Il sourit. Pendant qu'ils parlaient, il l'avait attirée vers lui, et ses genoux étaient maintenant à cheval sur ses hanches, tandis qu'elle tournait le dos au rivage, dissimulant son corps aux regards. Une main au bas de son dos pour la laisser flotter, il avait glissé les doigts de son autre main dans la culotte de son maillot de bain et taquinait son clitoris engorgé.

— Je joue avec mon jouet, ma soumise. Ça m'appartient, tu te souviens ? Je peux jouer avec, quand et où je veux, et là, c'est ce que je veux. Maintenant, sois sage et reste silencieuse. Je ne pense pas que les parents de ces enfants sur la plage veuillent leur donner une leçon d'éducation sexuelle précoce.

Ses longs cheveux flottaient autour de sa tête pendant qu'il jouait avec son corps, l'approchant du précipice à plusieurs reprises pour l'en priver juste avant qu'elle ne jouisse. Elle le supplia, gémissant aussi bas qu'elle le pouvait jusqu'à ce qu'il cède et lui donne ce dont elle avait besoin. D'un œil amusé, il la vit faire un effort pour garder la tête hors de l'eau et couvrir sa bouche à deux mains pour réduire *ses cris pendant qu'elle se trémoussait contre ses doigts. Une fois qu'elle se fut remise et qu'il eut réussi à reprendre le contrôle de son érection, ils retournèrent à la plage, où ils se prélassèrent au soleil pendant quelques heures encore.*

La journée avait été merveilleuse, mais alors qu'ils allaient chercher quelque chose à se mettre sous la dent, Devon reçut l'appel d'un ancien coéquipier qui l'informa de la mort d'un autre ancien SEAL avec lequel ils avaient servi plusieurs années auparavant. Eric Prichard avait été fauché par un chauffard et tué sur le coup pendant son jogging du soir, laissant derrière lui une femme et quatre enfants dévastés.

Devon s'excusa d'écourter leur journée et déposa Kristen à son appartement, lui promettant de l'appeler plus tard. Ensuite, il alla retrouver Ian au bureau afin de libérer leur emploi du temps pour les prochains jours et passer en revue les affaires en cours, y compris celle du roi Rajeemh, s'assurant que tout soit couvert par leurs contractuels pendant quelques jours. Boomer s'était réjoui qu'on le retire de ses fonctions de baby-sitter de princesse, jusqu'à en apprendre la raison.

Tôt le lundi matin, les six anciens soldats et leur nièce étaient montés dans un avion à destination de l'Iowa pour enterrer l'un des leurs et aider sa famille en cas de besoin. Le cœur de Devon se brisa quand il vit Jennifer avec les enfants de Prichard. Il savait que le chagrin ambiant ne serait pas sans raviver le cauchemar qu'elle avait vécu quelques mois plus tôt avec une clarté saisissante. Malgré cela, Jenn parvint à refouler son propre deuil pour se concentrer sur l'aide à apporter aux quatre enfants, tous âgés de moins de douze ans. Ses parents auraient été fiers de l'adulte que leur fille était devenue.

Les deux jours suivants furent longs et chargés d'émotion. *Taps* fut joué à la trompette sur la tombe et les anciens SEAL enfoncèrent leurs épingles à trident dans le bois du cercueil de leur collègue, puis ils se réunirent pour célébrer la vie de l'homme en compagnie de ses amis et de sa famille. Plus tard dans la soirée, ils s'étaient tous coordonnés avec leurs anciens coéquipiers pour s'assurer que Dana Prichard aurait tout le soutien dont elle aurait besoin pour traverser ses premiers mois de veuvage avant de rentrer à Tampa. Tout le monde rentra chez soi, complètement épuisé, à l'exception de Ian qui poursuivit jusqu'à Miami pour une réunion tôt le lendemain matin. Il était plus de vingt-deux heures lorsque Devon franchit le portail du domaine après avoir déposé Jenn à sa résidence universitaire. Il était trop tard pour appeler Kristen. Il ne voulait pas la déranger, car elle avait été occupée toute la journée entre son déjeuner d'accueil et sa séance de dédicaces auprès de ses fans.

Il avait hâte de la voir plus tard dans la journée et il lui suffisait de penser à elle pour bander déjà. Ce matin, il était seul au bureau à l'exception de Paula. Ian ne devait pas revenir avant ce soir de Miami, où il rencontrait un nouveau client. Devon avait prévu par téléphone un dîner avec Kristen juste après son réveil ce matin, mais ce qui l'intéressait, en ce moment, c'était de la voir sous un tout autre jour. Il était sur le point de prendre son téléphone pour l'appeler quand l'écran s'alluma, affichant le nom de Ian.

— Quoi de neuf, Boss ?

— Salut Dev, je rentre plus tôt. Larry Keon a appelé. Il veut rencontrer l'équipe pour faire un point. Je n'ai pas encore tous les détails parce qu'il a appelé en embarquant dans un avion, mais il avait l'air préoccupé. Carter vient aussi.

Devon se redressa à ces trois derniers mots. T. Carter était un agent secret. Même si l'équipe le connaissait depuis une dizaine d'années, après avoir travaillé avec lui dans de nombreuses missions partout dans le monde, ils ne savaient toujours pas à quelle agence gouvernementale ce mec appartenait. Bon sang, ils ne connaissaient même pas son prénom. Il avait des contacts à la CIA, au FBI, à la NSA et au Pentagone, pour n'en citer que quelques-uns, et encore, ce n'étaient que les agences nationales. Il avait aussi beaucoup d'autres contacts aux quatre coins du monde. Devon n'en était pas certain, mais il ne serait pas étonné que le président lui-même ait le numéro de Carter en composition rapide à la Maison Blanche. S'il se joignait à eux pour une réunion dans leur bureau, il pouvait redouter le pire. C'était déjà assez grave que le directeur adjoint du FBI, le numéro deux de l'agence, l'un des contacts gouvernementaux les plus haut placés de Trident Sécurité, se déplace en personne plutôt que d'appeler, mais si Carter débarquait, alors il s'était produit quelque chose de terrible.

— Merde, ça craint. Qu'est-ce que tu veux que je fasse ?

— Appelle l'équipe et dis-leur de ramener leurs culs pour le rendez-vous à deux heures. Keon atterrit dix minutes après moi, alors je l'attendrai. Oh, et donne à Paula le reste de la journée. Je ne veux pas qu'elle traîne dans le coin pendant qu'on discutera avec nos amis.

— Ça marche. Autre chose ?

— Non, c'est tout. Je file à l'aéroport maintenant. On se voit à deux heures.

Dix minutes plus tard, Devon avait alerté l'équipe et renvoyé Paula chez elle après lui avoir assuré plusieurs fois qu'ils pouvaient gérer le bureau pendant quelques heures. Il souligna également qu'ils n'avaient pas besoin d'elle pour prendre des notes à la réunion et qu'elle serait payée pour sa journée de travail complète. Après le départ de cette fouineuse, il prit un moment pour appeler Kristen et lui parler un peu. Elle décrocha à la deuxième sonnerie.

— Bonjour, Maître Devon.

Il sourit en l'entendant susurrer.

— Maître Devon, hmm ? Ma petite poupée a l'air très excitée.

Elle pouffa.

— Oui, je suis clairement excitée. Tu m'as gâtée pendant trois jours, puis j'ai été privée de toi pendant aussi longtemps. Alors, oui, je suis tout excitée. On peut se retrouver pour déjeuner ? Je ne peux pas attendre l'heure du dîner.

Le téléphone de Devon sonna au même instant, indiquant un appel entrant, et il l'écarta à contrecœur de son oreille pour consulter l'écran. *Carter.*

— Poupée, attends une seconde, s'il te plaît. J'ai un autre appel auquel je dois répondre.

Ensuite, il appuya sur le bouton pour basculer la communication.

— Salut, vieux. J'ai entendu dire que tu venais nous rendre visite. Tu veux bien me dire ce qui se passe ?

— Pas par téléphone, Devil Dog. Je suis à une heure de chez toi environ. Ça te dirait de me rejoindre pour manger un morceau avant ? La matinée a été longue.

Les rouages dans la tête de Devon commencèrent à tourner et une pensée lui vint. Jetant un coup d'œil à l'heure, il constata qu'il avait encore beaucoup de temps.

— J'ai une meilleure idée, si tu es prêt. Ça te dirait une petite soumise pour le déjeuner ?

Il y eut une pause, puis la voix grave de Carter gronda dans le téléphone.

— J'en ai l'eau à la bouche. Je te retrouve au club ?

— Non, on t'attendra dans mon bureau. Tu peux être là à treize heures pile ?

— Bien sûr. À tout de suite.

Une fois que Carter eut raccroché, Devon reprit Kristen.

— Poupée ?

— Je suis là, répondit-elle.

— Tu te souviens de mon fantasme de bibliothécaire dont je t'ai parlé ?

Elle gloussa.

— Envie que je vienne, Monsieur ?

— Hmm, oui. Je veux que tu mettes une jupe professionnelle, mais sexy, un chemisier blanc, tes talons aiguilles que j'adore et tes lunettes, puis que tu me rejoignes à mon bureau. Le gardien t'ouvrira le deuxième portail. Gare-toi devant le premier bâtiment, sonne à la porte et je te ferai entrer.

— À vos ordres, Maître Devon. Tu vas me laisser te donner la fessée parce que tu n'as pas rendu tes livres de bibliothèque à temps ?

Devon éclata de rire alors que sa queue durcissait à cette espièglerie.

— Tu vas payer pour ton culot, ma petite. Bon, je veux aussi que tu te coiffes et que tu ne portes pas de sous-vêtements. Il n'y a personne d'autre ici. Tu as exactement quarante-cinq minutes pour sonner. À la moindre minute de retard, tu finiras sur mes genoux. C'est compris ?

Voilà qui lui laisserait quinze minutes avant l'arrivée de Carter.

Il pouvait entendre l'excitation et la frénésie dans sa voix lorsqu'elle répondit :

— Oui, Monsieur.

— Bon, à tout à l'heure. Et pas une minute de trop !

Coupant l'appel, Devon s'assit et sourit un moment avant de se lever et d'aller se préparer dans son appartement.

* * *

Peu de temps après, le téléphone de Devon l'avertit de l'ouverture du portail devant son bureau et il afficha les images des caméras de sécurité du complexe sur son ordinateur pour voir Kristen s'arrêter à côté du bâtiment. Il jeta un coup d'œil à l'heure, constatant qu'elle avait deux minutes d'avance, mais il se demanda ce qu'elle faisait, car elle ne sortait toujours pas de sa Nissan Altima.

Il la vit retirer le soutien-gorge sans bretelles qu'elle portait – apparemment pour éviter que l'on distingue ses mamelons foncés à travers son fin chemisier blanc – avant de ranger le sous-vêtement en dentelle dans son sac à main. Ensuite, elle vérifia son maquillage et ses cheveux dans le miroir du pare-soleil, sans toutefois ouvrir la portière. Zoomant sur son visage, il la vit regarder à plusieurs reprises vers l'heure affichée sur son tableau de bord. Eh bien, eh bien... sa petite insolente ne voulait pas être en avance, ni même à l'heure. À l'évidence, elle voulait s'assurer d'être un peu en retard pour avoir droit à sa punition. Il partit d'un grand éclat de rire devant cette manigance. Il avait créé un monstre de perversion.

Quand elle sortit enfin de la voiture et salua Beau qui l'attendait, Devon eut le souffle coupé et son membre durcit immédiatement. Elle était sexy en diable, son fantasme devenu réalité, avec sa jupe crayon grise ajustée qui lui arrivait un centimètre sous les genoux, son chemisier blanc dont les quelques boutons supérieurs étaient défaits de manière presque obscène et ses talons si aguicheurs. Elle avait suivi ses ordres à la lettre et ses cheveux étaient attachés en un chignon bien soigné. Il la vit mettre ses lunettes de lecture sur son petit nez avant de se diriger vers la porte d'entrée. Sans attendre la sonnette, il se leva pour aller l'accueillir.

Le carillon retentit quelques secondes avant qu'il n'ouvre la porte pour la laisser entrer.

— Vous êtes en retard, Mademoiselle Anders.

— Pas plus en retard que vos livres de bibliothèque, Monsieur, railla-t-elle en passant devant lui dans la zone de réception sans s'étonner de le voir déjà en mode dom.

Sa bouche et ses mains frémirent tant il avait hâte de les poser sur elle.

— Venez avec moi, Mademoiselle Anders, et nous discuterons des sanctions dans mon bureau.

Il se retourna et s'éloigna, sachant qu'elle le suivrait de près.

Une fois qu'ils furent entrés dans son bureau, il referma la porte sans la verrouiller. Il fallait que Carter puisse entrer. Kristen se tenait au milieu de la pièce et il la contourna lentement, la toisant du regard pour attiser son impatience. Il aurait aimé faire durer le suspense un peu plus longtemps, mais il tenait à l'avoir préparée au moment où son ami arriverait. Retournant à son bureau, il s'assit dans le fauteuil en cuir confortable.

— Venez ici, Mademoiselle Anders. Il est temps de payer pour votre retard.

Il vit ses yeux briller et ses narines palpiter avant qu'elle ne se dirige vers lui en silence pour s'arrêter à ses côtés.

— Remonte ta jupe jusqu'à la taille et mets-toi sur mes genoux.

Sans discuter, elle obéit à son ordre, présentant ses fesses nues pour sa punition. Il la fit glisser sur ses jambes jusqu'à ce qu'elle soit déséquilibrée. Les pieds en l'air, elle posa le bout des doigts sur le sol afin de se stabiliser. Cette femme avait le genre de fesses que la plupart des hommes aimaient faire rebondir en levrette, comme un doux coussin de chair. Il passa la main sur ses formes alléchantes tout en parlant.

— Ce sera dix, ma petite bibliothécaire. Tu compteras à haute voix et tu me remercieras après chacun d'eux. C'est compris ?

— Oui, Monsieur.

Il aimait son essoufflement, la nervosité de sa voix. Après lui avoir pincé les fesses plusieurs fois pour faire circuler le sang, il leva la main et la frappa.

— Aïe ! Un, Monsieur. Merci.

Clac.

— Deux, Monsieur. Merci.

Il continua ainsi jusqu'à dix, augmentant l'intensité à chaque coup avant de contempler l'œuvre d'art ainsi créée. Ses fesses et le haut de ses cuisses étaient rouge vif et il pouvait distinguer plusieurs de ses empreintes de mains superposées. Il caressa tendrement sa chair malmenée avant de plonger les doigts entre ses cuisses pour vérifier son niveau d'excitation. Elle était ruisselante. *Parfait.*

Il l'aida à se lever avant de faire pivoter le fauteuil pour se placer face à elle.

— Agenouille-toi, ma petite bibliothécaire. Sors ma queue et caresse-moi.

Sans baisser sa jupe, elle se mit à genoux et attrapa avec avidité sa fermeture éclair, se pourléchant les lèvres. L'alarme du portail sonna au même instant sur son téléphone et il jeta un coup d'œil à l'heure, puis à son ordinateur où les vidéos des caméras de surveillance étaient encore affichées. Carter n'avait que quelques minutes d'avance, mais il n'entrerait pas avant l'heure prévue. Les hanches de Devon tressautèrent lorsque les mains de Kristen entrèrent en contact avec sa verge rigide et il baissa à nouveau les yeux vers son visage. Son regard demeura fixé sur le sien tandis qu'elle faisait glisser son poing serré de haut en bas. Il se pencha alors pour récupérer le foulard opaque qu'il avait posé sur son bureau. Se penchant en avant, il le noua autour de sa tête pour lui bander les yeux.

— Suce-moi, poupée. Lentement, et ne t'arrête pas avant que je te le dise.

Guidée par sa main, elle approcha la bouche de son entrejambe et il ferma les yeux lorsque ses lèvres humides et sa langue entrèrent en contact avec son membre épais. *Putain !* Elle n'avait pas menti en disant qu'elle apprenait vite. Elle le lécha et le suça comme une experte. Difficile à croire que ce n'était que sa deuxième pipe. Trois minutes de torture sexuelle plus tard, la porte de son bureau s'ouvrit et le soldat des *black-ops* fit son entrée. Kristen était tellement concentrée sur sa tâche qu'elle ne l'entendit pas refermer la porte, mais ensuite, il prit la parole. De là où se tenait son ami, il ne pouvait pas la voir ni les genoux de Devon derrière le bureau.

— Quoi de neuf, Devil Dog ?

Kristen se figea comme il s'y attendait et il empoigna son chignon en grondant :

— Je ne t'ai pas dit d'arrêter, poupée.

Il sentit son hésitation avant que sa tête ne recommence à bouger.

De l'autre côté de la pièce, les yeux de Carter s'écarquillèrent et un sourire amusé s'épanouit sur son visage. Il fit quelques pas vers le bureau et jeta un coup d'œil par-dessus.

— Nouvelle secrétaire ?

Son ami plaisantait, sachant pertinemment que Devon ne ferait jamais rien avec une employée, pas même une baise rapide, l'affaire d'une seule fois, ce qui n'était pas le cas ici.

— Non. C'est ma bibliothécaire coquine, qui ferait mieux de se mettre à sucer plus fort avant de mériter une autre punition. Son cul est déjà endolori après sa première punition de la journée.

Ils faillirent rire aux éclats lorsqu'elle redoubla d'efforts.

Carter contourna le bureau de l'autre côté pour admirer le postérieur écarlate de Kristen.

— Très bien.

Il arqua un sourcil vers Devon dans une question silencieuse – qu'était-il autorisé à faire ?

Il se fit le porte-parole de Kristen en répondant :

— Une des limites souples de ma petite poupée, c'est le plan à trois. Elle a pu voir Brody et Marco en action l'autre soir avec Shelby, et ma petite soumise était trempée quand ils ont fini. Poupée, la voix que tu entends est celle de mon ami Carter, et je crois qu'il est ravi de voir tes fesses rouges et ton sexe ruisselant.

L'autre homme regarda la femme aux yeux bandés et lui demanda d'une voix grave et autoritaire :

— C'est ce que tu veux, soumise ? Que moi, un parfait inconnu que tu ne pourras pas voir, je te prenne par-derrière pendant que ton Maître jouira dans ta gorge ? Si tu ne veux pas, arrête de le sucer et prononce ton *safeword*. Je peux très bien m'en aller. Il n'y aura pas d'autres conséquences et ton maître continuera comme si je n'étais jamais venu. Si tu ne veux pas que je parte, alors je veux que tu dises à haute voix ce qui se passera.

Carter était un dom expérimenté et très demandé par les soumises du *Covenant* chaque fois qu'il était de passage en ville et qu'il avait le temps de s'y arrêter. Il s'assurait toujours que ses partenaires sachent à quoi elles s'engageaient et il leur laissait le choix entre deux options : continuer sans détour ou s'arrêter complètement, sans la moindre pénalité. La soumise conservait le contrôle absolu de la scène.

Devon retint son souffle alors que la tête de Kristen ralentissait, puis elle le libéra. Il savait qu'elle avait pris un moment pour digérer les mots de l'inconnu et jauger ses pensées et ses sentiments.

— Je comprends, Monsieur, et je ne veux *pas* utiliser mon *safeword*. S'il vous plaît, prenez-moi pendant que je suce mon Maître jusqu'à ce qu'il jouisse.

Carter sourit à son ami.

— Comment pourrais-je refuser une soumise aussi polie et jolie ?

Sachant instinctivement qu'il la protégerait, Kristen reprit Devon dans sa bouche tandis que son ami s'agenouillait derrière elle. Carter entreprit de caresser délicatement ses fesses, ses hanches et ses cuisses, la laissant s'accoutumer à son contact avant d'aller plus loin. Après une brève crispation à la sensation de ces mains inconnues sur son corps, elle commença à se détendre, son enthousiasme renouvelé. Alors qu'elle léchait et aspirait sa queue, sa main s'approcha de ses bourses et il lâcha un gémissement.

— C'est ça, poupée. Ne t'arrête pas... doucement, pendant que Carter te prépare.

Devon ouvrit le tiroir à côté de lui et sortit les préservatifs et le lubrifiant qu'il y avait mis plus tôt. Il les plaça sur son bureau, à portée de main de l'autre dom, puis leva un index, le pliant plusieurs fois pour faire comprendre à Carter qu'elle n'était pas prête pour autre chose qu'un doigt dans son orifice étroit. Carter hocha la tête et passa la main entre ses replis, saisissant le tube de lubrifiant de l'autre. Il fit couler une bonne quantité de gel entre ses fesses, puis commença à le faire pénétrer en enfonçant deux doigts dans son sexe détrempé pour imprimer des va-et-vient.

Kristen gémit autour de la queue de Devon et les vibrations l'entraînèrent vers les sommets. Mais il ne voulait pas jouir trop tôt. Empoignant ses cheveux qui se détachaient du chignon, il la força à ralentir le rythme tandis que son autre main caressait sa joue, son cou et son épaule. Il fourra les mains dans son chemisier, où ses seins voluptueux et libres se balançaient au rythme de ses mouvements. Ses mamelons durcirent au contact de son pouce et il les fit rouler en les tirant délicatement. Chaque fois qu'il avait joué avec sa poitrine, jusqu'alors, il avait détourné son attention d'une autre manière. Elle ne se rendait sûrement pas compte qu'il les pinçait un peu plus fort chaque fois, trop excitée pour y prêter attention, la douleur se transformant instantanément en plaisir qui déferlait directement entre ses cuisses et l'attisait encore plus. Il pouvait maintenant les lécher, les sucer et les pincer sans qu'elle ne se crispe, mais il lui faudrait un certain temps avant qu'il n'essaie de les effleurer avec ses dents et il ne savait pas si elle serait un jour capable de supporter les pinces à tétons. Si elle ne surmontait jamais son appréhension, il l'accepterait, mais pour l'instant, il voulait essayer d'effacer tous les mauvais souvenirs qu'elle avait de ses précédentes expériences sexuelles jusqu'à ce qu'il ne reste plus que lui dans les confins de son esprit.

* * *

La tête de Kristen tournait à vide. Si quelqu'un lui avait dit une semaine plus tôt qu'elle serait à genoux, les yeux bandés, en train de sucer l'énorme verge de Devon dans son bureau, en plein après-midi, pendant qu'un parfait inconnu avait les doigts entre ses cuisses et ses fesses, elle l'aurait traité de fou. À présent, c'était elle qui était folle, folle du plaisir intense et des sensations qui parcouraient son corps. Elle en appréciait chaque minute. Si elle avait dit « non », Carter serait parti et Devon n'aurait pas été fâché ni déçu. C'était elle qui serait déçue de ne pas avoir essayé quelque chose dont elle avait fantasmé.

Elle pouvait distinguer les deux hommes, naturellement, mais elle n'avait pas l'impression qu'un inconnu la touchait. C'était comme si les mains de l'autre étaient une extension de celles de Devon. Dans son esprit, lui seul la caressait à quatre mains. Les doigts de Carter étaient à peu près de la même taille que ceux de Devon. Ils avaient tous deux des mains d'hommes habitués à travailler dur, tout en étant assez doux et talentueux pour apporter à une femme un extrême plaisir. Elle pensa l'espace d'un instant qu'ils avaient déjà dû se livrer à cette pratique avec d'autres femmes, mais cela disparut tout aussi rapidement lorsque les doigts dans son sexe se mirent à enduire son clitoris avec ses fluides, propageant des éclairs électriques à travers elle. Son esprit n'était plus bon à rien, seuls prévalaient quatre de ses cinq sens. Les yeux bandés, elle avait le toucher, le goût, l'odorat et l'ouïe exacerbés. Elle sentait les mains et les doigts de Carter sur elle, savourait le goût de Devon sur ses papilles, respirait son odeur musquée et masculine. Et enfin, leurs gémissements en duo et leurs mots d'encouragement remplissaient ses oreilles, avec le froissement d'un emballage de préservatif.

Carter retira sa main et elle entendit crisser une fermeture éclair. Elle le sentit alors aligner son membre entre ses cuisses tandis que son doigt continuait ses allers et retours taquins. Elle gémit lorsqu'il s'enfonça enfin dans son corps moite, ses hanches oscillant d'avant en arrière alors qu'il progressait délicatement, laissant à ses parois internes un moment pour s'adapter à son épaisseur.

— Waouh, elle est serrée.

Il gémit d'extase une fois qu'il fut enfoui profondément en elle.

— Putain, sa chatte, c'est le paradis, mec !

* * *

— Je sais ce que tu veux dire. Poupée, tu as la permission de jouir quand tu veux.

Devon laissa sa tête retomber contre le fauteuil en cuir et fut tenté de fermer les yeux pour se contenter de ressentir, mais l'envie de la regarder prendre tout ce qu'ils lui donnaient était encore plus forte. Sa queue disparaissant derrière ses lèvres rouges, gonflées et humides était un spectacle dont il ne se lasserait jamais. Kristen était déjà une jolie femme, mais dans les affres du plaisir, elle était éblouissante.

Tout en l'aspirant dans sa bouche et en le retirant, elle passait sa langue sur son gland pourpre, léchant les gouttes de plaisir qui y perlaient. Elle se souvenait de tout ce qu'il lui avait appris la première fois, et son désir de le satisfaire ne faisait qu'accentuer son propre plaisir. Ses gémissements et sa respiration s'intensifièrent alors que Carter la prenait de plus en plus vigoureusement, jusqu'à ce que l'orgasme la balaie et la fasse basculer. Elle cria autour de sa verge et il se mit à baiser sa bouche pour de bon. Resserrant sa poigne dans son cuir chevelu, il la maintint immobile tout en augmentant ses coups de reins, plongeant dans la profonde cavité de sa bouche et entrant en contact avec le fond de sa gorge. Quand elle commença à s'étrangler, il ralentit la vigueur de ses va-et-vient.

— Respire par le nez, poupée. Je vais jouir et tu vas avaler chaque goutte.

Il sentit et entendit qu'elle avait compris, émettant un « hmm, hmm » étouffé, et il se laissa complètement aller. Sa bouche et sa gorge s'activèrent avec avidité tandis qu'elle avalait son sperme.

— C'est ça, bébé. Putain, c'est très bien.

Alors que les dernières gouttes le quittaient, Carter dut faire quelque chose qui la fit basculer à nouveau, et il la suivit juste après en rugissant pour exprimer son propre orgasme.

Pendant quelques instants, on n'entendit dans la pièce que leurs respirations haletantes. Puis Kristen gémit lorsque Carter se retira en lui murmurant des compliments. Il regarda Devon tout en se relevant.

— Si tu restes avec elle, moi, je vais monter dans une des chambres et prendre une douche rapide.

Lorsque Devon acquiesça, son ami se pencha par-dessus Kristen et embrassa l'arrière de sa tête tandis qu'elle gardait le front sur les genoux de son maître, son bandeau toujours en place.

— Merci, ma belle. C'était merveilleux. Merci de m'avoir laissé te partager avec Maître Devon. Tu es une femme superbe, il a beaucoup de chance.

Quand il leva les yeux vers lui, Devon sut que Carter avait compris que cette femme était importante. Ce n'était pas une soumise comme les autres et il avait eu l'honneur de participer à son premier plan à trois.

Une fois que Carter eut jeté son préservatif à la

poubelle et quitté la pièce en fermant la porte derrière lui, Devon ajusta son pantalon et remonta la fermeture éclair. Debout, il se pencha, souleva Kristen dans ses bras et déposa son corps épuisé sur son canapé. Il remonta sur son corps la couverture au crochet qui ornait le dossier du canapé, une touche décorative offerte par Madame Kemple. Il alla chercher un gant de toilette humide dans la salle de bain de son bureau et nettoya Kristen tandis qu'elle sombrait dans le sommeil béat de la soumise.

Il lui retira ses chaussures et son bandeau pour la mettre à l'aise, puis il alla expédier un brin de toilette dans la salle de bain. Assis au bord du canapé à côté d'elle, il passa les vingt minutes suivantes à la caresser de la tête aux pieds pendant qu'elle dormait. Lorsqu'il entendit l'alerte du portail sur son téléphone, il soupira et la réveilla à contrecœur.

— Poupée, tu vas bien ?

— Hmm, hmm. Merveilleusement.

Il partit d'un petit rire en entendant sa voix comblée et alanguie.

— Je dois aller à une réunion au bout du couloir. Je veux que tu restes ici et que tu dormes un peu. La porte sera fermée et personne ne te dérangera. Je laisse une bouteille d'eau et ton sac à main à côté de toi. Si tu as besoin de quoi que ce soit, envoie-moi un texto et je reviendrai tout de suite, d'accord ? Quand j'aurai fini, on ira chercher quelque chose à manger.

— Hmm, hmm. D'accord. Je t'aime.

Chapitre Dix-Sept

Devon resta pétrifié à ces mots prononcés du bout des lèvres, mais elle avait déjà replongé dans le sommeil. Avait-elle seulement conscience de ce qu'elle avait dit ? Était-elle tombée amoureuse d'un homme qui n'avait jamais prononcé ces mots à personne d'autre que ceux qu'il considérait comme sa famille ? Et pourquoi ne prenait-il pas ses jambes à son cou maintenant ?

Il la laissa dormir, récupéra son téléphone portable et verrouilla la porte, la refermant derrière lui en sortant. Ian l'attendait dans le couloir.

— J'attends Carter, Brody et Marco. Boomer et Jake sont arrivés en même temps que moi.

— Carter est à l'étage, il va redescendre dans une minute.

Ian hocha la tête et son visage devint sinistre.

— Keon n'est pas venu seul. Deux agents du NCIS sont avec lui.

Les yeux de Devon s'arrondirent.

— Putain, mais qu'est-ce qui se passe ?

Son frère tourna les talons et se dirigea vers la salle de conférence, Devon derrière lui.

— Ce n'est pas bon signe. Je n'ai entendu que les grandes lignes en arrivant. Je vais laisser Keon l'annoncer à tout le monde en même temps.

Quelques minutes plus tard, les six principaux membres du personnel de Trident Sécurité étaient assis autour de la grande table de conférence, avec le directeur adjoint Larry Keon du FBI, l'agent des *black-ops* T. Carter et les enquêteurs du NCIS, Nathan Dobrowski et Barbara Chan.

Brody démarra son ordinateur portable tandis que Keon se levait pour distribuer des dossiers identiques à tout le monde, à l'exception de Dobrowski et Chan qui avaient leurs propres copies avec eux. Chan avait également un ordinateur ouvert, relié au grand écran haute définition suspendu au mur, du côté inoccupé de la table. Beau était avec eux et ronflait bruyamment, quelque part sous la longue table. Keon resta debout et prit enfin la parole.

— Des informations nous sont parvenues selon lesquelles plusieurs décès récents d'anciens membres des Marines pourraient faire partie d'un complot plus vaste.

Les photos des anciens SEAL – Eric Prichard, Quincy Dale et Jeff Mullins – apparurent sur l'écran, ainsi que leurs dates de décès, ou dans le cas de Quincy Dale, une simple estimation. Une série de jurons étonnés fusa parmi les coéquipiers.

— Pas possible ! s'exclama Boomer. Qu'est-ce qui se passe, putain ? Quelqu'un savait que Dale était mort ?

Les autres secouèrent la tête tandis que le plus jeune membre de l'équipe regardait, perplexe, leurs visages stupéfaits. C'était une nouvelle pour eux tous. Leur ex coéquipier vivait en Alaska et avait peu de contacts avec ses anciens camarades depuis la fin de sa dernière mission, qui remontait à deux ans et demi. À cause de ses cicatrices au visage dues aux brûlures qu'il avait reçues lors d'une attaque au lance-roquettes, il vivait reclus comme un ermite.

Keon leva la main pour imposer le silence dans la salle avant de poursuivre.

— Nous n'avons appris le décès de Dale que lundi. C'est ce qui a déclenché le signal d'alarme. Le frère de Dale n'avait pas reçu de nouvelles depuis quatre mois environ, mais d'après ce que j'ai compris, ce n'était pas inhabituel ces dernières années. Robert Dale a finalement décidé de faire trois heures de route pour se rendre chez Quincy samedi dernier, et il a découvert le corps en décomposition de son frère dans sa cabane. Le médecin légiste a estimé qu'il était mort depuis environ trois mois. Un Smith and Wesson 9 mm a été retrouvé avec le corps et ses empreintes étaient sur l'arme. Au début, les policiers ont pensé à un suicide. Étant donné l'histoire personnelle de Dale, ça n'aurait pas été trop difficile à croire.

— Sauf que Dale ne possédait pas de S&W-9.

Boomer parlait avec la certitude d'un homme qui connaissait sur le bout des doigts les habitudes de son ami.

— Il avait horreur de ça. Il disait que cette arme ne lui convenait pas, que la prise en main et le poids n'étaient pas bons. Je me rappelle qu'il s'est disputé avec un soldat à ce sujet, pendant notre dernière mission. Il aurait choisi des milliers d'autres armes avant de prendre un S&W-9.

Keon hocha la tête.

— Exactement ce que son frère a dit. Et quelqu'un a effacé le numéro de série de l'arme, ce qui a soulevé des doutes supplémentaires. D'après Robert, Quincy n'aurait jamais acheté une arme avec le numéro effacé et il ne l'aurait pas fait lui-même. Rien d'autre n'était déplacé, pas d'empreintes ni de traces. Les gendarmes ont demandé au médecin légiste d'examiner la blessure, et il a convenu qu'il aurait été quasiment impossible à Dale de se l'infliger lui-même. Le légiste a dit que c'était un angle étrange qui n'avait pas de sens. Personne n'aurait pu tenir une arme si loin derrière son oreille. Les suicides par balle dans la tête semblent être courants dans les régions isolées de l'Alaska. Alors, le docteur s'y connaît. Il a conclu à un probable homicide.

Barbara Chan prit le relais.

— L'annonce du décès d'un SEAL par homicide si peu de temps après l'accident avec délit de fuite d'un autre membre de la même équipe m'a intriguée. J'ai consulté la liste des membres actuels et retraités de l'équipe et le nom de Jeff Mullins est apparu, ainsi que celui de sa femme. Un cambriolage qui a mal tourné... ça m'a mise sur le qui-vive. Trois membres de la même équipe, morts en l'espace de six mois dans des circonstances troubles.

— Quelqu'un s'en prend aux SEAL.

Devon n'avait pas pu s'empêcher de dire tout haut ce que tout le monde pensait tout bas.

— Et pas seulement les SEAL, mais l'équipe quatre spécifiquement. Prichard savait que quelque chose n'allait pas, dit Keon. Tôt ce matin, j'ai demandé à un agent d'aller interroger la femme de Prichard. Selon le rapport de police, il portait un pistolet dissimulé dans un étui à la cheville quand son corps a été retrouvé. La femme a dit que cela n'aurait pas été inhabituel quand il était actif dans l'équipe, mais depuis qu'ils se sont installés dans l'Iowa après sa retraite, il le portait bien moins souvent. Après tout, c'était une petite ville tranquille. Après quelques questions supplé-mentaires, elle s'est rappelé un détail, quelques jours avant sa mort. Prichard lui a demandé si elle avait remarqué quelque chose de bizarre ou si elle avait vu quelqu'un qu'elle ne reconnaissait pas dans les parages. Elle n'avait rien vu, alors elle lui a demandé pourquoi. Il a haussé les épaules en disant que ce n'était probablement rien. C'est la dernière fois qu'il lui a parlé. Je suppose que sous le choc et le chagrin, elle avait oublié tout ça. Son fils de onze ans l'a entendue parler à l'agent et a raconté que, la veille de la mort de son père, ils rentraient tous les deux en voiture de son entraînement de foot et Prichard n'arrêtait pas de regarder dans les rétroviseurs. Il a fait un détour pour rentrer chez eux, empruntant des bifurcations qui n'étaient pas nécessaires. Il ralentissait et accélérait sans raison. Le gamin a trouvé ça bizarre et Prichard lui a dit qu'il ne faisait que vérifier quelque chose. Il ne s'est rien passé et ils sont arrivés chez eux sans problème, mais avec du recul, on peut supposer qu'il savait qu'il était dans le collimateur de quelqu'un. Les questions sont : savait-il qui ou pour quelle raison, et pourquoi n'a-t-il rien dit au shérif ni appelé des renforts ?

— Je pense qu'il essayait de le faire avant d'être tué.

Tous les regards se tournèrent alors vers Marco.

— Curt Bannerman m'a dit quelque chose à l'enterrement. Il a reçu un message vocal environ deux heures avant qu'Eric ne soit tué. Tout ce qu'Eric disait, c'était qu'il avait besoin de parler à Curt et qu'il fallait le rappeler dès que possible. Curt n'a pas pu le rappeler avant vingt heures, mais il était trop tard.

Keon s'assit en soupirant.

— Vous devez parler à Jennifer Mullins et voir si quelque chose d'inhabituel s'est produit dans les jours qui ont précédé le double meurtre de ses parents.

— Je suis d'accord.

Ian envoya un rapide texto à Jenn pour lui demander de venir au bureau quand elle serait libre.

— Je lui dirai de passer plus tard pour qu'on puisse discuter.

— La bonne nouvelle – comme s'il pouvait y en avoir une dans ce merdier –, c'est que si ces hommes ont été tués dans le cadre d'une mission spécifique, et pas uniquement parce qu'ils étaient des SEAL ou plus précisément des membres de l'équipe quatre, alors nous pouvons réduire les recherches à une période de neuf mois, il y a six ans. Au moins, nous avons un point de départ.

Jake plissa les yeux.

— Comment tu le sais ?

— Parce que, reprit Ian. C'était la seule période où Jeff et Dale faisaient partie de l'équipe au même moment. Dale nous a rejoints neuf mois avant que Jeff ne prenne sa retraite. D'après Dobrowski, nous avons été actifs pendant la plupart de ces mois-là, avec plus de trente missions individuelles. Certaines n'ont duré qu'une journée ou une semaine, mais d'autres étaient plus longues et couvraient cinq pays. Deux au Moyen-Orient, une en Afrique, une en Colombie et une au Brésil, et en tant qu'équipe, nous sommes responsables de plus de soixante-dix décès confirmés lors de ces missions.

Chan reprit la parole.

— Nous savons que c'est beaucoup, et nous avons d'autres enquêteurs qui prennent contact avec tous les SEAL qui étaient actifs dans l'équipe quatre à l'époque. Vous figurez sur la liste, tous les six, et vous êtes les seuls à travailler ensemble dans un grand groupe, avec les autorisations de sécurité que vous avez. C'est pourquoi nous sommes venus ici pour vous en informer et revoir les rapports de mission avec vous.

Les coéquipiers gémirent. Trente missions avec plus de soixante-dix morts, voilà qui pouvait produire une quantité astronomique de renseignements, de preuves, de paperasse et de photos.

— Le Pentagone travaille depuis lundi soir pour nous obtenir des copies de tout ça. J'ai reçu un appel dès notre descente de l'avion et les dossiers seront ici à la première heure demain matin, en provenance de Washington. Je ne pense pas avoir besoin de rappeler l'évidence, messieurs, mais je vais le faire quand même. Il s'agit de rapports de mission hautement confidentiels. Malgré votre niveau d'habilitation, vous êtes tous considérés comme des civils maintenant, ce qui signifie que nous avons dû obtenir la permission d'un échelon supérieur de la hiérarchie pour vous autoriser l'accès, même si la plupart, sinon tous, ont été écrits par vous. Ces rapports ne seront ni censurés ni expurgés. À partir de leur réception vers neuf heures demain matin, cette pièce sera bouclée. Nathan ou moi devons être présents chaque fois que l'un d'entre vous sera dans cette pièce avec les rapports, et rien n'en sortira sans notre accord. Six policiers militaires seront postés à l'extérieur par équipes de deux. Personne d'autre que les dix personnes actuellement présentes ici ne sera autorisé à entrer. Cela s'applique également à tout votre personnel.

Brody éclata de rire.

— Paula va devenir folle ! Ian, je peux être là quand tu le lui diras ?

Quelques ricanements parcoururent le groupe et la tension s'apaisa un peu à la perspective que leur secrétaire trop indiscrète soit interdite d'accès. Si cette femme avait été un chat, sa curiosité l'aurait tuée depuis longtemps.

Devon jeta un coup d'œil aux individus autour de la table et son regard se posa sur un homme.

— Au fait, Carter, comment se fait-il que tu participes à cette histoire ?

Le visage de l'homme ne trahit aucune émotion alors qu'il haussait les épaules.

— Je suis juste là pour la bouffe.

Devon pouffa tandis que le reste de l'équipe laissait échapper quelques ricanements. Quelques années plus tôt, Devon était sous couverture pour une mission à Rio de Janeiro quand il avait rencontré Carter, lui aussi incognito, lors d'un gala mondain avec plus de cinq cents personnes. Un baron de la drogue colombien que l'équipe surveillait était présent et Devon avait tiré la courte paille, contraint d'enfiler une queue-de-pie pour se mêler à la foule. À l'occasion d'une brève minute seul avec son coéquipier, il lui avait posé cette même question et avait obtenu la même réponse. De temps en temps, la blague éculée refaisait surface quand leur ami ne voulait pas leur mentir sans pour autant être en mesure de leur dire la vérité. En d'autres termes, s'il le leur disait, il devrait ensuite les tuer.

Keon se leva et les agents du NCIS en firent de même.

— Ian, je n'ai pas besoin de vous dire, à vous et à votre équipe, de surveiller vos arrières. Si vous avez besoin de quelque chose, faites-le moi savoir. Je dois me rendre au bureau de Jacksonville demain pour des affaires sans aucun rapport. Mon temps pour la semaine prochaine sera partagé entre ici, là-bas, Washington et New York, mais je serai disponible par téléphone si quelque chose se présente. En plus du NCIS, vous avez le soutien total du FBI. Nous sommes impliqués parce que les meurtres ont eu lieu dans trois États différents et qu'ils peuvent être le résultat de n'importe laquelle des missions que vous avez effectuées pour l'Oncle Sam, y compris certaines classifiées par le FBI. Je ne connaissais pas Mullins aussi bien que vous tous, mais c'était un homme bien. Sa femme et les autres ne méritaient pas ce qu'ils ont subi et je refuse catégoriquement que l'équipe quatre perde un autre de ses membres sous ma surveillance.

Après le départ de Keon et des deux inspecteurs, qui se rendaient dans un hôtel local pour y établir leurs quartiers, Carter s'attarda assez longuement pour donner son avis.

— Ce qu'a dit Larry vaut pour moi aussi. Quelques-uns de mes informateurs sont à l'affût du moindre mouvement concernant l'équipe. Moi aussi, je vais aller mener mon enquête et vérifier certaines choses. S'il se passe quoi que ce soit, je vous le ferai savoir. Je me suis habitué à vos sales tronches, alors faites attention ! Et saluez Jenn de ma part. Dites-lui que je suis désolé de l'avoir manquée et que je la verrai bientôt.

En passant devant Devon sur le chemin de la porte, il baissa la voix pour que personne d'autre ne l'entende et ajouta :

— Dis aussi au revoir et merci à ta petite bibliothécaire. J'ai hâte de la revoir.

Le silence retomba dans la pièce pendant quelques minutes après le départ de Carter. Le téléphone de Ian tinta lorsqu'il reçut un texto et il regarda l'écran, puis son équipe.

— Jenn arrive. Une idée de ce qui a déclenché ce tohu-bohu ?

Jake fut le premier à répondre.

— Pas à première vue, mais je dois admettre que je suis inquiet pour Jenn. Non seulement on doit l'interroger sur la pire nuit de sa vie, mais qu'elle soit en danger ici avec nous ? Est-ce que ce sera plus facile ou plus difficile pour elle de savoir que ce n'était pas un crime au hasard et que ses parents ont été assassinés à cause d'une mission de son père ? Cet homme était un héros pour elle.

Ian acquiesça.

— Je me disais la même chose. Mais je pense qu'elle est assez mature pour savoir que son père n'aurait jamais pu prévoir ça il y a cinq ans. S'il l'avait su, il aurait pris des dispositions pour protéger sa famille. Et elle est plus en sécurité ici avec nous, puisque nous savons maintenant qu'il y a une menace. Je vais lui assigner une protection rapprochée à la fac et elle restera ici avec nous pour le moment. Jake, parle à ton frère et demande-lui de la retirer des cours pendant quelques jours, au moins jusqu'à ce qu'on ait une meilleure idée de ce qui se passe.

Au hochement de tête de l'autre homme, il poursuivit :

— Quant à l'interroger, ce sera un peu difficile. Je vais appeler Nelson et voir s'il peut la prendre en séance ce soir ou demain matin.

Le docteur Brett Nelson était le psychologue spécialisé dans les traumatismes que Jenn consultait depuis son arrivée en Floride.

Tout le monde regarda Devon lorsqu'il se leva.

— Kristen fait la sieste sur mon canapé. Je vais aller la voir avant que Jenn arrive. Quelqu'un veut commander des pizzas puisqu'on est là pour un moment ?

Si certains membres de l'équipe furent surpris par sa première déclaration, ils ne le montrèrent pas. Ils n'avaient pas pu manquer l'Altima de Kristen, garée dehors, et ils savaient que quelqu'un d'autre se trouvait dans le bâtiment.

Boomer prit son téléphone.

— Je m'en occupe.

Devon franchit la porte alors que tout le monde lançait « pas d'anchois » derrière lui.

Chapitre Dix-Huit

Kristen se réveillait à peine lorsque Devon entra dans son bureau. Elle cligna des yeux plusieurs fois avant de s'étirer et de lui adresser un sourire enjôleur.

— Bon après-midi.

Il traversa la pièce et alla s'asseoir au bord du canapé à côté d'elle.

— Comment te sens-tu ? Bien dormi ?

— Hmm, hmm. J'ai dormi combien de temps ?

Il jeta un œil à sa montre.

— Environ une heure et demie. Tu l'as mérité.

Il ricana lorsque ses joues s'empourprèrent.

— Il est toujours là ?

— Non, poupée. Carter a dû partir. Mais la prochaine fois qu'il passera, je vous présenterai officiellement.

Son sourire s'estompa.

— Je dois annuler le dîner de ce soir. Il y a un imprévu, mais je veux que tu passes la nuit dans mon lit. Je ne sais pas à quelle heure je serai de retour à mon appartement, peut-être vers neuf ou dix heures, mais tu peux y aller quand tu veux. Si tu viens avec moi maintenant, je dirai à

Brody de scanner l'empreinte de ta main dans le système. Ça ne te donnera pas accès à toutes les zones sécurisées, mais ça t'ouvrira la porte d'entrée et celle de mon appartement.

Ses yeux et son sourire s'agrandirent.

— Waouh. Ça revient à me donner la clé de chez toi ?

En riant, Devon se leva.

— Oui, en quelque sorte. Et je veux que tu sois aussi nue que le jour de ta naissance quand je viendrai. Maintenant, allons voir Brody. On nous livre une pizza dans un instant, je vais te donner à manger avant de partir.

Une demi-heure plus tard, la jupe ajustée, son soutien-gorge agrafé et ses cheveux détachés de leur chignon, Kristen était assise dans la salle de conférence, Beau à ses pieds. Elle dégustait sa pizza en écoutant le Pack de Six Sexy et Jenn discuter de choses et d'autres. Il était évident qu'ils étaient tous très proches. Leurs bavardages et leurs taquineries étaient agréables à écouter.

— J'ai une question. Pourquoi vous appelez Devon « Devil Dog » ? C'est évidemment un jeu de mots sur son nom, mais y a-t-il quelque chose de plus ?

Tout le monde rit tandis que Devon roulait des yeux en soupirant.

— Ça remonte à une démonstration de parachutisme que nous avons faite, juste après avoir intégré l'équipe quatre. On faisait des sauts en haute altitude. Après avoir sauté, j'ai décidé de voir combien de tours sur moi-même je pouvais faire avant de tirer sur ma corde. Normalement, ça n'aurait pas posé de problème, mais ce que personne ne nous a dit, c'était que l'amiral Richardson, très à cheval sur le protocole, assistait à notre saut avec d'autres gros bonnets, depuis le sol. Après l'atterrissage, l'amiral est venu me voir et m'a passé un savon. Il était rouge comme une furie et me criait dessus, et certains de ses mots n'étaient pas clairs. J'ai cru qu'au lieu de me demander pourquoi j'avais *cherché à trop en faire*, il me demandait si j'étais un *chien de l'enfer*. Le lendemain, quelqu'un avait vidé mon casier, à la base militaire, pour le remplir à ras bord de « Devil Dogs » de la marque Drakes, ces petits gâteaux au chocolat.

Fusillant du regard ses coéquipiers qui feignaient tous l'innocence, il ajouta :

— Je ne sais toujours pas qui a fait ça, mais j'ai bouffé des Devil Dogs pendant des mois après.

— Oui, et cet enfoiré n'a jamais partagé, ajouta Brody. Pendant longtemps, il n'était pas content de son nouveau surnom, parce que Devil Dog est un classique dans la marine. Mais on peut être sûr, quand quelqu'un n'aime pas son surnom, qu'il devient presque permanent.

Kristen sourit.

— J'imagine qu'il n'aimait pas, à cause de la rivalité entre la marine et l'armée, non ?

Devon acquiesça, la bouche pleine de pizza, et roula à nouveau les yeux.

— Alors, est-ce que tout le monde a un nom de code ?

Ce devait être le terme consacré, se dit-elle avant de regarder Brody.

— Le tien, c'est l'Intello, c'est ça ?

— Tout d'abord, ma belle, ce ne sont pas des noms de code... ce sont des surnoms, purement et simplement. Les noms de code sont réservés aux missions. Oui, le mien est Intello, en hommage à mes compétences exceptionnelles en piratage informatique. Au fait, nous avons déjà approuvé le tien. J'aime bien Ninja.

Elle dévisagea Devon.

— Sérieusement ? Tu leur as dit ?

Il se contenta de sourire en haussant les épaules alors

que tout le monde riait. Après quoi, les hommes se lancèrent dans un tour de table des surnoms.

— Je suis le spécialiste des explosifs et de la démolition, alors ils m'ont surnommé Boomer, lui dit Ben. Rien de trop gênant.

— Sauf quand on l'appelle Baby Boomer, plaisanta Jake, faisant ronchonner le plus jeune, qui lui brandit un doigt d'honneur. Moi, c'est Révérend. Je suis un sniper, et quand j'ai rejoint l'équipe quatre, l'un des gars a dit que j'envoyais mes cibles rencontrer leur créateur.

— Et aussi parce que tout le monde ressent le besoin de se confesser auprès de toi, Père Donovan.

Une fois de plus, les rires fusèrent dans la salle.

— Et moi, c'est Polo.

Comme Marco ne donnait pas plus d'explications, Kristen demanda :

— Pourquoi Polo ?

Le silence retomba et elle resta perplexe, car tout le monde, y compris Jenn, la regardait fixement. Brody dit alors, sur un ton pince-sans-rire :

— Attendez.

Attendez quoi ? C'est quoi le délire avec Marco, Polo ? Dès que ses yeux s'éclairèrent, Boomer s'esclaffa :

— Ding, ding, ding... Elle a compris, juste avant la fin.

À son tour, elle gloussa.

— Oui, je vois, j'ai été un peu lente sur ce coup-là. J'ai compris maintenant. Les voyages de Marco Polo.

Elle regarda enfin l'homme qui n'avait pas encore répondu.

— Et toi, Ian, quel est ton nom de code. Enfin, je veux dire, ton surnom ?

Avant qu'il puisse répondre, Brody intervint :

— Il n'en a pas, ou disons qu'on ne peut pas le dire

devant deux jeunes femmes. On a testé quelques noms, mais rien n'a jamais collé. Maintenant, c'est le Boss.

Ian sourit sans que l'humour ne fasse pétiller son regard.

— Et ne l'oublie pas, ducon.

Après avoir fini de manger, Devon raccompagna Kristen à sa voiture et l'embrassa tendrement avant de lui ouvrir la portière.

— À plus tard, Ninja. Et n'oublie pas, tu as intérêt à être nue quand j'arriverai.

Il la regarda partir avec un immense sourire. Son propre sourire s'effaça lorsque la voiture disparut de l'autre côté du portail, tandis qu'il repensait à ce qu'ils devaient faire subir à Jenn. Ils allaient lui faire revivre les événements qui avaient conduit au meurtre de ses parents. Ce serait difficile pour elle, mais le docteur Nelson avait accepté de les rencontrer, Ian et elle, à la première heure demain matin pour l'aider à gérer les répercussions. Lorsque Devon revint dans la salle de conférence, les autres avaient déjà débarrassé leur repas et Ian avait pris place à côté de Jenn, prêt à offrir à sa filleule le soutien dont elle aurait certainement besoin. Même Beau semblait sentir qu'elle aurait besoin de lui, car il était maintenant assis de l'autre côté, sa grosse tête reposant sur sa cuisse. Elle caressait négligemment ses oreilles douces et soyeuses. Les yeux du chien étaient fermés et il était perdu dans une extase canine.

Tous gardèrent le silence pendant que Ian prenait la main de Jenn et se lançait :

— Ma chérie, on doit te poser quelques questions. J'aimerais mieux ne pas y être obligé, mais c'est important.

Les yeux de la jeune femme s'écarquillèrent devant le sérieux de son intonation, mâtiné de douceur.

— Qu'est-ce qui ne va pas, Oncle Ian ?

— On aimerait que tu repenses aux jours et aux semaines qui ont précédé le meurtre de tes parents. S'est-il passé quelque chose qui t'a paru bizarre à ce moment-là ? Est-ce que ton père était nerveux, contrarié ou inquiet pour une raison quelconque ? Vous a-t-il demandé quelque chose de bizarre, à toi ou à ta mère ? As-tu vu quelqu'un près de ta maison qui te semblait inconnu, ou si tu le connaissais, était-ce inhabituel qu'il soit là ?

Ils virent les yeux de Jenn s'embuer, mais elle se montra courageuse et ses larmes ne coulèrent pas. Elle prit une profonde inspiration.

— Il s'est passé quelque chose d'autre, n'est-ce pas ? Il s'est passé quelque chose qui vous fait penser que mes parents n'ont pas été tués simplement parce qu'un cambrioleur ne s'attendait pas à ce que quelqu'un soit à la maison quand il est entré par effraction. C'est bien ça ?

Ian soupira. Visiblement, il détestait ce qu'il devait lui dire.

— On a reçu des informations cet après-midi, qui relient peut-être la mort de tes parents à l'accident avec délit de fuite d'Eric, qui, selon nous, n'en était pas un.

Il marqua une pause, et Devon savait que son devoir le tuait.

— Mon cœur, Quincy Dale a été retrouvé mort par balle dans sa cabane. Il a été abattu il y a environ trois mois. Son frère était sans nouvelles, alors il est allé chez lui.

Sous le choc, Jenn plaqua une main sur sa bouche. Ils savaient qu'elle allait mal encaisser la mort de Dale. Grand passionné d'histoire américaine, cet homme avait toujours capté l'attention de la jeune femme avec des anecdotes allant de la découverte de Christophe Colomb jusqu'au XXIe siècle. Si Dale s'était replié du reste du monde, il était resté en contact avec Jenn par e-mails et par téléphone de temps en temps. Elle avait été la seule à rendre son sourire à ce visage meurtri, ces dernières années. Il avait même quitté sa montagne solitaire par deux fois pour elle – pour assister aux funérailles de ses parents, puis pour la voir obtenir son diplôme du bac, trois mois plus tard. Devon prit conscience que Dale était tout juste revenu de la remise de diplôme de Jenn, sans doute, lorsqu'il avait été assassiné.

Cette fois, elle ne pouvait plus retenir ses larmes.

— Oh, non ! Pas Quincy ! Je lui ai envoyé des mails cet été, mais entre le déménagement, l'école et le travail, je me suis rendu compte qu'il ne m'avait pas répondu. Il faisait ça, parfois, quand il n'allait pas bien, et puis il m'envoyait tout un tas d'e-mails d'un coup. Oncle Ian, qu'est-ce qui se passe ? Quincy était l'homme le plus gentil du monde. Pourquoi voudrait-on tous les tuer ?

Ses questions étaient peut-être adressées à Ian, mais elle tourna la tête pour les regarder tous en espérant que quelqu'un aurait une réponse à lui donner.

Devon lui parla doucement.

— On ne sait pas, Baby-girl, mais on va le découvrir, je te le promets. Et tu sais que je ne fais pas de promesses que je ne peux pas tenir.

— Je sais, Oncle Devon, chuchota-t-elle avant de se racler la gorge et de reprendre la parole. Bon, alors laissez-moi réfléchir. Vous savez que j'étais chez une amie la nuit... la nuit où c'est arrivé. J'avais aussi passé la plupart de la journée à faire du shopping avec Dana et je n'ai vu mes parents que le matin. Je me souviens qu'ils parlaient dans la cuisine quand je suis descendue pour le petit-déjeuner. Papa a dit... il disait qu'en cas de besoin, il t'appellerait,

Oncle Ian, mais il voulait d'abord vérifier quelque chose. Ils ont changé de sujet quand je suis entrée et ça ne m'a pas mis la puce à l'oreille, puisque vous étiez toujours au téléphone tous les deux et que papa avait déjà fait des recherches et travaillé pour vous. La semaine passée, papa était dehors plus souvent que d'habitude, et dans son bureau à la maison, il passait son temps sur l'ordinateur. Je me souviens de quelques soirs où il n'est rentré qu'après le dîner. Quand je lui ai demandé où il était allé, il a dit qu'il travaillait sur quelque chose pour toi et que ce n'était pas grave.

— Pour moi ? fit Ian avec une expression perplexe.

Quand Jenn acquiesça, il regarda Devon.

— Je ne lui ai pas demandé d'enquêter pour moi. Et toi ?

Devon secoua la tête alors que les autres hommes niaient tous avoir présenté la moindre demande à Jeff.

Jenn soupira.

— Je suis désolée de ne pas me souvenir de plus, mais rien d'autre ne ressort. C'était il y a six mois, et j'étais dans un sale état, après.

Ian souleva sa main et déposa un baiser sur ses jointures.

— Tout va bien, Baby-girl. Si tu penses à autre chose, dis-le à l'un de nous. Mais pour l'instant, je veux que tu restes dans ta chambre. Je ne pense pas que tu sois en danger, mais je ne veux pas prendre de risques. Demain matin, quelques hommes seront chargés de te protéger quand tu ne seras plus avec nous. Je sais que tu ne peux pas rater trop de cours, mais Mike te donne les prochains jours de congé en attendant qu'on ait une meilleure idée de ce qui se passe.

Sa lèvre inférieure tremblait et les six SEAL avaient le cœur brisé pour elle.

— Est-ce que… est-ce que vous êtes tous en danger ?

Ian se leva, aida sa nièce à se mettre debout et la serra dans ses bras.

— Il ne va rien nous arriver, Baby-girl. Tu es coincée avec nous pour un long moment.

* * *

L'assassin répondit à son téléphone qui vibrait, dans son perchoir sur un arbre, à bonne distance de l'enceinte clôturée.

— Quoi ?

— Combien de temps ça va prendre, d'après vous ?

L'homme qui finançait sa mission semblait anxieux, après s'être fait plutôt discret, ces six derniers mois.

— Pourquoi, le calendrier a été modifié ?

— Le parti veut faire une annonce dans deux semaines. Avant, j'aimerais que tout soit mort et enterré, au premier sens du terme. Si l'un d'entre eux est encore en vie, certaines choses pourraient être révélées et je refuse cette possibilité.

— Ce sera fait d'ici là. Une fois que le reste de mon argent aura été déposé sur mon compte, vous n'entendrez plus jamais parler de moi et ce numéro ne sera plus disponible.

Il raccrocha sans se soucier de savoir si l'autre homme avait quelque chose à dire. Récupérant ses jumelles, il se remit à observer l'activité de plus en plus remarquable dans l'enceinte. Lundi, les quatre hommes qu'il devait tuer avaient pris un avion pour l'Iowa afin d'assister aux funérailles de leur coéquipier décédé, avec les deux autres et la fille Mullins. Il s'était étonné de la voir. Après la mort de ses parents, il avait pensé qu'elle irait vivre avec la famille de son père, mais cela ne faisait aucune différence pour lui. Elle avait trompé la mort une fois, mais si elle, ou quelqu'un d'autre, devait être une victime collatérale cette fois-ci, cela n'avait pas d'importance pour lui.

Jusqu'à ce jour, le complexe avait été calme, avec un seul garde de sécurité au portail, ce qui lui avait donné l'occasion de vérifier les systèmes de sécurité. Il s'était agacé de constater que Trident Sécurité était étroitement surveillé par de multiples caméras et capteurs, à la fois à l'intérieur et à l'extérieur des clôtures. Celui qui avait conçu leur système était doué, presque trop. Il n'avait toujours pas trouvé le moyen de franchir leurs défenses. Il y avait aussi un gros chien qui semblait être bien dressé, en plus d'être un animal de compagnie.

Si cela ne lui avait pas paru insurmontable jusqu'à présent, avec le nombre de personnes qui entraient et sortaient du complexe aujourd'hui, il était pratiquement impossible d'y pénétrer. Le matin, Devon Sawyer et leur secrétaire étaient restés seuls. Puis, vers midi, la secrétaire était partie, visiblement frustrée, et environ une heure plus tard une inconnue était arrivée. Il s'était demandé si Sawyer se tapait les deux femmes, mais quelqu'un d'autre avait débarqué.

Carter. Il ne savait pas si c'était un prénom ou un nom de famille. Il savait seulement que l'homme avait une telle réputation dans le monde des opérations secrètes que de nombreux informateurs et contacts le murmuraient avec crainte et admiration. Bien qu'il n'ait jamais eu affaire lui-même à l'agent – ou quel que soit son titre –, d'après les histoires qu'il avait entendues, tous ceux qui l'avaient sous-estimé étaient soit refroidis, soit disparus et présumés morts.

Peu avant quatorze heures, il y avait foule sur le domaine. Le reste des anciens SEAL étaient arrivés, ainsi que trois personnes qui semblaient être des fédéraux. Puis tout était redevenu calme et tranquille pendant un moment. Les fédéraux et Carter étaient partis, la pizza et la fille Mullins étaient arrivées, et environ une demi-heure plus tard, l'inconnue avait quitté les lieux. En voyant Devon Sawyer l'embrasser, il avait obtenu la réponse à l'une de ses questions.

L'assassin s'inquiéta à nouveau vers dix-sept heures, en constatant l'arrivée de six autres inconnus. Ils étaient armés et en alerte, hautement entraînés et sûrement très intelligents. D'anciens militaires. Les frères Sawyer et Brody Evans les avaient rejoints à l'extérieur. Il était évident qu'ils parlaient du domaine et de son système de sécurité. Jennifer Mullins avait même été escortée par deux d'entre eux entre le deuxième et le quatrième bâtiment. Quelque chose n'allait pas. Ils renforçaient leurs rangs. La question était : pourquoi ?

Devon regarda sa montre en montant l'escalier de son appartement, après être allé voir Jenn qui fouillait dans des cartons remplis de vieilles affaires datant de sa vie en Virginie. Elle cherchait les photos de famille de ses grands-parents et arrière-grands-parents que sa mère avait numérisées plusieurs années auparavant.

— Certaines de ces photos appartenaient à ma tante, mais elle les a prêtées à maman pour qu'elle en fasse des copies pour moi. J'en ai besoin pour un devoir. On doit faire un arbre généalogique aussi loin que possible pour mon cours de sociologie sur la famille américaine.

Il s'appuya contre l'encadrement de la porte d'entrée

alors qu'elle était assise à même le sol, dans le salon de Ian, les cartons devant elle et Beau à ses côtés.

— Tu es d'accord pour faire ça, avec tout ce qui se passe ?

Jenn soupira.

— Je pense que oui. Ma prof et moi, on a eu une conversation la première semaine de fac. J'avais une question sur quelque chose et je suis restée après le cours. On a parlé un peu, et elle m'a interrogée sur ma famille. Le docteur Nelson m'a convaincue qu'il n'y avait pas de mal à parler de tout, si je me sentais à l'aise avec quelqu'un, alors j'ai fini par dire à Madame Palmer, ma prof, ce qui s'était passé. Ça m'a fait plaisir de le faire parce qu'elle a vraiment compris. Son beau-frère a tué sa sœur il y a quelques années, après une dispute. Il est en prison maintenant. Enfin bref, elle m'a dit que si ce devoir était trop dur pour moi, elle comprendrait. Je pourrais faire autre chose à la place. Mais tu sais, Oncle Devon, j'ai envie de le faire... Je ne sais pas, je sens qu'il le faut. Sinon, ce sera comme si j'avais laissé tomber mes parents. C'est bizarre, non ?

Devon lui sourit.

— Je ne pense pas que ce soit bizarre, pas du tout, Baby-girl. C'est la façon dont ton cœur te fait savoir qu'il guérit et que tu vas mieux chaque jour. Tu vivras toujours avec ça. Après tout, c'est bien normal. Mais tu *vas* vivre, et pas seulement exister comme certaines personnes qui ne sont pas aussi fortes que toi. Je sais que tes parents sont fiers, comme nous tous. Je savais qu'un jour, il faudrait commencer à te voir comme une adulte et non plus comme une petite fille, et je pense que ce jour est arrivé. Bien sûr, je t'appellerai toujours Baby-girl par habitude.

Après s'être relevée, elle enjamba le corps volumineux de Beau et serra Devon dans ses bras.

— Je ne voudrais pas que ça change.

Il lui rendit son étreinte avec force.

— Moi non plus, Baby-girl, moi non plus.

Il était un peu plus de vingt et une heures lorsqu'il ouvrit la porte de son propre appartement, son corps et son esprit assommés par une combinaison de fatigue et d'impatience. Ces derniers jours l'avaient rattrapé, mais il n'avait qu'une envie, monter sur le corps somptueux de Kristen et s'enfoncer dans son fourreau chaud et humide aussi profondément et aussi longtemps que possible.

Comme elle n'était ni dans le salon ni dans la cuisine, il se dirigea vers la chambre à sa recherche. Il savait qu'elle n'était arrivée qu'une dizaine de minutes avant lui, car la porte de son appartement émettait une brève alerte sonore sur son téléphone chaque fois qu'elle s'ouvrait. En entrant dans sa chambre, il la trouva vide, à l'exception d'une traînée séduisante de vêtements et de sous-vêtements sur le parquet, menant à la salle de bain. De là où il se tenait, il entendait sa douche couler et il sourit. Elle devait être pressée en arrivant ici.

En entrant dans la salle de bain, il aperçut sa silhouette nue alors qu'elle se lavait et se rinçait les cheveux derrière l'épaisse cloison vitrée qui séparait la cabine de douche ouverte du reste de la pièce. Avec un silence qu'il avait appris à l'armée, il se déshabilla, puis contourna la paroi et l'attrapa par-derrière autour de la taille. Aussitôt, elle sursauta et poussa un cri :

— Oh mon Dieu, Devon, j'ai failli avoir une crise cardiaque !

Il ricana en déplaçant la masse de ses cheveux humides sur son épaule gauche pour avoir accès au côté droit de son cou. Il approcha sa bouche de la peau sous son oreille et commença à la lécher et à la mordiller. Elle gémit et inclina la tête, l'invitant à en faire plus. Il se fit un plaisir de lui rendre ce service. Ses mains semblaient bouger de leur propre initiative. L'une d'elles rejoignit le gonflement de ses seins tandis que l'autre s'aventurait dans le trésor entre ses jambes. Son sexe en érection était dur contre ses fesses et il s'en voulut d'avoir oublié de prendre un préservatif. Il allait profiter d'elle avec sa bouche et ses mains pour le moment, et une fois qu'il l'aurait mise dans son lit, il trouverait son propre plaisir.

Il prit le savon sur son étagère et entreprit de le faire mousser sur son corps. Ce n'était pas le produit au parfum de fleur qu'elle utilisait et qu'il aimait tant, mais ça lui fit un certain effet de l'imprégner de l'odeur fraîche d'océan dont il se servait lui-même au quotidien. Ainsi, il marquait son corps d'une manière différente, une autre façon de la posséder.

— Lève les bras et passe-les autour de mon cou.

Quand elle se fut exécutée, il lui demanda :

— Ça ne me dérange pas de te trouver nue dans ma douche, poupée, mais pourquoi es-tu arrivée si tard ? Si j'étais arrivé quelques minutes plus tôt, tu aurais mérité une fessée, parce que tu aurais été encore habillée, et ça aurait été une infraction à mon ordre.

Kristen gémit alors que ses mains continuaient de nettoyer chaque parcelle de son corps.

— Hmm. Désolée, Monsieur. J'avais du mal à boucler l'un des chapitres de mon livre comme je le voulais. Je l'ai réécrit plusieurs fois, mais je n'en étais toujours pas satisfaite. En rentrant cet après-midi, j'ai trouvé toutes les formulations idéales.

Elle marqua une pause et écarta un peu plus les jambes alors qu'il commençait à étaler la mousse entre ses cuisses.

— Hmm, ça fait du bien.

— Alors, c'est pour ça que tu étais en retard ?

Ses mains devinrent plus précises, plus ciblées. Il augmenta le rythme et la pression sur son clitoris qui s'était tendu, réclamant son attention. D'après le balancement de ses hanches, elle était tellement concentrée sur ce que faisaient ses doigts entre ses jambes qu'elle ne semblait pas remarquer ceux qui jouaient avec ses seins savonneux et qui s'étaient mis à pincer et à faire rouler ses tétons avec plus de pression que d'habitude.

Bientôt, elle haletait tout en frottant ses fesses contre lui.

— Oh M-Monsieur, s'il vous plaît. Je vais jouir.

— Mais tu n'as pas encore la permission de jouir, poupée.

Il sourit à son grognement de frustration.

— Tu n'as toujours pas répondu à ma question et tu sais que je n'aime pas me répéter.

Alors qu'il augmentait la vitesse et l'intensité de ses gestes, elle commença à soupirer son prénom tout en essayant de se dérober à ses doigts insistants. Il ralentit aussitôt pour éviter qu'elle jouisse avant de lui répondre, tout en la maintenant au bord du précipice.

— Oui ! C'est pour ça que j'étais... Que j'étais en retard. J'étais tellement dans ce que j'écrivais, je...Oh, mon Dieu, Devon, s'il te plaît... J'ai perdu la notion du temps.

Il lui pinça le clitoris et le téton en même temps.

— Jouis maintenant, poupée.

Et elle le fit. Elle jouit plus fort et plus longtemps que jamais auparavant. Sans les bras puissants de Devon pour la soutenir, elle aurait pu fondre dans l'eau. Lorsque les derniers frissons quittèrent son corps, il rinça le savon de sa peau avant de l'aider à s'asseoir sur le siège carrelé intégré à la douche. Il s'empressa de se laver avant de couper l'eau et de récupérer trois serviettes dans le grand meuble, à l'extérieur de la douche. Il en suspendit une à un crochet et emporta les deux autres pour s'occuper de Kristen. La soutenant par le bras alors qu'elle se levait, il passa la première serviette sur ses bras et ses jambes avant de l'enrouler et de la fixer autour de son buste. Puis il lui demanda de se pencher en avant et de retourner ses cheveux sur sa tête afin de les sécher lui-même.

Après avoir pris soin de Kristen, Devon attrapa la dernière serviette et se sécha rapidement. *C'est naturel*, pensait-il, elle méritait de passer en premier. Elle était sa soumise, sa femme, son... amour. Son esprit s'empara de cette pensée soudaine tandis que son corps la suivait par automatisme dans la chambre, où ils laissèrent tomber leurs serviettes avant de grimper dans son lit. Était-ce de l'amour qu'il ressentait ? Il ne pouvait pas en être certain, puisqu'il n'avait encore jamais été amoureux, mais aucun autre mot ne semblait correspondre.

Son père aurait ri s'il savait ce qui se passait dans la tête de son fils. Il lui avait toujours dit : « Quand tu rencontreras la bonne, elle te fera plier si rapidement que tu n'auras pas le temps de comprendre ce qui t'arrive. »

Son père avait raison. Ils n'étaient ensemble que depuis peu, mais Devon était tombé amoureux. Il ne pouvait pas imaginer redevenir celui qu'il était un peu plus d'une semaine auparavant, quand il ne l'avait pas encore rencontrée, abordée, touchée... ni aimée. Oui, c'était forcément de l'amour, il n'y avait pas d'autre façon de décrire ce qu'elle représentait, l'autre moitié de son âme. Devon Sawyer, célibataire endurci et fier de l'être, était amoureux. Mais il n'était pas prêt à le dire à Kristen ni à qui que ce soit d'autre. Il n'était pas prêt à mettre son cœur et son âme en jeu. Elle n'était peut-être même pas prête à l'entendre, puisque l'encre sur ses papiers de divorce était tout juste sèche. Elle lui avait dit qu'elle l'aimait en s'endormant tout à l'heure, mais il était convaincu qu'elle n'en avait pas conscience et qu'elle ne le pensait pas vraiment. Ni lui ni elle n'en avaient parlé. Pour l'instant, s'il n'était pas capable de prononcer les mots à haute voix, il pouvait tout de même les lui montrer avec son corps. Il s'allongea à côté d'elle et l'attira à lui avant de faire une chose qu'il n'avait encore jamais faite. Il fit l'amour à une femme, *sa* femme.

Chapitre Dix-Neuf

Devon soupira alors que l'un des deux militaires postés devant la salle de conférence lui ouvrait la porte. Il suivit Brody, Jake, les agents Chan et Dobrwski du NCIS, et enfin Beau, avant que la porte ne se referme derrière eux. Les autres ne tarderaient pas à arriver pour poursuivre la tâche colossale qui les attendait. La veille, ils avaient passé plus de douze heures à éplucher des cartons entiers de rapports et de photos, et ils n'en étaient encore qu'au tout début. Près de cent boîtes de dossiers étaient empilées dans tout le périmètre de la pièce.

Ils étaient répartis en trois groupes de deux, chacun affecté à une mission différente. Les moindres détails étaient passés au crible. Puis, pour s'assurer de ne rien oublier, chaque mission était confiée à un autre binôme jusqu'à ce que toute l'équipe ait examiné chaque dossier. C'était un processus fastidieux, et aujourd'hui, ils allaient reprendre là où ils s'étaient arrêtés. Alors qu'ils prenaient place autour de la grande table, Jake commença à distribuer les repas qu'il avait commandés pour tout le monde dans une épicerie en venant.

— Combien de questions pensez-vous que Paula aura aujourd'hui ? plaisanta Brody en déballant l'un de ses deux énormes sandwiches au bacon, aux œufs et au fromage.

Ce type était accro aux œufs. Il pouvait en manger de toutes les manières possibles, à chaque repas de la journée, tant qu'ils étaient accompagnés d'une forme de viande et de sa sauce piquante préférée.

— Merde, j'espère qu'il n'y en aura pas beaucoup. Sinon, je la vire avant la fin de la journée, répondit Devon en s'asseyant avec un café et un sandwich aux œufs.

La veille, Paula avait prouvé que la prédiction de Brody était exacte. Elle était manifestement contrariée de ne pas avoir le droit d'entrer dans la salle de conférence et de ne pas être au courant de ce qui s'y déroulait, surtout avec des gardes armés à la porte. Bien sûr, elle n'avait pas exprimé son mécontentement, mais tout au long de la journée, elle avait frappé à la porte, posant des questions ineptes dont elle connaissait déjà les réponses, ne serait-ce que pour jeter un coup d'œil chaque fois que la porte était entrouverte.

Barbara Chan prit une bouchée de son bagel au fromage frais.

— Si elle recommence aujourd'hui, je pourrais demander à l'un des gardes de l'abattre par principe.

La porte se rouvrit et Ian fit son entrée, surprenant une partie de la conversation.

— S'il vous plaît, évitez ça. Les moquettes ont été refaites il y a quelques semaines et je ne veux pas qu'il y ait du sang dessus, commenta-t-il en fermant la porte et en prenant un café, un sandwich et un siège – dans cet ordre. Je vais reparler avec Paula. Je ne veux pas la renvoyer si je n'y suis pas obligé, parce qu'aucun d'entre nous n'a le temps ni l'envie d'apprendre à une nouvelle recrue tout le fonctionnement du bureau. Sauf si quelqu'un se porte volontaire.

Les membres de l'équipe secouèrent la tête avec insistance.

— C'est bien ce que je pensais. Si ça continue, je vais appeler Madame Kemple pour voir si elle peut revenir de Miami pendant une semaine ou deux et former quelqu'un d'autre. En attendant, nous avons un tueur à attraper.

Il commença à distribuer les dossiers volumineux.

— La journée va être longue.

Deux heures plus tard, Devon avait les yeux en feu après avoir lu près d'un million de pages dactylographiées. Bon, peut-être pas un million, mais presque. Son téléphone sonna et il regarda l'écran, heureux de voir que c'était Kristen. Il lui demanda de patienter pendant qu'il quittait la salle de conférence et se dirigeait vers son bureau, fermant la porte pour plus d'intimité.

— Salut, bébé.

— Salut. Comment vas-tu ? Tu as trouvé quelque chose ?

Il lui avait raconté une version abrégée de ce qui se passait, ce matin, alors qu'ils partageaient le petit-déjeuner dans sa cuisine avant de partir tous les deux. Il avait peut-être une cible dans le dos, et l'équipe était d'accord sur ce point : si elle était avec lui, elle avait le droit de savoir. Ils doutaient qu'elle coure un quelconque danger, mais il était toujours préoccupé par sa sécurité et deux de ses agents sous contrat gardaient un œil sur elle. Ces hommes excellaient dans leur domaine et il leur avait dit qu'il ne voulait pas qu'elle sache qu'ils étaient là pour ne pas l'inquiéter. Jenn avait aussi deux gardes du corps qui l'accompagnaient à l'université. Après les meurtres de ses parents, il était plus que probable qu'elle soit une cible, elle aussi. En plus de ces quatre gardes du corps et de leurs sentinelles habituelles à l'entrée principale, cinq autres agents armés et hautement entraînés patrouillaient en permanence dans l'enceinte. On surveillait également les appartements de Brody, Jake, Marco et Boomer pendant leur absence.

— Non, pas encore. Et toi, qu'est-ce que tu fais ?

— J'essaie de remplir mon quota de mots pour la journée et j'y suis presque. Si ça ne te dérange pas, je me suis servie de ton inspiration pour la scène de la douche que je viens d'écrire.

Sa voix était basse et enjôleuse. Son cerveau repassa la scène de la douche de ce matin. Ce moment avait été extrêmement satisfaisant pour tous les deux et il partit d'un petit rire.

— Non, poupée, ça ne me dérange pas. En fait, j'ai même hâte de t'inspirer davantage ce soir. Je vais devoir réfléchir au moyen de devenir ta muse charnelle. Mais pour l'instant, une idée m'a traversé l'esprit. J'aimerais que tu apportes ton ordinateur portable ce soir.

Curieuse, elle demanda :

— Pourquoi ?

— Je veux que tu me lises la scène de la douche que tu as écrite.

— Quoi ?! Devon, je ne peux pas te la lire !

C'était une chose qu'il veuille en prendre connaissance, mais c'était tout à fait différent qu'elle lui en fasse la lecture. La scène était si torride qu'elle avait rougi rien qu'en l'écrivant et elle savait que ses joues seraient cramoisies lorsqu'elle prononcerait ses propres mots à voix haute.

Il rit de sa stupeur et de son embarras évidents.

— Bien sûr que tu peux, et tu le feras même toute nue. Je suis ton dom et je te l'ordonne. Tu sais ce qui se passe quand tu n'obéis pas à mes ordres.

Son profond soupir résonna lourdement à son oreille et son sourire s'agrandit.

— D'accord. Oui, Monsieur.

L'instant d'après, elle avait retrouvé sa bonne humeur :

— Bon, changement de sujet. J'appelais pour te demander si tu voulais aller à Clearwater Beach ce soir. Une de mes camarades de classe du lycée est en tournée avec une troupe d'impro et ils font un spectacle dans un hôtel là-bas à vingt et une heures. Je lui ai envoyé un message sur Facebook. Elle a dit qu'elle me garderait une table pour huit si je veux. Will, Kayla et Roxy ont dit qu'ils adoreraient y aller, et je me demandais si toi et trois des gars ou peut-être Jenn aimeriez venir avec nous. Je comprendrais que tu ne veuilles pas, avec tout ce qui se passe, mais je me suis dit que ça nous ferait quelque chose de différent. Tu as sûrement besoin d'un peu de répit après ces derniers jours.

Il ne pouvait qu'acquiescer. La semaine avait été longue et stressante, et une parenthèse humoristique serait la bienvenue. Cela apaiserait un peu sa tension.

— Ça a l'air génial. Je viendrai et je vais voir qui d'autre est intéressé. Et si tu me rejoignais ici à vingt heures ? On ira tous ensemble en voiture.

— Ça marche. J'enverrai un message à Sara pour qu'elle garde la table. Les filles et Will nous rejoindront là-bas. Ce sera plus facile pour eux, au lieu de faire le chemin inverse jusque chez toi.

— Parfait.

Il jeta un coup d'œil à l'horloge de son bureau et vit qu'il lui restait encore des heures assommantes à passer.

— Je vais me remettre au travail, je te vois plus tard. Oh, et n'oublie pas ton ordinateur, poupée.

Il sourit lorsqu'elle gémit, l'imaginant presque lever les yeux au ciel.

— Oui, Monsieur.

✳ ✳ ✳

Peu après vingt heures, Devon, Kristen et Jenn s'installèrent sur la banquette arrière de la Ford F-150 de Brody tandis que Jake prenait le siège passager avant. Brody démarra, en même temps que le conducteur de la Cadillac Escalade garée derrière eux. Par précaution, deux gardes affectés à Jenn les suivraient, à l'aller comme au retour de Clearwater Beach. Jenn et Kristen bavardèrent en chemin tandis que les hommes restaient attentifs à tout ce qui sortait de l'ordinaire. Devon était exaspéré, parce qu'ils n'avaient trouvé aucun indice sur la raison pour laquelle quatre de leurs amis avaient été assassinés. Son esprit continuait à chercher une réponse. Il leur faudrait au moins trois jours de plus pour parcourir les fichiers et il espérait seulement que la solution leur viendrait. Si ce n'était pas le cas, il se demandait bien sur quelles pistes ils poursuivraient.

Quinze minutes après le début de leur excursion, ils s'engagèrent sur l'autoroute et traversèrent un pont au-dessus d'un grand lac. Derrière eux et derrière l'Escalade, un Hummer gris changea de voie et accéléra pour dépasser les deux véhicules par la gauche. Devon regarda le bolide imposant aux vitres teintées qui passait à côté de lui du côté du conducteur et son alarme interne se déclencha. Avant qu'il n'ait le temps de prévenir Brody, le Hummer fit une embardée sur la droite, les percuta et poussa leur Ford contre la glissière de sécurité en métal, qui fut incapable de résister au pick-up de deux tonnes. Dans les cris des femmes et les jurons des hommes, leur véhicule s'envola et dégringola vers le lac dix mètres en contrebas. L'impact à la surface de l'eau fut douloureux et les airbags du conducteur et du passager se déployèrent lorsque le pare-chocs la percuta en premier, en raison du poids du moteur.

Après que le véhicule se fut stabilisé, l'intérieur de la cabine commença à se remplir d'eau à une vitesse alarmante. Devon secoua la tête pour se ressaisir et évalua rapidement la situation. Détachant sa ceinture de sécurité, il s'empressa d'en faire autant avec celles de Jenn et Kristen, toujours sous le choc.

Jenn s'écria :

— Oncle Brody !

Il suffit à Devon de jeter un coup d'œil vers le siège avant pour voir Jake qui essayait de libérer leur ami inconscient. Sachant qu'il pourrait s'occuper de Brody, Devon se retourna, leva les deux pieds et donna un coup puissant dans la vitre arrière. S'il ne les sortait pas rapidement du véhicule en perdition, ils allaient couler avec lui. Il saisit d'abord Kristen, assise à côté de lui, et la poussa par l'ouverture avant d'attraper Jenn. Une fois les deux femmes en sécurité hors de l'habitacle, dans l'eau trouble, il se tourna vers Jake pour l'aider à hisser Brody, toujours inconscient, sur la banquette arrière et le faire sortir par la vitre aussi délicatement que possible. Ils ne savaient pas quelles pouvaient être ses blessures, mais ils préféraient prendre le risque de le déplacer plutôt que de le laisser se noyer.

Devon constata qu'il y avait environ cinquante mètres de nage jusqu'au rivage. Il poussa les deux femmes devant lui. Pendant qu'il les aidait, Jake commença à nager avec son bras autour du torse de Brody, traînant le corps de son ami dans une prise de sauvetage. Alors qu'ils approchaient du bord, Devon entendit des cris depuis le pont, en haut, et la berge devant eux. Levant les yeux, il se figea en découvrant l'un de leurs deux gardes du corps, debout au bord de l'eau, pointant son arme semi-automatique sur eux.

Putain ! Un de leurs agents était un traître ? Ils étaient de véritables cibles à découvert. Bondissant en avant, il s'interposa entre les femmes et le danger juste au moment où l'homme ouvrait le feu à trois reprises en succession rapide. Devon hurla, tout en essayant de sortir sa propre arme gorgée d'eau de son holster, dans le bas de son dos. Il regarda fébrilement alentour pour savoir qui avait été touché, car ce n'était pas lui. Ce fut à ce moment qu'il aperçut ce qui semblait être une grande bûche flottant sur l'eau à trois mètres environ par-dessus son épaule gauche. Mais ce n'était pas un rondin, c'était un alligator... un très gros alligator mort. Il se retourna vers le garde du corps qui avait baissé son arme et pataugeait à présent dans l'eau pour leur porter assistance tout en restant attentif à d'autres dangers éventuels. Devon poussa un profond soupir de soulagement et fit un signe de reconnaissance à son sauveur.

* * *

Devon vit Ian et Boomer accourir alors que la première ambulance s'éloignait de la scène mouvementée de l'accident, transportant un Brody semi conscient et l'un des gardes chargés de sa protection. Il avait emprunté un téléphone pour les contacter, car tous les portables qui étaient dans le véhicule de Brody devaient d'abord sécher. Ian rejoignit le groupe avec une longueur d'avance sur le jeune homme et s'occupa immédiatement de Jenn, puis de Kristen, dont les entailles et les contusions étaient déjà soignées par les secouristes. Une fois convaincu qu'elles allaient s'en sortir, ainsi que Jake et Devon, meurtris et malmenés, qui les couvaient d'un œil protecteur, Ian tourna ses yeux inquiets vers son frère et aboya :

— Au rapport !

Devon changea de position et fit la grimace. Un jean mouillé, quelle plaie.

— Le mec est sorti de nulle part. S'il nous suivait, alors il est bon, parce qu'aucun de nous n'a rien compris jusqu'à ce qu'il soit trop tard. L'équipe de sécurité n'a pas semblé le perturber. Hummer gris de deux ou trois ans et plaques couvertes de saleté, illisibles. Les vitres étaient teintées, on ne pouvait pas distinguer les traits, mais le conducteur était un homme et il était seul. La police a lancé un avis de recherche, mais je ne suis pas optimiste. C'était sûrement un véhicule volé.

Après leur sortie de route, le garde au volant de l'Escalade avait freiné brutalement et laissé son partenaire sortir pour aider les victimes, puis il s'était lancé à la poursuite du Hummer, alertant au passage les services d'urgence. Mais cette brève pause avait laissé au suspect l'occasion dont il avait besoin pour prendre la fuite.

— Comment va Brody ?

— On lui a sonné les cloches, mais il revenait à lui quand ils sont partis à l'hôpital. J'ai envoyé Henderson avec lui.

Henderson était le garde du corps et ancien tireur d'élite des Marines qui leur avait évité de servir de dîner à l'alligator de deux mètres. Devon avait l'intention de lui donner une prime pour ce tir difficile et redoutable, en plein dans le cerveau du reptile aquatique.

— Aïe !

Les yeux de Devon se tournèrent vers Kristen en entendant son cri de douleur et il grogna contre la secouriste qui, manifestement, lui avait fait mal. La femme l'ignora comme si elle se faisait grogner dessus toute la journée.

— Je ne pense pas que ce soit fracturé, mais vous aurez un beau bleu au tibia.

Kristen jeta un coup d'œil à Devon alors qu'on la soulevait sur une civière pour l'emmener à l'hôpital.

— Je peux m'accommoder d'un hématome, quand je pense qu'on a failli être tués.

Elle n'avait pas l'air en colère, comme si elle ne lui reprochait pas de l'avoir mise en danger, mais Devon se sentait tout de même coupable. Sans son passé dangereux, elle n'aurait pas été blessée. Une entaille sur le front demanderait plusieurs points de suture et elle avait très probablement eu une commotion cérébrale. Comme tous les autres, elle présentait aussi de multiples petites coupures et des bleus un peu partout. Il fit la grimace en pensant qu'elle pourrait être morte par sa faute. En tant que dom et amant, il était censé la protéger et il avait échoué. Son estomac se noua. Si elle restait avec lui, il y aurait toujours une chance que quelqu'un de son passé vienne se venger pour une raison quelconque. Et mettre sa vie en danger parce qu'il était assez égoïste pour l'aimer, ce n'était pas une perspective envisageable. Il devait la laisser partir, avant qu'elle ne soit à nouveau blessée ou, pire encore, qu'elle ne soit tuée.

À côté de lui, Ian saisit son épaule dans une poigne à la fois ferme et douce. En se détournant de Kristen pour regarder son frère, Devon vit la compassion et la compréhension dans les yeux de son aîné. Ian se pencha vers lui et dit à voix basse :

— Je sais ce que tu penses, et tu dois absolument arrêter. Ce n'était pas ta faute, tout comme la mort de John n'était pas ta faute. Kristen est en vie, et tu feras de ton mieux pour qu'elle le reste. Mais frangin, elle pourrait être blessée en traversant une rue un jour, qu'elle soit avec toi ou pas. Ce sont des choses qui arrivent. Tu l'aimes. Je le vois bien et tout le monde le voit. Pour une raison cosmique qui m'échappe, elle t'aime aussi. Personne ne sera éternel, Dev, alors as-tu envie d'être heureux ou malheureux pour le reste de ta vie ? C'est une évidence, mais là encore, on ne peut pas dire que le cerveau, ce soit ton fort. Ça doit aller avec ta petite bite d'Irlandais.

Devon ricana aux derniers commentaires de Ian, mais il ne lui répondit pas. Il devait y réfléchir. Son frère avait raison, cependant il ne se sentait pas mieux maintenant que sa femme avait été placée à l'arrière d'une ambulance. Une fois qu'elle fut à bord, il y monta et prit place sur la banquette à côté d'elle, sa main dans la sienne. Il avait besoin de la toucher. Peut-être n'avait-il pas encore pris de décision définitive sur leur relation, mais quoi qu'il arrive, il continuerait à la protéger de sa vie.

Chapitre Vingt

Cinq longues heures plus tard, Devon aidait Kristen à grimper dans son lit, après les avoir déshabillés tous les deux, puis lavé leurs corps pour en chasser l'eau croupie du lac. Elle était couverte de coupures et d'ecchymoses, et il avait beaucoup de mal à temporiser la colère de ce qui s'était passé et la peur de ce qui aurait pu lui arriver. Il lui lava tendrement les cheveux et la peau avant d'essuyer les gouttes d'eau sur son corps. L'entaille sur son front avait nécessité douze petits points de suture, mais le chirurgien plastique avait fait de son mieux pour éviter toute cicatrice visible après la guérison. Bien qu'elle ait subi une légère commotion cérébrale, comme il le soupçonnait, le médecin urgentiste leur avait assuré qu'elle pouvait rentrer chez elle à condition que Devon reste à proximité et la surveille, à l'affût de tout symptôme associé.

Brody n'eut pas cette chance. Après de nombreuses protestations, le geek de la bande fut admis à l'hôpital pour la nuit, en observation, avec une commotion modérée. Devon savait que s'ils avaient réussi à convaincre Brody de rester, malgré sa vision trouble et ses nausées, c'était la menace proférée par Ian de récupérer des menottes dans son SUV. Le Boss avait aussi dit au blessé qu'il allait appeler Maîtresse China pour qu'elle vienne le torturer. Leur coéquipier était maintenant entre les mains de quatre gardes du corps qui se relayaient à son chevet et d'une très jolie infirmière qu'il avait draguée dès que les autres eurent quitté les urgences.

Ian s'occupait de Jenn dans son appartement, en bas. Leur nièce s'était fracturé le poignet, maintenant plâtré, et avait subi des coupures et des contusions. Lorsqu'ils étaient tous arrivés à la maison, Beau, anxieux, n'avait pas réussi à déterminer laquelle de ses femelles préférées avait le plus besoin de lui, mais il avait fini par suivre la jeune femme dans sa chambre. Jake et Devon s'en étaient mieux sortis que les autres, avec des bosses et des bleus légers. Ils seraient sans doute raides au matin, souffrant du contre-coup de l'accident. En fait, Devon n'en revenait toujours pas qu'ils en aient tous réchappé avec des blessures mineures. Les airbags et les ceintures de sécurité avaient fait un travail incroyable.

Boomer et Jake s'étaient réfugiés dans les chambres d'amis au-dessus des bureaux de Trident, dans l'enceinte sécurisée. Ian avait doublé le personnel chargé de leur sécu-rité et envoyé deux gardes supplémentaires chez Marco. Il ne prendrait pas de risques avec les vies de ses coéquipiers. Ian et Devon voulaient faire venir Marco et sa sœur dans l'enceinte, mais il était impossible de déplacer Nina, mainte-nant alitée à cause de sa maladie. Devon avait parlé à leur coéquipier après qu'il eut appelé Ian et Boomer sur le lieu de l'accident, mais il lui avait recommandé de rester avec sa sœur. Il voulait seulement s'assurer que Marco et les hommes qui surveillaient sa maison restent vigilants. Le pauvre était tiraillé entre l'envie de rester avec Nina et celle de partir en laissant son ami prendre sa place. Il ne voulait pas perdre le temps qu'il lui restait avec elle ni courir le risque qu'elle soit blessée par celui qui s'en prenait à leur équipe.

Devon avait également contacté Will depuis l'hôpital et lui avait assuré que Kristen allait bien, mais qu'elle était un peu amochée. Elle se remettrait et il n'était pas nécessaire que ses amis et lui débarquent aux urgences, car ils ne feraient qu'ajouter au chaos général. Il ne voulait pas lui raconter en détail ce qui s'était passé, mais une équipe de journalistes était arrivée au moment où l'ambulance de Kristen quittait les lieux et l'histoire avait été diffusée au journal de vingt-trois heures. Ce qu'ils avaient réussi à garder secret, c'était qu'il ne s'agissait pas d'un accident. Ils avaient réussi à convaincre les détectives de Tampa, arrivés pour mener l'enquête, que le chauffard devait être un ivrogne qui avait perdu le contrôle de sa voiture. La dernière chose qu'ils voulaient, c'était que leur ennemi sache qu'ils avaient compris que l'équipe quatre était prise pour cible. Cela dit, s'il avait laissé les meilleurs policiers de Tampa dans l'ignorance, Ian avait fait savoir aux agents du NCIS et à Keon ce qui s'était passé, ne leur dissimulant aucun détail.

Une fois Kristen installée sous les couvertures, Devon alla chercher une bouteille d'eau et du paracétamol, que le médecin l'autorisait à prendre toutes les quatre heures, et les déposa sur la table de chevet à côté d'elle. On lui avait refusé des traitements plus forts à cause de sa plaie à la tête. Devon s'assura qu'elle n'avait besoin de rien d'autre avant de monter dans le lit à côté d'elle et de l'attirer contre lui.

— Tu es sûre que tu vas bien, bébé ? Je sais que je te pose la même question toutes les cinq minutes depuis qu'on est sortis du lac, mais j'ai besoin d'entendre ta réponse, encore et toujours.

Elle tourna la tête de son épaule et déposa un doux baiser sur son torse nu avant de s'installer à nouveau, sa main sur son cœur et son tatouage.

— Je vais bien, Devon, je te le jure. J'étais terrifiée quand ça s'est passé, mais c'est fini maintenant, et tout le monde va bien. Je suis soulagée et un peu endolorie, rien d'autre. Ça aurait pu être tellement pire, mais nous sommes en vie et je veux juste que tu me tiennes dans tes bras.

Il lui prit la main et la porta à ses lèvres.

— Je suis tellement désolé, poupée. C'est ma faute si tu as été blessée. Mon Dieu, quand je pense que Jenn et toi auriez pu être tuées, ça me donne envie d'étriper quelqu'un.

Kristen grimaça en changeant de position, appuyant le haut de son corps sur son coude. Elle lui lança un regard furieux.

— Comment peux-tu dire ça ? Ce n'était pas ta faute, Devon. Ce n'est pas toi qui nous as fait sortir de la route. Le type est un taré et il est sûrement le seul à en connaître la raison. Je ne vais pas te laisser t'accuser pour les mauvaises actions d'une autre personne. Il a peut-être tué tes amis, tu vas me dire que tu te sens responsable de ça aussi ? Es-tu en train de dire que tu aurais pu prédire l'avenir et l'arrêter avant que les parents de Jenn ou les deux autres SEAL soient tués ? Parce que si tu te sens responsable de tout ce qui s'est passé, je vais faire ce dont Ian a menacé Brody et appeler Maîtresse China.

La tension dans son corps se relâcha et il pouffa à la fin de sa diatribe virulente.

— Oh, poupée. Est-ce que tu viens de menacer ton dom ?

Posant la tête sur son épaule, elle souffla.

— Oui, je l'ai fait, Monsieur. Parce que mon grand méchant dom se reprochait une chose sur laquelle il n'a aucun contrôle. Ça semble être une de ses mauvaises habitudes. Et si tu penses que tu vas me détacher ce collier et me laisser partir à cause de ça – oui, j'ai entendu ce que Ian t'a dit –, alors je vais devoir te secouer les puces.

— Les pouces.

Elle le dévisagea, perplexe.

— Quoi ?

— Tu as dit « te secouer les puces ». C'est « te secouer les pouces ».

Sidérée par son arrogance, elle rétorqua :

— Vraiment, Devon ? Tu comptes discuter avec une diplômée en lettres ? Utilise Google quand tu ne sais pas. C'est « secouer les puces ». Et d'abord, pourquoi est-ce qu'on parle de ça ? Ce que je voulais dire, c'est que tu vas devoir trouver une raison bien meilleure si tu veux me détourner de toi.

La bouche de Devon s'ouvrit toute grande. Cette femme ne manquait jamais de le surprendre, et quand il croyait en avoir fait le tour, elle le surprenait à nouveau.

— Alors, c'est vrai ce que Ian a dit ? Est-ce que tu m'aimes ?

Sa question lui faucha les jambes et il eut du mal à reprendre sa respiration avant de lever le menton pour la regarder dans les yeux. Ils étaient embués de larmes qu'elle retenait, mais surtout, ils étaient emplis d'espoir et d'amour pour lui.

— Oui, Mademoiselle Kristen Anders. Je t'aime. Je n'aurais jamais pensé rencontrer une femme qui puisse voler mon cœur comme tu l'as fait, mais je suis heureux. Je t'aime, poupée.

— Tant mieux. Parce que Ian avait raison sur autre chose. Je t'aime, moi aussi. Après l'échec de mon mariage, je ne pensais plus jamais pouvoir dire ces mots à un homme. Mais je suis contente de l'avoir fait, et encore plus que ce soit avec toi.

Devon se pencha et l'embrassa avec toute la tendresse possible. Puis il l'étreignit, longtemps encore après qu'ils se furent tous deux endormis.

* * *

Après la fin du journal télévisé, l'assassin utilisa la télécommande pour changer de chaîne depuis le lit de sa chambre de motel, avant de descendre la dernière bouteille de whisky. Il était furieux. Il avait pris un grand risque, ce qu'il faisait rarement, et pour rien du tout. Après avoir surveillé le domaine pendant plusieurs jours, il n'avait pas réussi à trouver le moyen de réunir les quatre cibles. La sécurité avait augmenté et il était absolument impossible d'entrer. Il avait besoin d'une nouvelle occasion pour les faire sortir tous ensemble en même temps.

Il avait installé sa propre caméra de surveillance dans un arbre, aussi près que possible de la clôture sous surveillance. À présent garé à moins d'un kilomètre de là, il voyait sur son ordinateur portable trois de ses quatre cibles, ainsi que les deux femmes, monter dans un pick-up Ford. Il les suivit à la recherche d'une ouverture. Il ne savait pas comment ils avaient réussi à s'en sortir, mais ils avaient survécu, ce qui lui compliquait considérablement la tâche. Si son employeur n'avait pas appelé tous les jours en demandant des résultats immédiats, il n'aurait pas pris le risque qu'il avait pris. Ce salaud avait raccourci les délais et lui avait donné cinq jours pour terminer le travail sous peine de ne pas être payé.

Putain !

Chapitre Vingt-Et-Un

Le samedi arriva et s'écoula sans aucune nouvelle information sur le chauffard au Hummer qui avait essayé de les tuer. Ils n'avaient pas trouvé plus de pistes dans les cartons de dossiers de la salle de conférence. Ils n'en étaient qu'à la moitié, et tout le monde était sur les nerfs.

Kristen n'avait apporté qu'une seule tenue de rechange le vendredi soir, ayant prévu de dormir chez Devon. Au lieu de lui permettre de quitter à nouveau le complexe, il avait envoyé l'un des gardes du corps à son appartement pour récupérer quelques vêtements ainsi qu'une courte liste d'articles qu'elle lui avait fournie. Il refusait de la laisser partir de sa maison lourdement gardée tant que ce cauchemar ne serait pas terminé. Il aimait la savoir chez lui, où il pouvait se rendre à tout moment. L'idée de lui proposer d'emménager définitivement dans son appartement lui avait traversé l'esprit plusieurs fois ce matin, mais ils n'étaient pas encore prêts à faire ce grand pas.

Pendant que Devon était avec son équipe, sans Brody, à lire des pages et des pages de rapports de mission, Jenn et Beau traînaient avec Kristen dans son appartement. Les deux femmes étaient encore un peu abîmées, alors il les avait installées des deux côtés de son canapé en forme de « L » avec des oreillers et des couvertures. Il leur avait laissé de l'eau, du paracétamol, des en-cas, le téléphone de la maison, les ordinateurs, les livres et la télécommande de la télévision à portée de main, demandant à Beau de les protéger au prix de sa vie avant de se rendre au bureau.

Malgré une violente migraine et des nausées persistantes, Brody avait réussi à sortir de l'hôpital, raccompagné au domaine par ses gardes du corps en fin d'après-midi. Immédiatement, il s'était installé dans la chambre voisine de celle qu'utilisait Boomer.

Devon avait récupéré l'ordinateur de Kristen en prenant son sac dans la voiture, et elle travaillait toujours à son quota de mots quotidien, réussissant à écrire plus qu'elle ne l'avait prévu. Jenn, quant à elle, avait plusieurs devoirs à faire pour la fac, ce qui l'occupait aussi pendant la journée. Will avait appelé et insisté pour savoir si sa cousine allait bien. Devon avait fini par l'inviter, ainsi que Kayla et Roxy, pour partager un simple dîner chinois à emporter, un soir. Comme il ne voulait pas risquer de quitter l'enceinte avec Kristen, c'était la seule option envisageable. Jenn, Ian et Beau se joignirent à eux, tandis que Jake et Boomer restaient avec Brody, encore un peu sonné et d'humeur exécrable. Dans la salle de détente au-dessus des bureaux, ils avaient commandé une pizza et regardé un match de foot.

Les deux groupes assis à la table de Devon, entre amis et membres de leurs deux familles, s'étaient immédiatement appréciés et la conversation allait bon train. Dès que Jenn avait appris que Kayla était assistante sociale, elle s'était rapprochée d'elle, lui posant toutes sortes de questions auxquelles la femme plus âgée se fit un plaisir de répondre.

Jenn essayait toujours de trouver sa place dans le monde et envisageait de se spécialiser dans l'aide sociale. Roxy et Ian avaient découvert qu'ils avaient des connaissances communes, et entre eux et le *Covenant*, ils avaient beaucoup de choses à se dire. Malgré son comportement efféminé, Devon trouvait le cousin de Kristen drôle et très abordable. Il avait été surpris d'apprendre que Will était conservateur adjoint au musée d'art de Tampa, un poste guindé qui ne correspondait pas du tout à la personnalité exubérante du jeune homme. Il rit lorsque Will lui raconta que Kristen appelait Devon et ses coéquipiers le « Pack de Six Sexy », révélation qui entraîna un gémissement et de gros yeux de la part de sa ninja préférée.

La soirée fut agréable et leur permit à tous de se détendre, même s'ils avaient frôlé la mort un jour plus tôt. Malgré cela, Devon et Kristen étaient soulagés et épuisés quand tout le monde fut parti, peu après vingt et une heures. Kristen lui était reconnaissante d'avoir apaisé les craintes de son cousin concernant sa sécurité et de lui avoir promis de le tenir au courant. Will avait été là pour elle lorsque son mariage s'était effondré, et elle savait qu'il était difficile pour lui de la confier à Devon. Son cousin semblait enfin avoir décidé que c'était un homme digne de confiance et qu'il la protégerait au péril de sa vie. Will avait même plaisanté en disant que s'il lui arrivait quoi que ce soit d'autre, il trouverait un moyen de se faufiler en douce et de redécorer l'appartement de son dom en violet et vert fluo, avec des tissus sur le thème des animaux de la ferme.

Moins de dix minutes après avoir refermé la porte derrière leurs invités, Devon enlaçait une Kristen entièrement nue dans son lit. Ni l'un ni l'autre n'était prêt à faire quelque chose de trop intense, alors à la place, il lui fit l'amour tendrement et passionnément. Il effleura de ses lèvres douces toutes les entailles et les ecchymoses de sa tête jusqu'à ses orteils. Quand elle insista pour lui rendre la même délicatesse, il lui demanda de rester allongée sur le dos, la tête sur l'oreiller, puis il se contorsionna pour présenter chacun de ses bleus à sa bouche. Lorsqu'elle fut assurée de les avoir tous embrassés, il s'installa entre ses cuisses et entreprit de la caresser tout doucement. Ils étaient tous les deux si excités lorsqu'il enfila un préservatif et se glissa entre ses replis humides qu'il ne fallut qu'une minute ou deux avant qu'elle ne trouve son plaisir. Il la suivit quelques instants plus tard. Ce n'était pas la fin explosive qu'ils atteignaient habituellement, mais une oscillation toute douce, au bord du précipice, et ce qui leur manquait en intensité physique était largement compensé sur le plan émotionnel. C'était la confirmation qu'ils étaient bien vivants... et amoureux.

Le lendemain matin ressemblait à une répétition du jour précédent, avec des pages et des pages d'ennui qui ne tardèrent pas à piquer les yeux de Devon. Ils n'avançaient pas vite, même s'ils étaient tous les six à lire les rapports, en plus des deux agents du NCIS. La vision trouble et les nausées de Brody avaient presque entièrement disparu ce matin, et il était assis à la table de conférence avec les autres, sa chaise inclinée en arrière et ses pieds sur la table. Après la première heure, Ian cessa finalement de lui demander de laisser ses baskets en pointure quarante-sept sur le sol.

Ils étaient sur le point de faire une pause déjeuner quand on frappa à la porte fermée. Personne ne broncha. Cela ne pouvait pas être Paula, en congé pour le week-end. Depuis son siège, Ian lança :

— Entrez.

L'un des agents ouvrit la porte et tous se figèrent à la vue de Jenn, blême et tremblante. Kristen tenait le bras de la jeune femme pour l'aider à garder l'équilibre. Les yeux de Jenn étaient remplis de larmes et son menton tremblait.

— Oncle Ian.

Tout le monde bondit de son siège tandis que Ian se précipitait aux côtés de sa nièce. Il réussit à cacher la panique qui s'était emparée de lui, ainsi que de tous les autres occupants de la pièce.

— Qu'est-ce qui ne va pas, Jenn ? Que s'est-il passé ?

Elle leva son bras valide vers lui et ce fut à ce moment qu'ils constatèrent qu'elle tenait un petit boîtier de CD. C'était un boîtier vierge, utilisé pour les CD gravés.

— J'ai trouvé ça dans le carton avec mes autres enregistrements.

Comme elle n'ajoutait rien de plus, Ian se retourna vers ses coéquipiers et vit sur leurs visages la même hébétude qu'il ressentait. Il lui prit le boîtier et ouvrit le couvercle.

— Qu'est-ce que...

Devon vit le visage de son frère pâlir de quelques teintes.

— Qu'est-ce que c'est ?

Ian lut alors à haute voix les mots inscrits sur la surface du disque.

— *Ian, s'il devait m'arriver quelque chose, voici ma dernière volonté et mon testament – Jeff.*

— C'est quoi ce bordel ?

Brody s'approcha et prit le disque que tenait Ian, puis il ranima son ordinateur en veille.

— Qu'est-ce que ça fichait dans les affaires de Baby-girl ? Ça ne devrait pas être chez son avocat ? Enfin, son avocat avait son testament, non ?

Ian acquiesça en prenant Jenn dans ses bras pour la serrer très fort.

— Je suis sûr que ce n'est rien, ma chérie. L'avocat de ton père lui a sûrement donné une copie du testament et le disque se sera retrouvé avec tes affaires quand on a tout emballé.

Il regarda attentivement Kristen par-dessus l'épaule de Jenn.

— Et si tu retournais chez Dev avec Kristen ? Nous allons vérifier. S'il y a quelque chose que tu dois savoir, je te promets que je te le dirai, d'accord ? Kristen, tu veux bien commander des pizzas pour tout le monde ? Commandes-en suffisamment pour les agents de sécurité et les policiers, aussi. L'heure du déjeuner est passée, on commence à avoir faim.

Devon était fier de Kristen. Elle comprenait que Ian était inquiet de ce que contenait le disque et elle reprit le contrôle de Jenn, passant un bras autour de ses épaules. Avec un sourire rassurant et une fausse bravade, elle se retourna pour ramener la jeune fille dans le couloir.

— Bien sûr, pas de problème. Et pas d'anchois, d'accord ?

Avant que la porte ne se referme, il l'entendit murmurer :

— Tu vois, je t'avais dit que c'était sans doute une copie. Viens, Beau, on va te donner des croquettes aussi.

Alors qu'il s'asseyait et insérait le disque dans son ordinateur, Brody grommelait :

— Vous savez, je n'aurais jamais pensé dire ça, mais je commence à en avoir vraiment marre des pizzas.

Ses coéquipiers et Dobrowski se pressèrent autour de lui pendant que le fichier chargeait.

— Il n'y a qu'un élément. Un document Word.

Le document apparut à l'écran.

— Trois pages.

— Imprime-les, demanda Ian.

L'imprimante de la salle commença à cracher ses pages et Ian alla les chercher. Les autres se penchèrent pour lire par-dessus l'épaule de Brody. L'informaticien fut le premier à commenter.

— Jeff se fout de notre gueule ?

Barbara Chan était restée assise, incapable d'y voir quoi que ce soit avec six grands gaillards autour d'elle penchés sur le petit écran de quinze pouces.

— Qu'est-ce que ça dit ?

— C'est une liste des SEAL avec lesquels il a travaillé au fil des ans et ce qu'il leur a légué à sa mort.

L'agent parut perplexe et haussa les épaules.

— Alors ? Qu'est-ce qui ne va pas avec ça ?

— Eh bien, il m'a laissé sa souffleuse à neige et une paire de raquettes. C'est quand la dernière fois qu'il a neigé à Tampa ? Il a légué à Ian sa collection de verres à shooters du monde entier – je ne savais même pas qu'il en avait – et un exemplaire de poche du *Livre du petit coin par Tonton John*. Prichard était censé recevoir une planche de surf et l'un de ces poissons encadrés qui chantent quand on appuie sur le bouton. D'autant plus ridicule qu'il habitait dans l'Iowa, putain.

Boomer ricana, lisant par-dessus l'épaule de son ami.

— Ce n'est pas pire que ce que j'ai eu. Un renne dansant et ses vieilles rangers. Mes pieds font deux pointures de plus que les siens. Qu'est-ce que je vais bien pouvoir en faire ?

Désignant un nom sur la liste, Jake se mit à rire.

— Oh, les mecs, Urkel a dû l'énerver à un moment

donné. Il lui a laissé une collection de suspensoirs usagés et un ballon de basket dégonflé.

Steve Romanelli, surnommé Urkel, était leur opérateur d'armes lourdes autrefois et un redoutable adversaire sur le terrain de basket.

— Toute la liste est dans la même veine, c'est complètement loufoque, commenta Brody. Est-ce que Jeff avait une case en moins sans qu'on s'en rende compte ?

Ian avait pris place en face de la table et feuilletait les pages devant lui.

— Non, c'est un message codé. Tu vois que les noms ne sont pas en retrait, contrairement au reste du texte ?

— Oui.

— On dirait que les noms sont dans un ordre aléatoire. Ils ne sont pas classés par ordre alphabétique, ni par date de service, ni même par sa proximité en matière d'amitié. Devon n'apparaît pas sur la liste avant le bas de la deuxième page, et il est listé au nom *Sawyer, Devon*. Marco est deux rangs au-dessus de lui, inscrit comme *Marco DeAngelis*. Au fait, Révérend, il t'a légué son affreux pull de Noël et un canard en caoutchouc jaune. Il va falloir comprendre un jour à quoi ça correspond.

Jake leva les yeux au ciel tandis que Ian retournait l'une des pages et prenait un stylo.

— Il utilise indistinctement des prénoms, des noms de famille et des surnoms. Commence à lire les noms, Brody, exactement comme il les a écrits.

— Bon, tu es le premier. « I ». Ensuite, *Archer, Pete... Neil Radovsky... Boomer... Urkel...*

Brody égrena ainsi la liste entière, puis il regarda Ian, ainsi que tous les autres.

— *Ian, enterre-moi à l'endroit que je déteste le plus – Jeff Mullins.*

Alors que les autres paraissaient en proie à la confusion la plus totale, Ian se leva de sa chaise et commença à chercher parmi les étiquettes marquant chaque boîte qu'ils n'avaient pas encore examinée.

Dobrowski s'empressa de l'aider.

— Laquelle ? demanda-t-il.

— Colombie. Ernesto Diaz.

— C'est par ici, je crois.

L'agent se rapprocha de plusieurs piles sous le grand écran fixé au mur.

— Oui, c'est ici. Quatre boîtes.

Ian saisit le carton du haut, Dobrowski le deuxième. Devon se gratta la tête, visiblement dubitatif.

— Euh, Boss, tu veux bien nous expliquer ?

Déposant la boîte sur la table, Ian jeta le couvercle et commença à retirer les gros dossiers, qu'il se mit à distribuer à chaque membre de son équipe.

— Vous ne vous souvenez pas que Jeff se plaignait de la jungle, la dernière fois ? Il disait qu'il aurait préféré être n'importe où ailleurs sur Terre. Il détestait cet endroit. C'était sa toute dernière mission avec nous, et il râlait comme un pou à cause de ces fichus moustiques et autres bestioles.

Ian garda un dossier pour lui et alla se rasseoir.

— Jeff a découvert quelque chose. Quelque chose qui avait un rapport avec cette mission, et pour une putain de raison, il enquêtait lui-même. Il avait besoin de nous donner un point de départ, mais il ne pouvait pas risquer que l'indice soit découvert s'il lui arrivait malheur. En regardant la liste, n'importe qui penserait qu'il plaisantait ou, comme a dit l'Intello, qu'il était tout simplement fou. Les preuves ou les notes qu'il avait ont probablement été volées avec le reste du matériel, pour faire croire à un cambriolage qui aurait mal tourné. La réponse que nous cherchons est quelque part dans ces quatre boîtes.

— Fait chier.

Comme le reste de l'équipe, Devon récupéra le dossier qui avait atterri devant lui, puis il s'assit et entreprit d'examiner chaque détail de la mission qui avait duré un long mois.

Chapitre Vingt-Deux

L'assassin était de retour dans son arbre pour sa deuxième journée de surveillance consécutive. Il était là depuis l'aube, en tenue de camouflage pour échapper à la détection. Il prit une gorgée du liquide chaud et brun qu'il avait apporté dans une flasque, agacé qu'il n'en reste que quelques gouttes. Ajustant le fusil à longue portée sur ses jambes, il se remit à scruter la zone située quelques degrés en contrebas de sa position, avec ses jumelles high-tech.

Sa première initiative avait été de calculer la distance entre son perchoir et la porte du bâtiment où ses cibles s'étaient à nouveau rassemblées. Même s'il lui restait deux jours pour les éliminer, il commençait à être nerveux. Il avait hâte d'en finir, de partir sous les tropiques et de se laisser aller à ses vices préférés, le whisky et les belles femmes.

Il avait les poils dressés depuis une heure, mais il n'arrivait pas à comprendre pourquoi. Il ne voyait rien dans l'enceinte ni dans le bois environnant susceptible de causer un tel malaise chez lui, pourtant c'était un sentiment tenace.

En voyant les deux agents de la marine quitter le bâtiment après l'arrivée de leurs remplaçants, il jeta un œil à sa montre. Dix-neuf heures trente. Ce ne serait plus très long maintenant. Dès que ses cibles seraient à l'air libre, quatre tirs rapides mettraient fin à leurs jours. Il était à court d'options. À part lâcher une bombe sur le complexe ou faire venir des renforts, c'était son dernier recours. Après l'échec de sa tentative, deux jours plus tôt, les hommes étaient maintenant en alerte. Ils feraient tout ce qu'ils pouvaient pour contrecarrer les efforts visant à les éliminer. Il avait une moto volée cachée sur une piste cyclable à environ trois cents mètres derrière lui. Dans la panique et la confusion, ainsi que l'absence de porte dans la clôture de ce côté-ci, il aurait suffisamment d'avance pour s'enfuir sans problème. Rangeant ses jumelles, il prépara son fusil. En regardant dans la lunette de visée, il prit une profonde inspiration et attendit.

* * *

Huit heures, huit pizzas et beaucoup de café et de bouteilles d'eau plus tard, il y avait deux points sur lesquels ils étaient tous d'accord, mais personne n'avait encore identifié qui voulait leur mort. Primo, Polo et Boomer n'étaient probablement pas des cibles, et secundo, le nom de Prichard figurait sur la liste des cibles du tueur par pure circonstance. Les deux premiers n'étaient pas présents lors de cette mission spéciale. Boomer avait été mis sur la touche à cause d'une fracture à la cheville, tandis que la grand-mère de Marco, la femme qui les avait élevés, sa sœur et lui, était décédée à New York quelques jours avant leur départ. Il avait donc pris un congé pour aider sa sœur à organiser les funérailles et régler la modeste succession de la vieille femme. Malheureusement pour Eric Prichard, c'était lui qui avait pris la place laissée vacante par Marco – une place qui avait fini par lui coûter la vie. Ce détail notamment interpellait de plus en plus Marco à mesure qu'ils parcouraient les dossiers.

Seule une équipe de sept personnes avait été envoyée en Colombie pendant un mois pour recueillir des renseignements sur le baron de la drogue, Ernesto Diaz. L'homme trempait dans d'autres affaires louches que son empire de cocaïne. Parmi elles, un réseau d'esclavage sexuel et le commerce des armes. Il avait été tué lors d'un raid dans l'un de ses entrepôts alors qu'il vendait des armes de qualité supérieure à des membres d'Al-Qaïda. L'équipe quatre avait participé à ce raid six mois après leur mission initiale. En raison d'un diagnostic de polyarthrite rhumatoïde, le lieutenant Jeff Mullins avait accepté une promotion à un poste de base à Little Creek, en Virginie, et avait mis fin à son séjour sur le terrain après cette toute dernière mission. Il n'avait pas participé au raid, si bien que son dossier n'était pas parmi ceux qu'ils devaient rechercher.

Rester les fesses sur une chaise à lire n'était certes pas une activité épuisante, pourtant ils étaient tous épuisés, les yeux hagards, lorsque Ian déclara la fin de la journée.

— On reprendra demain matin à la première heure. Je sais que c'est ici, mais on ne l'a pas encore trouvé. Keon m'a envoyé un message tout à l'heure. Il sera là vers dix heures du matin.

Pendant que l'équipe débarrassait les cartons de pizza et les gobelets de café, les deux agents du NCIS rassemblèrent leurs affaires, promettant d'apporter le petit-déjeuner pour tout le monde vers huit heures. Au cours de l'heure écoulée, les policiers de l'armée avaient tourné et deux nouveaux hommes montaient la garde dans le couloir. Après que tous les autres eurent quitté la salle de conférence, la porte se referma derrière eux.

Il faisait encore jour quand ils émergèrent sur le parking en s'étirant et respirant l'air frais. Devon avait hâte de voir Kristen et de prendre des nouvelles de Jenn. Ian et lui étaient montés à l'appartement de Devon, tout à l'heure, avec l'une des pizzas pour les deux femmes, ainsi que pour annoncer à leur nièce ce qu'ils avaient trouvé sur le disque. Bien sûr, ils avaient dédramatisé la chose en la présentant comme un testament humoristique des objets saugrenus que son père voulait léguer aux hommes avec lesquels il avait travaillé et qu'il aimait comme des frères. Elle avait accepté leur explication, mais ils se rendaient bien compte qu'elle était toujours perturbée par sa découverte.

Après avoir échangé quelques poignées de main avec son équipe et salué les agents, Devon se retourna vers son appartement. Au même instant, un coup de feu tiré par un fusil puissant retentit, assourdissant dans l'air alentour. Presque comme un seul homme, mus par une bouffée d'adrénaline, les membres de l'équipe, les agents et les gardiens se jetèrent au sol, dégainant leurs armes et cherchant fébrilement une cible. Celui qui souhaitait leur mort devait être désespéré s'il tirait sur une enceinte aussi protégée.

Le temps sembla suspendu alors qu'ils essayaient tous d'évaluer la situation. Aucun autre coup de feu ne fut tiré tandis que tout le monde se ruait à l'abri. Alors que l'écho s'estompait et que le silence retombait, Ian cria avec plus de maîtrise qu'il n'en ressentait réellement :

— Quelqu'un est touché ? Au rapport !

Alors que tout le monde répondait que tout allait bien, que personne n'avait été touché et que le tir provenait du nord-ouest, à l'extérieur de la clôture, le téléphone de

Devon sonna. Pensant qu'il s'agissait de Kristen ou de Jenn terrorisées, il décrocha sans même regarder l'écran. Mais ce n'était pas l'une des deux voix féminines apeurées qu'il croyait entendre. C'était une voix grave, familière et imperturbable qui lui parvenait.

— Tango éliminé. Un demi-clic à onze heures. Je vérifie qu'il était seul et j'arrive. Appelle Keon pour le nettoyage.

L'appel fut coupé et Devon, stupéfait, fixa le téléphone dans sa main pendant un long moment. En langage courant, la communication brève signifiait que leur ennemi avait été abattu à environ quatre cents mètres, presque droit devant Devon, et qu'ils avaient besoin du directeur adjoint pour couvrir ce qui s'était passé. Le seul problème, c'était que Devon n'avait pas la moindre idée de ce qui s'était passé. Il cria pour que tout le monde l'entende :

— Restez au sol, en alerte. Tango a été descendu par l'un des nôtres. Il balaie la zone avant de rentrer.

Devant les visages confus des agents du NCIS et de ses coéquipiers, il prononça un seul nom qui en disait long :

— Carter.

* * *

Trois heures plus tard, le directeur adjoint du FBI fit son entrée dans la salle de conférence de Trident Sécurité et s'assit avec un profond soupir. Larry Keon avait pris le premier vol disponible depuis Jacksonville après avoir reçu le coup de fil de Ian. Il avait demandé à un agent local de venir le chercher à l'aéroport au lieu d'attendre une voiture de location. À présent, les hommes du bureau du FBI de Tampa avaient envahi les bois derrière le complexe et passaient les lieux au peigne fin. Il y avait là un cadavre auquel il manquait une bonne partie du crâne et du cerveau. Il avait été abattu par Carter et son fidèle fusil de précision MK11, maintenant à l'abri dans le coffre de la Mustang classique de Devon. Son ami ne voulait pas prendre le risque que les fédéraux essaient de confisquer son bébé, et son propre véhicule était trop loin pour le moment. Deux autres scènes associées – une moto volée garée non loin de là et une chambre dans un motel de la région – étaient également passées au crible. La chambre du mort avait été localisée après qu'on eut retrouvé la clé sur son corps.

Comme l'intégralité du complexe était considérée comme une scène de crime pour l'instant, le club devait être fermé pour la nuit. Heureusement, c'était un dimanche et assez tôt dans la soirée pour alerter les membres par un message général, une autre idée de Brody qui s'avérait bien utile de temps en temps. Il n'y avait personne sur le parking lorsque le coup de feu avait été tiré, et les quelques membres et employés déjà présents dans le club ne l'avaient pas entendu à cause de la musique. Ian avait appelé Mitch après avoir reçu le feu vert de Carter pour lui demander de fermer le club et de renvoyer tout le monde chez soi. Maintenant, le domaine était fermé à clé et il ne restait que le personnel nécessaire.

Devon fit sortir Kristen et Jenn de son appartement, ainsi que leur garde du corps à fourrure, pour les installer dans la salle de détente au-dessus de leur quartier général. Il voulait qu'elles soient aussi près de lui que possible. Il avait eu une belle frayeur lorsque Boomer et lui, quelques secondes seulement après l'appel de Carter, avaient traversé l'enceinte, monté les escaliers et pénétré dans son salon, pour s'apercevoir que les femmes n'étaient pas là. Son cœur avait recommencé à battre lorsqu'il les avait trouvées dans son dressing, avec Beau en mode combat, armées d'un tas de couteaux de cuisine et de l'un de ses pistolets 9 mm que Jenn savait manier. Devon ne voulait pas l'admettre, mais il avait presque pleuré de soulagement en voyant que les deux femmes étaient saines et sauves. En attendant, comme elles n'avaient pas d'autorisation de sécurité fédérale leur permettant de rester avec l'équipe pendant qu'ils rencontraient les enquêteurs, l'étage était encore l'endroit le plus adéquat pour elles.

La salle de conférence était maintenant presque pleine à craquer, entre les six hommes de Trident, Carter, Dobrowski, Chan, Keon et trois agents du FBI local. L'enquêteur principal avait été mis au courant, bien que certaines informations aient été intentionnellement omises par Keon après l'incident sur le pont, deux nuits plus tôt. L'agent spécial en charge du dossier, Frank Stonewall, était furieux contre Carter, qui refusait catégoriquement de lui dire quoi que ce soit, y compris son nom et pour qui il travaillait, tant que le directeur adjoint ne serait pas là. Ian, son équipe et les deux agents du NCIS se montrèrent eux aussi avares en informations, ce qui ne fit rien pour arranger sa mauvaise humeur, mais au moins, ils consentirent à quelques réponses limitées.

Stonewall posait régulièrement des questions à Carter depuis deux bonnes heures, sans succès. L'agent fédéral au visage rougeaud l'avait même menacé d'arrestation, ce qui n'avait provoqué qu'un rire ironique et un hochement de tête de l'agent secret. Après que Jake lui eut réchauffé les trois dernières parts de pizza, leur ami mangea en silence, puis s'allongea sur sa chaise et ferma les yeux. Personne dans la pièce n'était dupe, l'espion restait cent pour cent en alerte. Il était toujours détendu sur sa chaise, les yeux à nouveau ouverts et les pieds sur la table, dans la même position décontractée que Brody. Ça rendait Ian complètement fou que l'on se permette une telle grossièreté, mais le Boss fermait les yeux sur ces menues infractions pour le moment.

Une fois la porte refermée, le commandant Frank Stonewall regarda fixement Carter, toujours en tenue de camouflage.

— Bon, Keon est là, grogna-t-il. Maintenant, tu peux parler.

Carter ne bougea pas d'un cil et son visage neutre demeura impassible alors qu'il jetait un coup d'œil aux deux hommes qui accompagnaient Stonewall, puis à Keon. Ce dernier comprit ce que l'agent ne disait pas.

— Frank, et si tu demandais à tes agents d'aller vérifier l'état des scènes ?

Stonewall était d'une humeur massacrante, mais il comprit qu'il ne pouvait rien faire. Avec un bref signe de tête, il congédia ses subordonnés tout aussi agacés que lui. C'était le cliché de l'agent de police dans un mauvais film : petit, chauve, en surpoids, avec un costume froissé et mal ajusté et une arrogance que l'on avait envie de lui faire ravaler. Après le départ des autres, il croisa les bras et arqua un sourcil vers l'agent des *black-ops*, dans l'attente.

Ramenant lentement ses pieds au sol, Carter se pencha en avant avec une mine dissuasive que la plupart des hommes redoutaient. Il posa ses coudes sur la table. Devon faillit rire lorsque Stonewall tressaillit. S'il n'avait pas regardé directement le commandant, il l'aurait manqué, mais sa réaction était perceptible. L'équipe savait ce que Carter allait dire, puisqu'il les avait mis au courant avant que quelqu'un d'autre n'arrive, mais il devait d'abord établir quelques règles de base avec Stonewall, assurément trop confiant.

Dardant les yeux sur lui, il prit ce que ses amis reconnurent comme étant sa meilleure voix de dom et d'espion.

— Je m'appelle Carter... un seul mot... et c'est tout ce que vous devez savoir sur moi. Ne l'écrivez pas et oubliez-le après avoir quitté cette pièce. Ne me demandez pas pour qui je travaille, car vous n'obtiendrez pas de réponses satisfaisantes. Dans cette affaire, considérez que je suis sous les ordres de Keon. Dites-vous que c'est une affectation temporaire ou ce que vous voulez, je n'en ai rien à faire. Ne me menacez plus jamais d'arrestation ni de quoi que ce soit d'autre. Je ne vous obéis pas et je peux vous faire rétrograder pour vous envoyer dans un putain de placard dont vous n'avez jamais entendu parler, avant minuit ce soir. J'ai plus d'habilitations de sécurité fédérales que vous ne pourriez jamais en rêver, alors posez vos fesses, baissez d'un ton et arrêtez d'agir comme si j'étais l'un de vos sous-fifres, ou pire, un criminel. Parce que ce comportement me tape sur les nerfs. Comme quelqu'un s'en prend à mes amis et a presque réussi à en éliminer au moins un ce soir, croyez-moi, vous ne voulez pas m'énerver plus que je ne le suis déjà.

Quelques bouches autour de la table frémirent, amusées, et plusieurs se mordirent la lèvre pour se retenir de sourire. Après un regard à Keon, qui hocha légèrement la tête, et une longue pause pour leur faire savoir qu'il n'était toujours pas content de la situation, le commandant Stonewall, visiblement plus pâle, obtempéra à contrecœur et s'assit. Ensuite, il fit signe à Carter de continuer d'un geste poli de la main, aussi coûteux que soit ce simple aveu de soumission. Les fédéraux devenaient enfin un peu plus intelligents.

S'adossant à nouveau dans sa chaise, tout en gardant les pieds au sol cette fois, Carter se détendit et donna les informations dont il disposait, ainsi que le récit des événements qui l'avaient conduit à descendre le tueur à gages.

— Keon, comme vous le savez, j'ai remué ciel et terre pour découvrir pourquoi ces types avaient une cible dans le dos. À part quelques vagues rumeurs infondées, personne ne s'est présenté avec la moindre explication. Après l'accident de conduite en état d'ivresse qui a détruit le camion de Brody et forcé tout le monde à faire trempette, l'autre soir, j'ai décidé de rentrer pour surveiller les lieux de plus près. Je suis revenu dans la zone vers dix-huit heures et j'ai fait un peu de repérage en dehors de la ligne de détection du système de sécurité de l'Intello, pour voir si je pouvais trouver le responsable. Je savais que l'équipe était cloîtrée à l'intérieur du complexe, il y avait fort à parier que le Tango essayait de trouver un autre moyen de les atteindre. Le système de surveillance informatique est l'un des meilleurs que je connaisse, alors...

— Une minute. L'*un* des meilleurs, mon pote ? Oh, non... c'est *le* meilleur.

Brody s'indignait toujours quand on remettait en question son système quasi imbattable. Toutes les personnes présentes dans la salle grommelèrent en réaction, sauf Carter qui leva les yeux au ciel.

— C'est ça, continue de t'en persuader. Bref, j'ai pris une position défensive au-delà de ce point et j'ai observé la zone avec mon viseur. J'ai eu de la chance de repérer le type à ce moment-là, parce qu'il se préparait à tirer.

Il haussa les épaules d'un air désinvolte.

— J'ai tiré avant lui. C'était justifié. Je n'ai pas eu le temps de prévenir l'équipe ni qui que ce soit d'autre, et il n'y avait aucune possibilité de le pincer vivant. Après avoir éliminé la menace, je suis allé voir si je pouvais découvrir son identité. Malheureusement, son visage avait pratiquement disparu et ses empreintes digitales avaient été effacées depuis longtemps avec de l'acide.

Son regard se tourna vers Keon.

— C'est tout ce que j'ai. Notez tout, et comme d'habitude, Larry, ne mentionne pas mon nom, puis détruis-le.

Même si ce n'était pas tout ce que Carter avait à dire, et même si le rapport expurgé ne serait pas réellement détruit, Keon acquiesça. Il obtiendrait le reste des informations une fois que le commandant serait hors de portée de voix.

Chapitre Vingt-Trois

Après avoir terminé son récit, Carter se redressa et croisa les bras. Le commandant Stonewall regarda son supérieur avec une expression stupéfaite et, une fois de plus, son visage vira au rouge.

— C'est tout ? C'est tout ce que je reçois ? Qu'est-ce que je suis censé faire avec ça ? J'ai trois scènes de crime et un macchabée inconnu, bordel de merde !

Keon soupira, comme s'il portait le poids du monde sur ses épaules. Il enleva ses lunettes et se frotta les yeux. Bon sang, il était épuisé, et à cinquante-cinq ans, il devenait bien trop vieux pour ces conneries.

— Vous allez faire exactement ce que ce monsieur a dit et oublier que vous avez posé les yeux sur lui. À partir de maintenant, cet incident est classé secret défense. J'enverrai des gens dans votre bureau à la première heure demain matin. Ils saisiront absolument tout : photos, cartes SIM, preuves, rapports... tout. Si je découvre qu'il y a des copies quelque part, ou qu'un renseignement a été accidentellement oublié ou perdu, il y aura des conséquences, vous êtes prévenu, Frank. C'est compris ? J'ai déjà fait emporter le corps. Maintenant, si vous alliez rejoindre vos agents ? J'ai d'autres choses à discuter avec ces gens.

L'agent fédéral, furieux, se leva et sortit en trombe de la pièce sans prendre la peine de fermer la porte derrière lui. Une fois que les représentants de la police militaire eurent pris congé à leur tour, Brody exécuta sa meilleure imitation de James Bond, même si leur ami espion n'avait pas l'accent britannique.

— Je m'appelle Carter... en un mot... et c'est tout ce que vous devez savoir sur moi. Ne l'écrivez pas et oubliez ce nom dès que vous aurez quitté cette pièce. Bon sang, j'aimerais pouvoir me souvenir du reste.

Des sourires et des ricanements s'élevèrent dans la salle, tandis que le principal intéressé ne leur accordait qu'un petit sourire en coin, sans dire un mot.

— Merde. Je t'aime, vieux. Chaque fois que je te vois, je finis presque par me pisser dessus.

Boomer renchérit :

— Je crois bien que Stonewall aussi a failli craquer, pendant un moment, et pas parce qu'il trouvait Carter hilarant. Tu es vraiment la seule personne au monde que je ne voudrais jamais me mettre à dos.

— Amen, ajouta Devon tandis que tout le monde approuvait.

Impatient de remettre la conversation sur les rails pour pouvoir retourner à son hôtel et dormir un peu, Keon jeta un coup d'œil à Ian.

— Toujours rien avec les fichiers de la Colombie ?

Au moins, ils avaient interprété le message codé de leur ancien lieutenant et réduit leurs recherches à une seule mission.

Ian secoua la tête, légèrement exaspéré.

— Non. Nous avons presque terminé de remplir la

paperasse entre ton arrivée et les questions de Stonewall. On finira demain, ensuite il y a une tonne de photos que nous avons prises et que nous devons examiner. Ce que Jeff a trouvé, ou pensait avoir trouvé, doit bien être là-dedans quelque part. Je ne me trompe pas à ce sujet.

Le directeur adjoint acquiesça. Si Ian affirmait que les informations dont ils avaient besoin étaient là, alors c'était vrai.

— Comme je l'ai dit, je vais m'occuper de Stonewall et vous débarrasser de lui. Avez-vous besoin d'autre chose pour le moment ?

Ian scruta les visages de son équipe et ils secouèrent tous la tête.

— Non, tout va bien. On a juste besoin d'un peu de repos, de quelques heures de sommeil.

Keon se tourna vers l'agent des *black-ops* et soupira.

— Bon, dis-moi le reste.

Sans quitter sa position confortable, l'homme combla les lacunes de tout le monde.

— J'ai reconnu notre cadavre là-bas, juste avant de lui faire sauter le caisson. Son nom est Rueben Vega, mercenaire en Colombie… La question, maintenant, est de savoir qui l'a engagé. Malheureusement, mes contacts n'ont pas encore été capables de me donner une réponse, mais ils y travaillent. Vega avait des liens avec Ernesto Diaz et son frère Emmanuel. C'était l'un des meilleurs, mais d'après la rumeur, il buvait trop ces derniers temps et il devenait négligent. J'ai été un peu surpris de le trouver ici. Ça fait un moment que je n'avais pas entendu dire qu'il était de passage aux États-Unis, mais ça ne signifie pas qu'il n'est pas venu pour d'autres raisons. Il ne travaillait pas exclusivement pour Diaz, même si la majorité de ses missions étaient au service de leur empire. Son téléphone était jetable et son historique avait été effacé... Malheureusement, la technologie le permet et il n'y a aucun moyen de le récupérer. Vous savez tous qu'Emmanuel a reconstruit ce que les États-Unis ont détruit quand ils ont éliminé Ernesto. Il n'en est pas encore au point d'opérer à l'échelle de son frère, mais il y arrive. J'ai pensé que l'attaque sur les SEAL pourrait être une sorte de vengeance pour Ernesto, mais selon mes sources là-bas, ça ne vient pas de la famille Diaz. Cela dit, je crois fermement que celui qui l'a engagé a utilisé ce lien précisément pour ça. Et il doit avoir des contacts hauts placés pour connaître l'identité des hommes qui étaient sur cette mission. J'ai beaucoup d'oreilles sur le terrain et j'espère qu'un de mes contacts trouvera bientôt quelque chose, mais pour l'instant, c'est tout ce que j'ai. J'aurais aimé en savoir plus.

Carter regarda Ian et leva un sourcil.

— Ça vous dérange si je prends une douche et que je me couche à l'étage quelques heures ?

Ian hocha le menton.

— *Mi casa es tu casa.* Tu sais que tu peux t'incruster ici quand tu veux. Et merci encore de nous avoir sauvés. Comme d'habitude, on te doit la vie.

L'espion se leva, affichant un sourire authentique pour la première fois depuis qu'il était entré dans l'enceinte, plus de trois heures et demie auparavant.

— Quand vous voulez, et au fait, cette fois-ci... Je ne suis pas venu que pour la bouffe.

Dieu merci.

* * *

Quelques minutes plus tard, l'équipe était à l'extérieur, à vérifier les gardes et s'assurer que le périmètre était sécurisé pendant que Keon, Chan et Dobrowski s'en allaient. Après que les fédéraux eurent fini leur examen des lieux, de l'autre côté de la clôture, Ian demanda à ce que quatre tireurs d'élite prennent position au-delà du périmètre surveillé par le système de Brody, par précaution. Il était très peu probable que la personne qui avait engagé Vega ait vent de sa mort dès ce soir, mais l'équipe ne voulait prendre aucun risque.

En montant sur le siège passager de la voiture de location que son partenaire conduisait, Barbara Chan les regarda.

— Essayons encore une fois, messieurs, d'accord ? Cette fois sans les coups de feu. On se retrouve à huit heures avec le petit-déjeuner.

Devon et les autres la saluèrent d'un signe de tête, puis il tourna les talons, retourna à l'intérieur et emprunta les escaliers jusqu'au deuxième étage. Il retrouva Jenn et Kristen endormies sur les deux canapés de la salle de loisirs. Il enroula soigneusement une couverture autour de sa nièce pour ne pas la réveiller. Elle serait bien jusqu'au matin, avec le reste de l'équipe dans les chambres au bout du couloir et Beau sur le sol à côté d'elle. Après quoi, il réveilla doucement Kristen qui, les paupières un peu lourdes, se leva volontiers pour se laisser conduire à l'appartement. Il savait qu'il était égoïste de la réveiller, mais il avait besoin d'elle, dans son lit, avec lui. Ils avaient encore frôlé la mort, pourtant grâce à Carter, la seule personne qui avait besoin d'un tout nouveau cercueil, c'était l'ennemi. L'équipe n'avait pas dit aux deux femmes, suffisamment épouvantées par le coup de fusil, qu'ils étaient passés à deux doigts du drame.

Le temps qu'ils montent les marches jusque chez lui, Kristen était à nouveau bien réveillée et Devon pouvait voir son propre désir se refléter dans ses yeux. Dès qu'il eut fermé la porte de son appartement, il la plaqua contre lui, les mains dans ses cheveux et les hanches pressées sur les siennes. Il l'embrassa avec une intensité qu'il ne pouvait pas contenir et elle lui rendit la même passion. On n'entendait que leurs respirations, leurs gémissements, leurs bouches humides et leurs langues qui s'affrontaient.

Il lui arracha ses vêtements aussi vite que possible sans lui faire mal, puis il se déshabilla. Lui empoignant les fesses, il la souleva pour qu'elle puisse enrouler ses jambes autour de ses hanches, et enfonça son érection d'acier en elle. Le changement de position fit remonter ses seins et il baissa la tête pour les lécher et les sucer jusqu'à ce qu'elle le supplie d'en avoir plus. Les doigts enfouis dans ses cheveux, tout son corps se tordait dans ses bras.

— S'il te plaît, baise-moi, souffla-t-elle alors que sa tête retombait contre la porte dans un bruit sourd et que ses yeux se fermaient.

Ses gémissements de plaisir et de désir faillirent le faire basculer.

Elle ondulait des hanches, tentant désespérément de positionner son sexe à l'entrée du sien lorsqu'il resserra sa poigne et se redressa.

— Attention, poupée. Ralentis. Je n'ai pas de préservatif sur moi.

— Je m'en fiche.

Devon se figea à ses mots et elle rouvrit les yeux.

— J'ai été testée après avoir découvert que mon ex me trompait, et tu es le seul homme avec qui j'aie couché depuis. Je prends la pilule depuis plusieurs années pour réguler mes règles. S'il te plaît. Je veux te sentir, tout entier.

En contemplant son beau visage, il sut qu'il ne pouvait pas lui dire non. D'ailleurs, il n'en avait aucune envie. L'idée de la prendre sans rien entre eux le ravissait.

— Je suis testé tous les six mois pour le club et j'ai eu mon dernier examen médical juste avant notre rencontre. Je n'ai jamais rien fait sans préservatif. Bébé, tu es sûre de toi ? C'est un grand pas pour nous et j'ai besoin que tu en sois certaine.

Un gémissement de frustration lui échappa.

— Oui, j'en suis sûre. S'il te plaît, baise-moi maintenant.

Une fois de plus, elle essaya de s'empaler sur lui, mais il la retint.

— À ma façon.

Ce fut tout ce qu'il grogna en l'écartant de la porte. Ses mains toujours sur ses fesses, il la transporta dans le couloir jusque dans sa chambre.

Là, il l'étendit sur son lit, lui ordonnant de s'allonger au centre et de poser sa tête sur les oreillers. Pendant qu'elle s'empressait d'obéir, il contourna le lit et récupéra les lanières en cuir qu'il avait attachées aux quatre colonnes plus tôt dans la semaine. Il les avait gardées cachées sous le matelas, attendant de trouver la bonne occasion de la surprendre, et le moment lui semblait idéal. Au bout des sangles, il y avait des entraves de poignets et de chevilles. Elle était encore un peu contusionnée après l'accident et il se félicitait d'avoir choisi une épaisse doublure en fausse fourrure.

Devant son regard ébahi, Devon sourit.

— Je voulais te faire ça depuis le soir où je t'ai retenu les poignets au club. Tends les bras vers le haut et écarte les jambes. Tu me fais confiance, poupée ?

Il n'y avait aucune ambiguïté dans ses réponses à ses ordres et à ses questions, à la fois verbales et physiques.

— Oui, Monsieur.

Il pouvait voir que son pouls avait augmenté, d'après le battement rapide de l'artère dans son cou. Cette vision fit monter en flèche son propre rythme cardiaque. Il lui saisit le bras droit et approcha de son poignet la bande de cuir. Avant de l'attacher, il lui demanda :

— Quel est ton *safeword* ?

— Rouge, Monsieur.

Sa queue tressaillit à sa réponse, prononcée d'une voix rauque. Il s'empressa de lui attacher les poignets, prenant le temps de vérifier qu'il pouvait glisser deux doigts entre la fourrure des menottes et sa peau. Elles devaient être suffisamment serrées pour ne pas qu'elle s'en dégage, mais assez lâches pour ne pas gêner sa circulation et risquer de blesser sa peau davantage. Lorsqu'il se fut assuré qu'elle était à l'aise, mais entièrement à sa merci, il se tourna vers sa table de chevet et sortit plusieurs objets du tiroir. Un sourire diabolique transparut sur son visage lorsqu'elle retint son souffle en découvrant les instruments de torture qu'il avait choisis – un petit fouet en cuir, une pince à clitoris et le plus gros plug anal du jeu de quatre dont il s'était déjà servi avec elle. Il avait augmenté la taille des plugs qu'il lui avait fait porter pendant plusieurs heures d'affilée au cours de la semaine passée. Ce serait le dernier dont il aurait besoin pour la préparer au moment où il prendrait pour la première fois son orifice étroit.

Il posa le fouet et la pince sur le bord du lit, à côté d'elle, où elle pouvait les voir sans bouger. Même s'il lui avait promis qu'il ne lui pincerait pas les tétons, à cause de ses appréhensions, tourmenter son clitoris figurait sur sa liste de limites souples, ce qui lui permettait d'oser jouer. Il avait choisi la pince lestée de pierres vertes et ambrées à la boutique du club, l'autre jour, en pensant à son petit renflement charnu. Prenant le plug et un tube de lubrifiant, il vint se placer à l'autre bout du lit et prit un moment pour la contempler.

Bon sang, elle était éblouissante. Sa bouche était rouge et gonflée après l'avant-goût qu'ils avaient eu dans l'autre pièce, et ses cheveux étaient ébouriffés après qu'il y eut longuement passé les doigts. Ses joues étaient colorées et ses tétons raidis, réclamant plus d'attention. Quant à son entre-jambe... putain, il était trempé par son envie. Il serra le poing autour de sa queue, faisant glisser sa main de haut en bas à plusieurs reprises tout en voyant sa langue sortir et humecter ses lèvres sèches. Il avait beau adorer baiser sa bouche douce et chaude, ce soir, il avait d'autres projets pour son corps.

Déposant le plug et le lubrifiant à portée de main, il monta sur le lit entre ses jambes étendues, passa les doigts dans ses replis moites et les porta à sa bouche. Il ne put résister à l'envie d'y goûter. Son geste la fit gémir et il regarda avec plaisir son sexe devenir plus humide encore. Après s'être léché les doigts, il saisit ses genoux et les replia vers le haut, contre sa poitrine. Il s'avança ensuite à genoux, les écartant pour faire reposer l'arrière de ses cuisses sur l'avant des siennes. La position dans laquelle elle se trouvait maintenant était parfaite pour ce qu'il avait l'intention de faire. Saisissant le tube, il appliqua une quantité généreuse de lubrifiant entre ses fesses ainsi exposées. Tout en douceur, il se fraya un chemin dans son intimité et y introduisit un, puis deux doigts, la préparant à l'objet plus volumineux. Kristen haletait, mais elle s'efforça de garder ses muscles internes aussi détendus que possible.

— Oh, mon Dieu, Monsieur. C'est tellement bon. S'il vous plaît... encore, je vous en prie.

Il aimait tant l'entendre supplier. C'était de la musique pour ses oreilles de dom. Tour à tour, il faisait aller et venir ses doigts en elle et les ouvrait en ciseaux pour l'étirer davantage.

— Tu vas en recevoir encore, poupée. Crois-moi, tu vas en avoir beaucoup plus.

Tout en gardant le rythme qu'il avait établi, il prit le plug anal avec son autre main et l'enduisit de lubrifiant. Une fois certain qu'elle était prête, il retira ses doigts de l'anneau serré et les remplaça par l'embout. Son sphincter se contracta un moment alors qu'il faisait pénétrer le gros objet en elle. Soudain, il franchit les barrières naturelles de son corps et le plug glissa à l'intérieur comme dans du beurre. Ses muscles se refermèrent autour de l'extrémité dentelée, le maintenant en place avec avidité. Ses lèvres luisaient d'excitation et elle gémit.

— N'oublie pas, poupée. Tu ne dois pas jouir sans ma permission.

— O-Oui, Monsieur. Oh, Seigneur !

Ses cuisses frémirent et ses hanches se décollèrent lorsqu'il effleura son clitoris encore caché. Mais c'était sur le point de changer. Il baissa ses jambes avant de descendre du lit. Attrapant une cheville, puis l'autre, il les retint jusqu'à ce qu'elle soit entièrement écartée, son sexe offert à lui, prête pour ce qu'il avait prévu. Il s'éclipsa dans la salle de bain et se lava les mains en hâte avant de retourner à ses côtés pour prendre son prochain instrument de torture.

Le fouet était tout en cuir noir souple, avec un nœud à l'extrémité de chacun des douze brins qui partaient de son manche. En commençant par son pied droit, il fit glisser les extrémités jusqu'à ses épaules, puis redescendit du côté opposé, son regard suivant le mouvement. Il répéta l'ensemble du processus, une fois, puis deux, l'attisant jusqu'à ce que sa respiration soit courte et que ses hanches commencent à tressaillir d'impatience.

— Tiens bon, poupée.

Ses lèvres esquissèrent un sourire lorsqu'il la vit

contracter les muscles de ses fesses, envoyant de petites ondes de choc dans les nerfs affectés par le corps étranger. Ces sensations lui arrachèrent un gémissement, et une fois de plus, elle le supplia de la soulager.

— Supplie tant que tu veux, ma chérie, je vais continuer à mon rythme. Tu n'auras pas ce que tu veux tant que je ne serai pas prêt à te le donner.

Revenant à son pied droit, il frôla de nouveau sa peau avec les lanières souples. Après un autre tour complet de son corps, il recommença, accentuant le contact un peu plus à chaque passage. Lorsque les claquements augmentèrent au point que sa peau prit une teinte vive, il se concentra uniquement sur ses cuisses, ses hanches et sa poitrine. Il s'approcha de son entrejambe, mais pas assez pour la toucher comme elle le suppliait de le faire sans vraiment en avoir conscience. Enfin, avec une torsion du poignet, il fit entrer les brins en contact avec son clitoris et ses lèvres. Elle cria lorsque le plaisir et la douleur la traversèrent, son vagin vide se contractant à la recherche de quelque chose à quoi se raccrocher. Devon fit pleuvoir les coups de fouet sans relâche, jusqu'à ce qu'elle alterne entre les cris et son prénom, les jurons et les supplications. Ses poignets étaient tendus dans leurs attaches de cuir et de fourrure, mais elle n'obtint pas sa clémence. Lorsqu'il finit par abandonner le martinet, elle était si proche de l'orgasme qu'elle se serait disloquée s'il lui avait frappé le clitoris une fois de plus. Il lui laissa quelques instants pour revenir du bord de l'extase.

Prenant la pince, il se positionna entre ses jambes une fois de plus. Sa petite perle n'était plus dissimulée, à présent, et il put aisément fixer la pince. Kristen était tellement absorbée par les différentes sensations qui parcouraient son corps que son cerveau ne l'avait sans doute pas remarquée. Les petites pierres lestées étaient rattachées par un fil très fin aux extrémités rembourrées de caoutchouc. L'objet était conçu pour qu'elles pendent vers le bas, exerçant une légère traction sur le petit nœud. Pour l'instant, comme les pierres le gênaient, il les posa dans le pli de son aine.

Puis il se pencha et défit les liens autour de ses chevilles. Une fois de plus, il replia ses genoux contre sa poitrine. S'agenouillant devant son entrée détrempée, il aligna son sexe dépourvu de protection et plongea en elle d'un seul coup, s'enfonçant sans interruption malgré l'énorme plug déjà en elle, par-derrière. Ses parois se comprimèrent autour de lui et il vit des étoiles.

— Oh putain, ma chérie. Tu es trop bonne, comme de la soie.

Elle oscilla du bassin pour essayer de le faire bouger, mais il la calma avec ses mains.

— Non, poupée. Donne-moi une seconde, sinon tout sera fini trop tôt. Putain, je n'ai jamais rien ressenti d'aussi délicieux. Tu es mon paradis et mon enfer, le tout enveloppé dans un paquet incroyablement serré et chaud.

— Oh, s'il vous plaît, Monsieur. Pitié, Monsieur, je vous en prie... J'ai besoin... J'ai besoin de...

Devon aimait que le mot « Monsieur » soit si naturel pour elle maintenant. Il s'écoulait de sa bouche sans qu'elle y pense dès qu'il l'excitait au point de la faire supplier sans réfléchir.

Lorsqu'il crut pouvoir bouger sans exploser, il se retira avant de revenir à l'assaut. Il ponctuait de mots ses coups de reins atrocement lents.

— Je sais exactement ce dont tu as besoin, mon amour, et je vais te le donner maintenant.

Il accéléra alors, trouvant un rythme qui la propulsa vers l'orgasme le plus puissant qu'elle ait jamais connu.

Lorsqu'elle atteignit la limite extrême, il relâcha brusquement la pince de son clitoris, permettant au sang d'affluer, et elle cria, la gorge à vif, précipitée au fond du gouffre. Des vagues successives de plaisir teinté de douleur s'abattirent sur elle alors qu'elle palpitait autour de lui. Deux va-et-vient plus tard, il la suivit, giclant au plus profond de son corps et prolongeant son orgasme, convaincu qu'il ne se remettrait jamais d'un plaisir aussi intense.

Chapitre Vingt-Quatre

Après avoir détaché ses poignets, Devon mit plus de temps que jamais à se remettre de leurs ébats explosifs. Quand il parvint enfin à se lever du lit et à se tenir debout sans tomber, il se rendit en titubant jusqu'à la salle de bain, où il prit un gant humide pour nettoyer Kristen. Sa douce ninja s'était endormie immédiatement après qu'il eut retiré le plug et qu'il l'eut installée sur le côté pour la prendre dans ses bras par-derrière et l'étreindre jusqu'au bout de la nuit.

À présent, le soleil était levé et il était sept heures quarante-cinq. Il lui restait quinze minutes avant de rejoindre tout le monde en salle de conférence pour trouver le nom de la personne qui voulait la mort de certains d'entre eux. Il s'était douché, avait enfilé un treillis militaire confortable de couleur bronze, autrement dit un pantalon tactique, un t-shirt bleu marine et ses rangers de combat noires. Maintenant, il était assis sur le bord du lit à côté d'une Kristen encore somnolente. Elle méritait de se reposer après qu'il l'eut réveillée vers trois heures du matin pour envahir d'abord sa bouche et ensuite son sexe, une fois de plus. Même s'il mourait d'envie de prendre ses jolies fesses, il s'était abstenu de le faire la nuit dernière. Ils étaient tous les deux trop épuisés pour prendre le bain dont elle aurait besoin, juste après, pour ne pas avoir trop mal au matin.

D'un geste tendre, il jouait avec ses cheveux et contemplait son visage lorsque ses yeux se posèrent sur le simple collier de cuir noir toujours autour de son cou. Il n'était pas assez bien pour elle, et dans son esprit, il commença à concevoir un collier permanent qu'il voulait lui faire porter. Permanent ? Putain de merde ! Oui, c'était presque officiel. La période de célibat de Devon Sawyer était terminée... pour de bon. Il avait trouvé son véritable amour, sa parfaite soumise, et pourtant son égale. Elle était la femme dont il ignorait l'existence et avec laquelle il voulait passer le reste de sa vie. Tout d'abord, il officialiserait leur union par un collier lors d'une cérémonie au club, puis, quand elle serait prête, il lui passerait la bague au doigt. En toute honnêteté, même si c'était l'alliance qui ferait d'eux un couple légitime, le collier avait une signification plus importante pour Devon. Ce serait un symbole de la confiance ultime de Kristen, preuve qu'elle laissait son dom la chérir dans tous les sens possibles – esprit, corps et âme –, la garder à l'abri du danger, la choyer, et surtout, l'aimer chaque jour de leur vie, qu'il espérait très longue.

Mais pour l'heure, son équipe devait trouver le responsable des meurtres de quatre membres de la famille, et ce le plus rapidement possible, avant que quelqu'un d'autre ne soit blessé, ou pire. Avec un dernier baiser sur son front, il la laissa dormir et prit la direction du bureau.

Comme promis, les agents du NCIS avaient apporté des bagels et des sandwiches aux œufs pour tout le monde. Tout en dégustant leur petit-déjeuner et leur café, ils se replongèrent dans la tâche colossale qui les attendait. Heureusement, Paula avait décidé d'obéir aux ordres et aux conseils que Ian lui avait donnés en privé, vendredi, et avait retrouvé son rôle de secrétaire efficace et surtout discrète.

Il était un peu plus de dix heures du matin. Devon passait en revue une pile d'environ cent vingt photos qu'il avait prises le soir du gala à Rio de Janeiro, quand il gardait un œil sur Ernesto Diaz. Il y avait plus de cinq cents convives réunis dans le plus luxueux hôtel de la ville, et Devon avait essayé de prendre une photo de tous ceux avec qui Diaz était entré en contact. À un moment donné, le baron de la drogue avait disparu dans un petit salon au bout du couloir de la salle de bal. Devon avait attendu quelques instants avant de le suivre, prétextant qu'il cherchait sa compagne de la soirée.

Il avait obtenu trois photos de Diaz, rapides mais floues, à l'aide de son appareil caché dans une paire de fausses lunettes – un peu à la James Bond, redoutablement efficace. Il avait pris les photos depuis le couloir, tourné vers la porte partiellement ouverte de la pièce, avant que les gardes du corps de Diaz n'interviennent et lui ordonnent de retourner dans la salle de bal sous peine de subir des dommages corporels. Comme il n'avait pas le choix, il avait été escorté dans le couloir, furieux de ne pas pouvoir prendre de photos de la ou les personnes que Diaz rencontrait sans mettre en danger sa couverture. Il était peu probable que leur ami espion sache qui Diaz rencontrait ce jour-là, puisque le Colombien n'avait pas été la cible de Carter pendant son séjour.

Devon finit d'inspecter la photo la plus claire des trois. Il s'apprêtait à passer à la suivante quand il aperçut un reflet dans un miroir de taille moyenne, sur le mur derrière Diaz.

— Eh, l'Intello, tu peux faire quelque chose avec ça ?

Il désigna la photo, montrant le miroir à Brody.

Le crack en informatique plissa les yeux pour voir à

quoi son coéquipier faisait référence, puis il se leva d'un bond et se dirigea vers la porte.

— Oui, je devrais être capable de l'agrandir et de la nettoyer un peu. Je vais chercher mon scanner dans la salle des opérations.

La salle des opérations était le vaste bureau qu'utilisait Brody, où se trouvaient ses nombreux ordinateurs, plusieurs écrans HD, des serveurs et divers gadgets techniques. L'équipe était convaincue que, s'il le fallait, l'Intello pourrait lancer une navette spatiale depuis cette pièce. C'était également l'un des endroits du bureau auxquels Paula n'avait pas accès, et il prenait un grand plaisir à rendre folle de curiosité leur nouvelle secrétaire.

Quelques minutes plus tard, Brody scanna la photo, qui apparut sur le grand écran de la salle de conférence. Après quelques manipulations à l'aide d'un logiciel de traitement de l'image, la personne dans le miroir devint plus grande et plus nette, mais elle semblait encore un peu floue pour tout le monde – tout le monde sauf Brody.

— Non mais, dites-moi que je rêve ! Pas possible !

Tout le monde fixa l'homme stupéfait comme s'il lui avait poussé deux têtes. Ian demanda :

— Tu sais qui c'est ?

Le geek balaya l'assistance du regard.

— Pas vous ?

Lorsqu'ils secouèrent tous la tête, Brody ouvrit la bouche pour dire quelque chose, mais la referma rapidement et retira la photo du grand écran avant de regarder Ian avec une inquiétude évidente. Comme il l'avait formé et qu'il travaillait avec lui depuis longtemps, son patron comprenait son hésitation. Tourné vers les deux agents du NCIS, il leur dit :

— Je sais que vous avez tous les deux un certain niveau

d'habilitation de sécurité, mais j'ai l'impression que nous sommes tombés sur quelque chose qui pourrait éventuellement mettre en danger vos carrières ou vos vies et celles de vos familles si l'on apprend que vous détenez cette information. Vous avez deux options : prendre le risque ou sortir un moment. Je vous jure qu'aucune preuve ne sera enlevée ni effacée de cette pièce.

Les deux agents échangèrent un coup d'œil. Au bout d'un moment, il était évident qu'ils avaient pris leur décision. Alors qu'ils se levaient tous les deux, Barbara Chan fit un signe à son partenaire :

— Je crois que j'ai laissé mon portable dans la voiture, ça vous dérangerait de m'aider à le chercher ?

Dobrowski acquiesça et se tourna vers la porte de la salle de conférence.

— Bien sûr, ça prendra sûrement cinq bonnes minutes.

Dès que la porte se fut refermée derrière eux, Brody fit apparaître l'image sur le grand écran et recommença à taper sur son ordinateur. L'écran se divisa en deux et une image de CNN apparut à droite de la photo améliorée que Devon avait prise. Le reste de l'équipe regardait à présent les deux images avec incrédulité. L'homme était un peu plus jeune et plus mince sur la photo vieille de cinq ans, avec une moustache et une barbichette bien taillées, mais il ne faisait aucun doute. C'était le même homme sur la photo de la chaîne d'actualités – le sénateur Luis Beltram de Dallas, au Texas, la ville natale de Brody. Et si les rumeurs étaient vraies, le prochain candidat démocrate à la présidence des États-Unis. *Putain de merde !*

Salué comme le tout premier candidat hispano-américain au bureau ovale, Beltram avait été élu sénateur de son État deux ans plus tôt et connu une ascension fulgurante au sein du parti démocrate. L'avocat devenu politicien était né et avait grandi au Texas. Sa mère, une célibataire de la classe ouvrière, était morte d'un cancer quand il était adolescent et il avait réussi tant bien que mal à terminer le lycée et à s'inscrire d'abord à l'université, puis à l'école de droit des affaires. Il avait choisi ses combats et ses programmes politiques avec soin et était apprécié de ses électeurs, de ses collègues démocrates et même de quelques républicains. L'annonce de sa candidature était attendue par la presse d'ici une semaine environ. Pour le coup, les preuves dans la salle de conférence de Trident Sécurité mettraient fin à la carrière politique de cet homme plus rapidement qu'un lièvre sous amphétamines.

Cet entretien privé entre le sénateur et un baron de la drogue colombien qui dirigeait non seulement l'un des plus grands cartels d'Amérique du Sud, mais aussi un commerce d'esclaves sexuels, ne serait pas bien perçu par le public américain. Le fait que Diaz fournisse également des armes à des terroristes déterminés à détruite le mode de vie américain serait le dernier clou du cercueil de Beltram. L'équipe était assise sur de la dynamite politique.

En utilisant le haut-parleur, Ian contacta Keon pour lui donner l'un des plus grands chocs de sa vie.

— Nous l'avons, et ce n'est pas bon.

Il y eut une courte pause à l'autre bout de la ligne.

— Je serai là dans quinze minutes.

* * *

Lorsque Keon entra dans la pièce dix-huit minutes plus tard, les deux agents étaient revenus et le grand écran était à nouveau éteint. Personne ne prononça le nom du sénateur devant les agents, car pour le reste de l'enquête, moins ils en savaient, mieux ils se porteraient. Brody avait piraté de nombreux systèmes et réussi à localiser le lien ténu entre Beltram et Diaz, lui aussi né au Texas avant que sa famille ne retourne en Colombie lorsqu'il avait six ans. Le père illégitime de Beltram était un cousin de la mère d'Ernesto Diaz, ce qui faisait des deux hommes des cousins au second degré. Luciano Esperanza avait été un associé de longue date du cartel de Diaz, un nom que l'équipe avait reconnu. Il était mort d'un cancer environ sept mois après sa cousine.

Quand le futur avocat faisait ses études à l'université, Beltram avait fait modifier le nom de son père sur son certificat de naissance, dans le dossier du département de la santé de l'État du Texas, remplaçant le nom de son géniteur par « aucune information disponible ».

— Malheureusement pour le sénateur, il ne savait pas, ou avait oublié, que la copie originale restait dans le dossier avec le nouveau certificat, et c'est comme ça que Brody a retrouvé l'information.

Keon se redressa en soupirant.

— Dites-moi tout.

Ian fit un signe de tête à Dobrowski et Chan, qui quittèrent à nouveau la pièce. Cette fois, avec le directeur adjoint du FBI présent pour garder un œil sur les cartons d'informations classifiées, il n'y avait pas besoin de subterfuge. Ian jeta alors un coup d'œil à Brody, qui appuya sur un bouton de son ordinateur portable, faisant apparaître à nouveau les deux photos.

L'équipe n'avait jamais vu cet homme toujours parfaitement maîtrisé blêmir d'incrédulité, mais ce fut exactement ce qui se produisit. Cependant, il ne fallut que quelques secondes à Keon pour se remettre de sa stupeur.

— Ça alors, marmonna-t-il avant de se racler la gorge. Carter est toujours là ?

Ian secoua la tête.

— Non, il était parti quand tout le monde s'est levé ce matin. L'un des gardes a dit qu'il était sorti vers cinq heures.

* * *

Trois nuits plus tard, l'homme dont on ne connaissait qu'un seul nom crocheta la serrure de la porte arrière de la belle maison à deux niveaux située dans la banlieue de Dallas. Il fut à l'intérieur en vingt secondes et, de ses mains gantées, sortit son arme. Les deux agents de protection privée de la cible avaient été placés hors d'état de nuire par une drogue spéciale et abandonnés derrière des arbustes, sur la propriété de deux hectares. L'alarme et les systèmes de sécurité avaient été désactivés d'un coup de couteau suisse. La femme de la cible et ses enfants, de jeunes étudiants, n'étaient pas à la maison ce soir-là. C'était étonnant de voir à quel point il était facile de s'approcher de quelqu'un qui se croyait invincible.

Se pensant en sécurité dans sa maison, protégé par son alarme, le sénateur Luis Beltram se détendait dans son bureau, sirotant un verre de liquide ambré provenant d'une bouteille de scotch Macallan à huit cents dollars. Sa veste de costume grise et sa cravate étaient posées sur le dossier d'une des deux chaises en face du bureau auquel il était assis. Les manches de sa chemise blanche étaient retroussées jusqu'aux coudes. C'était la dernière nuit qu'il passait seul avant que les services secrets ne prennent en charge sa protection, lorsque sa nomination à la présidence serait annoncée le lendemain dans l'après-midi. La presse commencerait alors à camper au bout de son allée. Il sourit à part lui, appréciant le silence qui régnait dans son ranch à cinq chambres. Du moins, jusqu'à ce que la porte de son bureau s'ouvre sans bruit et qu'il se retrouve face au canon d'un SIG Sauer P226 avec silencieux. Beltram se figea à la vue du pistolet avant de poser son verre et de tendre la main vers le tiroir de son bureau.

— Enfin, quand même. Je sais que vous n'avez aucune morale, mais vous n'êtes pas stupide. Après tout, vous avez été à deux doigts d'être le prochain président des États-Unis.

Carter fit trois pas prudents dans la pièce, conscient que le sénateur avait une arme de poing dans le tiroir, qu'il cherchait à atteindre. Mais l'espion n'était pas inquiet, car ce minable prétentieux serait mort avant que ses doigts ne touchent la poignée en laiton du tiroir.

Sans mouvement brusque, Beltram ramena sa main et la posa à côté de l'autre, sur la surface en bois de son bureau, à la vue de son visiteur indésirable. De la sueur perlait sur son front et sa lèvre supérieure, et sa peau était plus livide à chaque instant, mais c'étaient les seuls signes extérieurs de sa peur. Ses paupières clignaient à peine.

— Qui êtes-vous et que voulez-vous ?

La bouche de Carter dessina un petit sourire en coin.

— Qui je suis n'a pas d'importance. Ce que je veux, par contre, c'est tout à fait différent. Je veux épargner à cette grande nation dans laquelle je vis une ordure de traître comme vous à la présidence. Je veux venger la mort de trois SEAL et d'une très gentille dame, qui ne méritaient pas de mourir au moment et de la façon dont ils sont morts. Mais d'abord, je suis curieux. Pourquoi ont-ils été descendus ? Vengeance pour avoir tué Ernesto Diaz ? Comment avez-vous découvert que l'équipe quatre était responsable de la mort de votre cousin ?

Si l'homme était stupéfait d'apprendre que Carter connaissait son lien familial avec le baron de la drogue colombien, il n'en laissa rien paraître. Pire encore, cet enfoiré ricana, reprit son verre de scotch et s'adossa dans son fauteuil en cuir noir. Ce faisant, il appuya son genou sur le panneau intérieur de son bureau, pressant le bouton de panique silencieux. Cette tentative ne passa pas inaperçue pour l'homme au pistolet. Il avait maintenant moins de dix minutes pour finir le travail et s'échapper sans être découvert sur la scène de crime. Le sénateur était fou s'il pensait avoir un moyen de s'en sortir.

— Je vous en prie, celui qui a tiré dans le cœur d'Ernesto m'a fait une faveur. J'allais devoir l'éliminer à un moment donné, de toute façon. Si quelqu'un avait découvert ma relation avec lui, ma carrière aurait été terminée.

Son arme toujours dirigée vers la tête de Beltram, Carter fit encore quelques pas en avant, s'arrêtant entre les deux chaises de son côté du grand bureau.

— Alors, pourquoi ? Qu'est-ce que Jeff Mullins avait sur vous ?

Avant de répondre, le sénateur but une gorgée de son scotch hors de prix, savourant le goût sur sa langue et la brûlure dans sa gorge. Ce type était plus arrogant qu'un coq dans un poulailler.

— J'étais à un meeting politique de l'un de mes grands électeurs en Virginie et j'ai été présenté à Mullins par l'amiral Richardson. Je ne savais pas qui était Mullins, mais j'ai eu l'impression qu'il me connaissait et que ça ne lui plaisait pas. J'ai demandé à un ami de faire une petite vérification discrète et j'ai découvert que Mullins était un SEAL à la retraite, et notamment qu'il avait participé à une mission d'enquête sur Ernesto en Colombie et à Rio de Janeiro. Je me suis rappelé avoir rencontré mon cousin à Rio lors d'un grand événement là-bas, à l'époque, et j'ai fait le rapprochement. Mullins avait dû me reconnaître, et s'il avait fait le lien, il y avait de fortes chances pour que le reste de son équipe soit aussi au courant. C'était un risque que je ne pouvais pas prendre.

Il haussa les épaules comme si commanditer la mort de sept SEAL décorés n'était pas un problème.

— Avez-vous toujours su que Diaz était lié à vous ou est-ce quelque chose qui vous a surpris ?

— Après le décès de ma mère, que Dieu ait pitié de sa pauvre âme, j'ai trouvé une copie de mon acte de naissance et j'ai décidé de retrouver mon bâtard de père. La recherche m'a conduit à une famille dont j'ignorais l'existence. Ernesto et moi sommes devenus... associés, je crois qu'on peut dire ça. Il a financé mes études et mon niveau de vie, et moi, en retour, je suis devenu un atout précieux pour lui à Dallas.

Il marqua une pause. Les gardes de renfort devraient être là d'un moment à l'autre, maintenant, alors il devait continuer à parler. Ce qu'il divulguait n'avait pas d'importance, puisque l'intrus serait abattu dans la demi-heure.

— Maintenant, j'ai répondu à vos questions, alors combien cela va me coûter pour que vous sortiez d'ici et me laissiez en vie ?

Immédiatement, Carter tira une balle à peine audible dans la tête du sénateur Luis Beltram et une autre dans sa poitrine, puis il se retourna et franchit la porte avant que le front du mort ne heurte le bureau devant lui.

— Pas un centime.

Épilogue

Dix semaines plus tard...

Devon regardait Kristen assise à côté de lui, dans leurs sièges en première classe sur leur vol vers le Népal. En temps normal, il n'étalait pas son argent avec des achats exorbitants, mais il voyageait en première quand il en avait l'occasion, surtout s'ils devaient passer seize heures dans les airs. Elle regardait par le hublot et il voyait bien qu'elle était nerveuse, à la façon dont elle triturait le collier de diamants et de platine autour de son cou. Il était magnifique, mais assez simple pour qu'elle puisse le porter au quotidien. Quand elle s'habillait, il y avait un splendide pendentif, un saphir bleu qui pouvait être ajouté avec un petit loquet. Le saphir était sa pierre de naissance et il aimait l'harmonie de cette couleur avec sa peau ivoire. Elle disait qu'elle l'adorait parce qu'il était assorti à ses yeux. Il avait enlevé son collier en cuir noir et l'avait remplacé par celui qu'il avait conçu spécialement pour elle, avec l'aide d'un bijoutier expérimenté en BDSM, lors d'une cérémonie surprise au club, sept semaines plus tôt. Ce qu'elle ne savait pas, c'était qu'il avait également acheté une bague de fiançailles assortie, à la même époque. La bague était bien rangée dans son petit écrin bleu, dans son bagage à main. Il avait prévu qu'ils seraient fiancés avant leur retour aux États-Unis, dans deux semaines, à temps pour Noël.

Ils étaient en route pour rencontrer ses parents dans une clinique médicale située à environ une heure de l'aéroport où ils allaient bientôt atterrir. C'était la première fois qu'elle les rencontrait et, même s'il avait essayé de la convaincre que Chuck et Marie Sawyer étaient des gens très simples et qu'ils l'aimeraient à coup sûr, elle était toujours angoissée à la perspective des présentations.

Il avait rencontré ses parents et beaux-parents à Thanksgiving. Sa belle-mère avait convié sa mère et Ed à les rejoindre pour les vacances, après que Kristen leur eut fait savoir qu'elle inviterait quelqu'un de spécial. Devon avait aimé ses parents presque instantanément et il les avait conquis dès la fin de leur premier jour ensemble. Avant qu'ils ne repartent pour Tampa deux jours plus tard, il avait pris le père de Kristen à part pour lui demander la permission de passer un jour la bague au doigt de sa fille, et Bill Anders la lui avait accordée avec une poignée de main et une tape dans le dos. Il avait dit à Devon que son abruti d'ex n'avait jamais demandé sa bénédiction et que, s'il l'avait fait, il la lui aurait refusée. Il trouvait que ce type n'était pas assez bien pour sa fille, mais sur le moment, elle semblait heureuse et il ne voulait pas la décevoir en exprimant sa désapprobation.

Beaucoup de choses avaient changé au cours des dix dernières semaines. Après leur retour de Pennsylvanie, Kristen avait emménagé avec lui de façon permanente. De toute façon, elle passait déjà toutes les nuits et presque toutes ses journées là-bas. Elle avait tenu à ce que ses parents rencontrent Devon avant de faire le dernier pas. Elle avait bouclé ses valises depuis qu'il lui avait demandé de s'installer chez lui, plusieurs semaines auparavant, et le déménagement s'était déroulé sans encombre, quelques jours après Thanksgiving. Avec l'aide de l'équipe et de quelques employés du club, ils avaient expédié le travail rapidement. En un après-midi, ils vivaient officiellement ensemble. Il aimait voir les objets personnels de Kristen maintenant mélangés avec les siens. Les meubles qui n'avaient pas trouvé leur place chez Devon avaient été offerts à un refuge pour femmes.

Nina DeAngelis avait succombé à son cancer, cinq semaines auparavant. Marco et l'amie de sa sœur, Harper, étaient tous deux dévastés par ce deuil. L'équipe avait eu la maigre consolation de voir un grand nombre d'associés de Trident et de membres du club à l'enterrement. Le moment avait été magnifique et émouvant, lorsque vingt-cinq anciens élèves de Nina avaient entonné *Amazing Grace* dans l'église, en hommage à leur professeure bien-aimée.

Brody avait acheté une maison de trois chambres, plus proche de l'enceinte que son ancien appartement, et s'y installerait après le Nouvel An. Il avait dit à Devon que, même s'il n'avait pas besoin de tout cet espace supplémentaire, la propriété était un bon investissement et lui permettrait une déduction d'impôts dont il avait besoin. Il avait également troqué son véhicule accidenté contre un modèle flambant neuf, grâce à l'argent de son assurance.

Jake s'était confié à Devon lorsqu'il avait rompu avec l'homme qu'il fréquentait, peu après avoir failli être la victime du tueur à gages. Son ex-petit ami était policier dans la ville voisine de Clearwater et s'était fâché que Jake ne lui ait jamais parlé des tentatives d'assassinat. Il les avait découvertes quelques jours plus tard, après être tombé sur une photo de journal. Elle avait été prise après l'accident sur le pont et montrait Jake et Devon, trempés, surveillant Jenn et Kristen pendant que les ambulanciers s'occupaient d'elles. Jake lui avait dit qu'il avait gardé le secret pour ne pas l'inquiéter, mais Devon avait l'impression qu'il y avait autre chose.

Quant à Jenn, elle avait presque terminé son premier semestre, mais elle avait du mal à appréhender l'approche des fêtes. Ce serait son premier Noël sans ses parents et ils faisaient tous leur possible pour le rendre un peu moins déprimant. Au moins, ils avaient pu lui dire que, même si le responsable de la mort de ses parents ne purgerait jamais un seul jour de prison, justice avait été rendue. Et en ce qui concernait Carter, personne au Trident ne l'avait revu depuis le soir où il leur avait sauvé la vie d'une seule balle.

Kristen aussi était membre officiel du club à plein temps, maintenant, avec ses amies, Kayla et Roxy London. Le couple de femmes avait amené Will Anders comme invité pour la cérémonie de Devon et Kristen, et Will envisageait d'adopter ce style de vie après avoir rencontré Shelby et Matthew, le soumis qui travaillait à la réception du club. Will avait sympathisé avec eux. Les soumis avaient répondu à beaucoup de ses questions, et bien qu'il n'ait pas encore présenté de demande d'adhésion, Devon s'attendait à ce qu'il le fasse bientôt. Il y avait un dom qui intéressait Will, et sa curiosité pour le BDSM semblait croître au fil des semaines.

Devon baissa les yeux sur le numéro plié du *Tampa Tribune* posé sur le plateau devant lui. L'article qu'il pouvait lire évoquait l'assassinat du sénateur Luis Beltram, deux mois et demi plus tôt, à la veille de son investiture démocrate anticipée pour la présidentielle. La veille, dans un communiqué de presse, le directeur adjoint du FBI,

Larry Keon, avait indiqué que l'homme qui avait assassiné Beltram à son domicile avait été à son tour tué par les SEAL lors d'une tentative de capture dans la jungle colombienne où il avait fui. On ne savait toujours pas pourquoi Rueben Vega avait abattu le sénateur et l'enquête était au point mort. L'équipe de Trident Sécurité savait qu'on ne trouverait jamais le moindre mobile et que Beltram ne tarderait pas à être relégué à l'histoire ancienne.

Devon n'avait pas réalisé que Kristen avait parlé avant qu'elle prenne sa main dans l'une des siennes et, de l'autre, lui touche le menton et tourne sa tête vers elle.

— Je suis désolé, chérie, qu'est-ce que tu as dit ?

Elle sourit, amusée de l'avoir surpris en train de rêvasser.

— Le pilote a dit qu'on se préparait à atterrir. Tu dois mettre ton siège et ton plateau en place.

Il était surpris de ne pas avoir entendu l'annonce.

— À quoi tu pensais à l'instant ? demanda-t-elle alors qu'ils amorçaient la descente.

Avec un sourire séducteur, il se pencha en avant et posa sa bouche contre son oreille.

— Je me disais que j'avais hâte que tu me lises le dernier chapitre que tu as écrit il y a quelques heures. Pendant que tu tapais, ta respiration et ton rythme cardiaque se sont accélérés plusieurs fois, et je sais que je vais aimer ça.

Il tourna sa main dans la sienne pour pouvoir prendre le pouls de son poignet et se réjouit de le sentir redoubler de vitesse tandis que son visage rosissait. Il aimait sa capacité à la faire rougir si facilement, et il savait que s'il mettait la main entre ses jambes, il pourrait la faire jouir avant l'atterrissage. Bien sûr, cela ne plairait pas à l'hôtesse de l'air revêche, qui était maintenant assise sur son strapontin à moins de trois mètres devant eux.

Au cours de l'écriture de son livre, il avait demandé à Kristen de lui lire de nombreux passages torrides. Leurs ébats après ces séances de lecture étaient toujours stratosphériques. Quelques nuits auparavant, il lui avait ordonné de se toucher pendant qu'elle lisait à haute voix et il s'était assis en face d'elle, dans le salon, pendant que ses doigts allaient et venaient dans son sexe détrempé. Il avait fini par la renverser sur le canapé pour la prendre jusqu'à l'étourdissement avant même qu'elle ait terminé le chapitre.

— Je n'en doute pas. Hier matin, j'étais inspirée, chuchota-t-elle.

Son visage s'éclaira et sa queue durcit lorsqu'il se rappela avoir interrompu leur café du matin pour la pencher sur l'îlot de la cuisine et lui écarter les fesses. Avant d'enfoncer son membre dans son orifice étroit, il s'était d'abord agenouillé derrière elle et avait léché sa moiteur, la propulsant de plus en plus haut jusqu'à ce qu'elle le supplie de la baiser vite et fort, requête qu'il s'était fait un plaisir d'honorer après l'avoir fait jouir à deux reprises. Heureusement, il s'était assuré qu'il y avait un tube de lubrifiant dans chaque pièce de leur appartement, ainsi que dans leurs deux véhicules. Il s'était avéré que sa petite chérie adorait se faire prendre par-derrière chaque fois qu'il en avait envie. Même s'il aimait ses fesses et sa bouche si accueillantes, il ne se lasserait jamais de son sexe chaud et humide. Et c'était là qu'il prévoyait de s'enfoncer à la première occasion qu'ils trouveraient après leur descente de l'avion étouffant. Il ajusta ses hanches pour donner un peu d'espace à son érection douloureuse.

— Tu es sûr qu'ils vont m'aimer ?

Il lui fallut une seconde pour suivre son changement de sujet.

— Ma chérie, ils vont t'adorer. Même Ian et Jenn te l'ont

dit avant notre départ. Je peux te garantir que ma mère va te gâter comme une folle avant la fin de la journée. Ça fait dix ans qu'elle nous pousse, Ian et moi, à nous ranger. Je suis contente de ne plus être sur sa liste, au moins.

Elle gloussa à ces mots.

— Du moins, jusqu'à ce qu'elle réclame des petits-enfants.

Le pouce de Devon, qui frottait son poignet, s'arrêta brusquement en même temps que son cerveau.

— Hmm, waouh. Nous... euh... nous n'avons jamais parlé d'enfants, si ?

Ses jolis yeux s'emplirent de crainte.

— Tu ne veux pas d'enfants ?

Il y songea pendant un moment. Comment aurait-il pu envisager de devenir père alors qu'il n'avait pas été capable de s'imaginer en mari aimant avant de rencontrer Kristen ? Nul doute qu'il pouvait être doué pour ça, ayant été élevé par l'un des meilleurs. L'image d'une petite fille ou d'un petit garçon aux cheveux bruns et aux yeux noisette saisissants lui vint à l'esprit et il sut quoi répondre.

— Tant qu'ils tiennent de la plus belle femme du monde, je veux en avoir autant que possible.

Il porta sa main à sa bouche et lui embrassa les doigts.

— Je t'aime, Ninja.

— Moi aussi, je t'aime, Maître Devil Dog.

À propos de Samantha A. Cole

Samantha Cole, auteure primée de best-sellers au classement de *USA Today*, a été policière et secouriste. Puisant dans ses expériences de vie et dans sa formation, elle s'efforce de trouver le mélange idéal entre suspense et romance pour le plus grand plaisir de ses lecteurs.

<u>Sexy Six-Pack's Sirens Groupe sur Facebook</u>
<u>Site Internet</u>
<u>Abonnez-vous à ma newsletter</u>